D1925941

Es beginnt mit einer Postkarte: Sie habe in ihrer Wohnung versehentlich ein Fenster offen gelassen, schreibt Magda an ihre Hausmeistersfrau Maria in der Stadt. Magda schreibt es von einer Mittelmeerinsel, auf die sie sich nach diversen Schicksalsschlägen zurückgezogen hat. Das Fenster wird geschlossen – ein Briefwechsel beginnt, in dem sich die beiden so unterschiedlichen Frauen einander immer mehr annähern und schließlich Freundinnen werden. Sie erzählen ihre Lebensgeschichten. Kränkungen, Lebensleiden oder Liebesverluste werden noch einmal durchlebt, lang unterdrückte Tränen endlich geweint. Die schlichte, warmherzige Maria entdeckt die Macht der Wörter und das Vergnügen, sich schreibend mitzuteilen. Mit neuem Selbstbewusstsein nimmt sie ihr Schicksal in die Hand, während Magda neuen Mut schöpft und zurück ins Leben kehrt.

Ein gefühlvolles, lebendiges, mitreißendes Buch voller Hoffnung und Sehnsucht.

Erika Pluhar, 1939 in Wien geboren, war nach ihrer Ausbildung am Max-Reinhardt-Seminar lange Jahre Schauspielerin am Burgtheater Wien. Sie hat Filme gedreht und ist auch als Sängerin erfolgreich, textet und interpretiert Lieder. Bislang veröffentlichte sie mehrere Romane, Gedicht-, Lieder und Erzählungsbände. 2009 erhielt sie den Ehrenpreis des österreichischen Buchhandels für Toleranz in Denken und Handeln.

Im insel taschenbuch liegen außerdem vor: *Spätes Tagebuch*. Roman (it 4091), *PaarWeise. Geschichten und Betrachtungen zur Zweisamkeit* (it 4183); *Im Schatten der Zeit.* Roman (it 4247).

insel taschenbuch 4282
Erika Pluhar
Reich der Verluste

Erika Pluhar

Reich der Verluste

Roman

Insel Verlag

Umschlagabbildung: Evelin Frerk

Erste Auflage 2014
insel taschenbuch 4282
Copyright © 2005 by Erika Pluhar
Copyright Deutsche Erstausgabe © 2005 DuMont Literatur und Kunst Verlag, Köln
Copyright dieser Ausgabe © Insel Verlag Berlin 2014
Dieses Werk wurde vermittelt durch die Michael Meller Literary Agency GmbH, München.
Alle Rechte vorbehalten, insbesondere das des öffentlichen Vortrags sowie der Übertragung durch Rundfunk und Fernsehen, auch einzelner Teile.
Kein Teil des Werkes darf in irgendeiner Form (durch Fotografie, Mikrofilm oder andere Verfahren) ohne schriftliche Genehmigung des Verlages reproduziert oder unter Verwendung elektronischer Systeme verarbeitet, vervielfältigt oder verbreitet werden.
Vertrieb durch den Suhrkamp Taschenbuch Verlag
Umschlag: Rothfos & Gabler, Hamburg
Druck: CPI – Ebner & Spiegel, Ulm
Printed in Germany
ISBN 978-3-458-35982-1

Reich der Verluste

Sie lag auf dem Rücken, die Beine und Hände ausgestreckt. Es war ihr, als läge sie in einem ausgesparten Raum, den die Welt unberührt ließ. Nichts mehr drang zu ihr her, kein Hauch, nicht einmal ein so ferner, wie er von der Schwinge eines Vogels hoch im Raum ausgeht. Todesstille umschloß sie. Der Verlust von Leben.

Verlust, dachte sie. Seltsam, daß darin das Wort Lust steckt. Kommt doch von verlieren, und verlieren ist keineswegs lustig. Oder hat Lust etwas mit verlieren zu tun? Bereitet uns nur Lust, was dazu da ist, wieder verloren zu werden? Ist das Verlieren die Grundlage jeder Lust? Auch der Lebenslust? Weiß der Teufel.

11. Mai

Liebe Frau Schübler,
auf dieser Postkarte sehen Sie die Insel. Ich hab mit der Füllfeder einen Punkt gemacht, wo der kleine Hafen liegt und das Dorf. – Eine Bitte! Mir ist eingefallen, daß ich in der Abstellkammer das Klappfenster offengelassen habe. Da ich ja noch Monate wegbleibe, wäre sicher von Vorteil, man würde es schließen. Könnten Sie das tun, wenn Sie bei mir oben das nächste Mal gießen? Dank im voraus!

Ich hoffe, es geht Ihnen gut, und niemand im Haus macht Scherereien. Herzlich grüßt Sie

Ihre Magda Bernsteiner

17. Mai

Liebe Frau Bernsteiner!
Eigentlich wollte ich Sie anrufen, aber ich weiß keine Nummer. Um zu sagen, daß Sie eine gute Idee gehabt haben. Es war nämlich eine Taube in der Abstellkammer, die hat sich verirrt, und ein großer Wirbel mit ihr. Lukas hat mir geholfen, sie wieder hinauszukriegen, und ich habe alles geputzt.

Jetzt ist das Fenster zu.

Die Insel sieht schön aus. Ich habe leider im Moment nur diese Karte mit den Margeriten, wollte Ihnen aber rasch schreiben, Adresse weiß ich ja. Erholen Sie sich gut!

Das wünscht Ihnen mit den besten Grüßen Ihre

Maria Schübler

25. Mai

Meine liebe Maria Schübler,
da bin ich Ihnen aber von Herzen dankbar, und dem Lukas auch. Und natürlich auch mir selbst, weil ich gottlob diesen Einfall hatte! Stellen Sie sich vor, die Taube wäre unentdeckt geblieben, hätte nicht mehr hinausgefunden und in meiner Kammer ihren Tod gefunden ... Nein, stellen Sie sich das lieber nicht vor. Vor allem nicht, wie meine Wohnung schließlich gerochen hätte ...

Es sind herrliche Tage hier, das Meer ist manchmal wirklich so blau wie auf dieser Karte. Wie ist denn das Wetter daheim? Hoffentlich schlecht! Das erhöht nämlich immer den Genuß, wenn man weit weg ist und sich an einem Ort befindet, wo unermüdlich die Sonne scheint!

Grüße von Magda B.

31. Mai

Liebe Frau Bernsteiner!
Ich wünsche Ihnen viel Genuß, Sie können ihn brauchen, aber es tut mir leid, wir haben auch einen sehr schönen Mai. Die Kastanien hinter dem Haus blühen wie verrückt. Wenn ich Zeit habe, setze ich mich unter den Bäumen auf eine Parkbank. So, wie Sie das oft tun.

Die Sonne soll sehr unermüdlich auf Sie scheinen!

Ihre Maria Schübler

5. Juni

Liebe Maria,
dieser Brief erreicht Sie über mein Büro, eines der Mädchen kommt bei Ihnen vorbei, wundern Sie sich bitte nicht. Ich habe ihn gefaxt, die Post geht ja so schwerfällig hin und her. Wenn Sie mir antworten wollen, bringen Sie doch einfach Ihren Brief in die Humboldtgasse 8 (gleich bei uns, rechts um die Ecke, Firma Ölig-Versand) zu Herrn Peter Kreuz, der faxt ihn mir dann hierher ans Postamt der Insel. Da haben sie ein Faxgerät, ich habe es durch Zufall entdeckt, als ich was aufgegeben habe.

Heute regnet es. Ich sitze im Zimmer, vor der geöffneten Balkontüre. Das Meer ist grau, die Schaumkronen jedoch blendend weiß, als würden sie von irgendwoher beleuchtet. Und das, obwohl die Wolken tief hängen und der Tag sehr düster ist.

Vielleicht wundern Sie sich, liebe Maria Schübler, daß ich Sie Maria nenne und Ihnen jetzt einen Brief schreibe. Es geschieht, weil ich Vertrauen zu Ihnen habe und mich an einen vertrauenswürdigen Menschen wenden muß. Sonst sterbe ich hier. Ich sage Ihnen das in aller Offenheit und hoffe, daß Sie sich davon nicht belästigt fühlen. Sollte mein Schreiben Sie irritieren, dann antworten Sie mir einfach nicht, ja?

Tatsache ist, daß mir alle Menschen abhanden gekommen sind, denen ich sonst schreiben könnte. Sie wissen, glaube ich, daß es mir sehr schlecht gegangen ist, eine Zeitlang. Ich wollte mich hier erholen. Jetzt weiß ich, daß ich hier mein Ende finden werde. Nicht unbedingt den Tod, aber das Ende aller Hoffnung. Ich habe die Zukunft hinter mir gelassen, verstehen Sie?

Ob ich diesen Brief wirklich faxen lasse? Herr Kreuz ist sehr diskret, er würde ihn ungelesen in ein Kuvert stecken und Ihnen bringen lassen. Aber ich habe Sorge, Sie zu verwirren.

Außer, daß Sie wöchentlich bei mir saubermachen und meine Pflanzen gießen, wenn ich weg bin, hat uns bisher nur verbunden, daß wir freundlich zueinander waren. Obwohl das, an der Unfreundlichkeit der Welt gemessen, sehr viel ist. Sie kennen mich nicht, und ich kenne Sie nicht. Aber daß Ihnen aufgefallen ist, wie oft ich unter den Kastanienbäumen gesessen bin, in letzter Zeit, läßt mich irgendwie annehmen, daß Ihnen auch mein Zustand aufgefallen ist. Und daß Sie eine Taube davor bewahrt haben, in meiner Abstellkammer zu verrecken –

Und daß Sie ein Gesicht haben, an das ich mich gerade jetzt sehr genau erinnere – energisch und sanftmütig zugleich – Sie haben meist leicht gerötete Wangen, vielleicht, weil Sie viel körperlich arbeiten –

Liebe Frau Schübler, sollte Ihnen lästig sein, das zu lesen, dann werfen Sie den Brief weg. Daß ich jetzt durch den Regen zum Postamt wandern werde, eine gute Stunde lang, tue ich nur, um Zeit zu vernichten. Die Zeit liegt so unbeweglich um mich, daß ich fast an ihr ersticke. Verzeihen Sie mir.

Magda

6. Juni

Liebe Frau Magda Bernsteiner.
Sie machen einem aber Sorgen. Gestern gegen Abend hat mir ein Fräulein den Brief gebracht, ich wollte gleich antworten, aber der Lukas wollte nach dem Abendessen unbedingt ins Kino. Heute bringe ich den Brief gleich zum Fax in Ihre Firma. Was ist denn los mit Ihnen? Bevor Sie dort sterben, kommen Sie

lieber rasch wieder zurück. Und es waren doch immer wieder viele Freunde bei Ihnen zu Besuch, ich weiß es vom Wegräumen, wo sind denn die auf einmal alle? Daß Sie so gar niemand haben? Aber wenn es Ihnen einfällt, schreiben Sie immer mir. Ich bin nicht geschickt im Antworten, aber lesen kann ich gut. Auch unter den Zeilen, wie man so sagt. Ihnen geht es nicht gut, und dazu der Regen, glaub ich. Das ist nicht gut an einem Meer, wenn man allein ist. Ich hoffe, Sie schreiben mir bald wieder.
Herzliche Grüße

Ihre Maria

(bitte sagen Sie unbedingt Maria zu mir!)

8. Juni

Liebe Maria,
ich habe fest angenommen, daß Sie mir nicht antworten werden. Ehrlich gesagt habe ich mich geschämt, nachdem mein Brief gesendet wurde und ich danach das Original nochmals gelesen habe. Gestern haben die vom Postamt bei meinem Zimmerwirt angerufen, daß für mich ein Fax bei ihnen läge, und heute habe ich es mir geholt. Es regnet nicht mehr, mir war sogar sehr heiß beim Wandern. Ich habe hier kein Auto und mache alle Wege zu Fuß.

Ich bin sehr dankbar, daß ich Ihnen schreiben darf.

Ja, es gab reichlich Menschen in meinem Leben, aber da ist etwas bei mir ausgebrochen, das sie alle vertrieben hat. Ich glaube, es lag daran, daß ich begonnen habe, Menschen zu suchen. Man darf Menschen nicht suchen. Nur finden. Und dann kam da noch meine Krankheit, vor der jeder – oder fast jeder – zurückschreckt. Keine Sorge, Maria, ich habe nicht Krebs. Nichts, das für meinen Körper lebensbedrohend wäre. Aber ich wurde gemütskrank. Ihnen gegenüber verwende ich lieber diesen einfachen Ausdruck, denn ich möchte Ihnen nicht erzählen, was Depressionen sind, es deprimiert mich zu sehr.

Während ich den letzten Satz geschrieben habe, mußte ich lachen. Ich sitze unter einem Olivenbaum, neben mir eine Steinbrüstung, dahinter das Meer, und lache laut vor mich hin. Sie sehen also – es ist nicht so, daß ich das Lachen verlernt hätte. Oder das Schöne um mich herum nicht wahrnehmen könnte. Oder auf Menschen, denen ich flüchtig begegne, einen düsteren oder kranken Eindruck mache. Aber ich kann nicht leben.

Wieder habe ich das Gefühl, daß ich Ihnen nicht schreiben soll, daß ich Sie mit solchen Mitteilungen überfordere. Deshalb werde ich jetzt, ehe ich weiter an Sie schreibe, diesen Brief losschicken und Sie nochmals fragen, ob es Ihnen nicht zu blöd ist. Und was sagt sich denn Lukas, wenn er das mitbekommt? Ich möchte vor allem keinen Menschen belästigen. Wie kommen Sie dazu, daß ich Sie mir quasi zur Briefpartnerin erwählt habe.

Bitte antworten Sie mir ehrlich, ich brauche das. Meine Unsicherheit ist so groß geworden. Nie bin ich mir sicher, ob Menschen nicht annehmen, ich würde mich auf sie stürzen, wenn ich nichts anderes zu tun glaube, als menschliche Nähe zu beanspruchen.

»Beanspruchen« ist auch so ein Wort, und es ist mir jetzt entwischt. Auf etwas Anspruch haben. Das bezweifle ich eben. Daß ich auf etwas Anspruch haben dürfte. Auch nicht auf Ihre Nettigkeit. Ich glaube, das war jetzt mein letzter Brief an Sie.

Trotzdem schicke ich den noch ab. Sie sehen, in allem bin ich inkonsequent und ungenau.

Vergessen Sie mich lieber.

Magda

9. Juni

Liebe Frau Magda.

Daß eine so gescheite Frau wie Sie sich so viele dumme Gedanken macht, hätte ich nie geglaubt. Ich hoffe, Sie sind mir nicht böse, weil ich das so hingeschrieben habe. Aber es ist meine Meinung, tut mir leid. Ich bin geehrt von Ihren Briefen, verstehen Sie? Mein Mann Lukas ist ja einigermaßen in Ordnung, bis auf ein paar Sachen, aber er ist dumm. Sie wissen, was ich meine, weil Sie ihn kennen. Ich habe auch nur die Hauptschule besucht und bin ungebildet. Aber ich wollte schon immer was lernen, was nicht Putzen und Waschen und Bügeln ist. Wenn Sie sich mit mir unterhalten haben, habe ich mich deshalb gefreut. Weil ich mich so gefühlt habe, als würde ich etwas lernen können dabei. Verstehen Sie mich? Jetzt habe ich gut das Wort »beanspruchen« gelernt. Tun Sie das bitte. Mich beanspruchen. Was der Lukas dazu sagt, ist unwichtig, weil er eh nie was sagt. Was Gescheites, meine ich.

Es ist so traurig, daß Ihr Gemüt krank ist. Man muß es doch wieder reparieren können, oder? Vielleicht, wenn Sie mir erzählen, warum? Denn ich bin kein Doktor, nur eine menschliche Nähe, wie Sie geschrieben haben. Ihre Briefe stürzen sich nicht auf mich, ich geh immer zum Herrn Kreuz fragen, ob einer gekommen ist. Am Wochenende legt er mir die Kuverts zum Portier, hat er gesagt, und ich kann immer kommen zum Faxen. Wenn Sie glauben, daß ich eine Briefpartnerin bin, bin ich stolz. Ich war in meinem Leben noch nie eine Briefpartnerin, von niemandem. Und jetzt von jemand so Gescheitem, wo ich doch so schlecht schreibe! Aber ich schreibe Ihnen gerne. Ich habe mir einen Schreibblock gekauft dafür.

Ich hoffe, Sie wandern bald zu dem Postamt, damit Sie das lesen. Auf Ihre Antwort freut sich Ihre

Maria

11. Juni

Liebe Maria,

der Postbote bringt mir jetzt schon Ihre Briefblätter! Ich bin vor dem Haus gesessen und er hat damit aus dem Autofenster gewunken, als er gefahren gekommen ist. Ich danke Ihnen sehr. Und da Sie mich so reizend dazu ermutigt haben, bin ich also so frei, in Ihnen für eine Weile meine Briefpartnerin zu sehen. Ich betone nochmals, daß das aber ja nicht zu einer Belästigung werden darf! Käme es soweit, müßten Sie es mir sofort mitteilen, darum bitte ich Sie von Herzen.

Heute hängen die Wolken wie große weiße Blumen im blauen Himmel und rühren sich kaum von der Stelle. Da es so windstill ist, wirft das Meer keine Wellen auf, sondern wiegt sich nur leise dem Ufer zu. Es ist sehr heiß heute, für einen Junitag. Ich sitze im Schatten und habe eine Sonnenbrille auf, weil das Licht so blendet. Auch ich, liebe Maria, habe mir einen Briefblock gekauft, und ganz viele dünne Filzstifte, damit sie mir ja nicht plötzlich ausgehen. Sie sehen, ich habe viel vor.

Ich möchte Ihnen sehr viel erzählen von mir. Da ich mein Leben lang geschwiegen habe, wenn es um mich ging, ist das für mich ein ziemlich schwieriges Vorhaben. Aber ich kann mir ja Zeit lassen, da wir beide nichts beschlossen haben, außer Briefe zu beantworten. Wie ich Ihnen schon sagte, ich habe zuviel Zeit. Wenn man auf nichts mehr zugeht, scheint auch die Zeit nicht mehr zu vergehen. Ich fühle mich wie eine dieser Wolken, die vor mir so unendlich langsam über das Meer geweht werden, daß man meinen könnte, sie wären am Himmel festgebunden.

Der Unterschied ist, daß ich eher in einer Hölle festgebunden bin. Diese Hölle ist mein Ich, dem ich nicht entrinnen kann, das mich so qualvoll schwer ausfüllt, daß es mich wie ein Sack Steine immer wieder ins Dunkle hinunterzieht, sobald ich ein klein wenig Anhöhe und Licht erklommen zu haben meinte.

Ich glaube, daß ich schon unglücklich zur Welt kam.

Jedenfalls umschloß mich das Leid meiner Mutter bereits als Fötus, das Fruchtwasser, in dem ich schwamm, schmeckte nach ihren ungeweinten Tränen. Ich weiß das, ohne je mit ihr darüber gesprochen zu haben, ich weiß es einfach, so, als könnte ich mich genau daran erinnern. Und dieses Wissen, diese Erinnerung reicht noch weiter zurück. Gegen ihren Widerstand, gegen ihren Aufschrei wurde ich im Leib meiner Mutter gezeugt, das Glied meines Vaters drang in sie ein wie ein Schwert, sein Samen nistete sich ein als Krankheit. Sie fühlte mich in sich wachsen wie ein Geschwür. Daß sie dann doch ein Kind gebar und Mütterlichkeit entwickelte, geschah unter Zwang. Man hatte sie gegen ihren Willen mit dem Bürgermeister des kleinen Dorfes verheiratet, sie war eines von vielen Kindern einer Kleinhäuslerfamilie, und diese gute Partie durfte nicht ausgeschlagen werden. Mein Vater war ein roher Mensch. Er schlug meine Mutter. Er schlug sehr bald auch mich. Es ist so, Maria, daß ich mich auch heute noch nicht an sein Gesicht erinnern kann, ohne es zu hassen. Und wenn ich meine eigenen Augen im Spiegel sehe, haben sie Form und Farbe der seinen, diese großen Augäpfel und das helle Graugrün, kalt wie Gletschereis. Ich hasse meine Augen, wenn ich mich selbst ansehe. Und erst wenn sie sich mit Tränen füllen, kann ich ihnen verzeihen, denen meines Vaters so ähnlich zu sein. Zu oft hat er meine Mutter und mich mit Eiseskälte in den Augen gemustert, mit derselben Verachtung von Leben, wie wohl ein Schlächter das Vieh betrachtet. Ich weiß nicht, warum er meine Mutter zur Frau wollte. Vielleicht, weil er irgendeine wollte, und möglichst eine aus armen Verhältnissen, die keine Ansprüche stellt. Außerdem war meine Mutter sehr schön. Ja, sie war ein ungewöhnlich schönes Mädchen, gemessen an den dörflichen Maßstäben. Damals gab es noch diese Dörfer, die, von der Zivilisation nur schwach beatmet, in nahezu archaischer Weise sich selbst überlassen blieben. Später hat sich das rasch verändert, Zeit und Welt haben auch die entlegensten Winkel unseres Landes erobert, aber meine Mutter mußte noch eine Kindheit und Jugend durchleben, die von Gesetzen bestimmt war, die in ihrer Allmacht und Tyrannei denen eines abgesonderten Wüstenstammes nicht unähnlich waren. Oder vielleicht noch um vieles einengender waren, weil die Enge der Bergtäler sie bestimmte, wo der Blick des Menschen gegen Hänge prallt und nicht frei bis zu den Horizonten ausschweifen kann. Frauen galten im Dorf einzig als Arbeitskräfte, wenn sie nicht gerade Kinder gebaren. Als Kind schon rackerte meine Mutter auf den Feldern, man ließ sie zur Erntezeit nicht zur Schule gehen. Daß sie dennoch lesen und schreiben lernte und nach Büchern Ausschau hielt, galt als zum Himmel schreiende Untugend, die ihr schnell ausgetrieben werden sollte. Gottlob warf der unverheiratete und wohlhabende Bürgermeister sehr bald sein Auge auf sie, die Hochzeit wurde bestellt, als sie noch keine achtzehn war, und somit schien für die Eltern die Zeit der Flausen beendet. Man schickte ein schönes, noch unverletztes, lernbegieriges Mädchen davon, ohne ihm irgend etwas erklärt, es auf irgend etwas vorbereitet zu haben. Meine Mutter gehorchte, weil sie nichts anderes kannte, als zu gehorchen. Sie zog das Hochzeitskleid an und staunte in das Fressen und Grölen und Stampfen eines Festes hinaus, das ihr zu gelten und sie dennoch nicht zu meinen schien. Später legte sie sich in der Stube auf ein Bett, weil das so sein mußte. Der Ehemann brach in sie ein, nach neun Monaten brach ich aus ihr heraus, und eine zerbrochene Frau zog mich groß.

Ach du meine Güte. Ich habe so lange geschrieben, daß mittlerweile die Sonne sinkt. Der Horizont ist feuerrot, und dieses glühende Licht hat mich darauf aufmerksam gemacht, endlich mit dem Schreiben aufzuhören. Auch möchte ich Ihnen den Brief heute noch zusenden. Als würde ich gern alles rasch loswerden, was ich Ihnen berichte. Mein Bericht ist nicht sehr erheiternd, ich weiß. Mir ist, als würfe ich Ihnen eine Last zu, die ich nicht mehr tragen kann. Können Sie es, Maria? Ertragen, was und wie ich Ihnen schreibe? Bitte ehrlich sein!

Ein eiliger Gruß.

Magda

12. Juni

Liebe Frau Magda. Ich bin ganz ehrlich und antworte Ihnen gleich heute. Gestern bin ich den ganzen Abend über Ihrem Brief gesessen, ich wollte ihn genau verstehen, weil Sie die Worte manchmal so schreiben, wie ich es nie gelernt habe. Und Sie machen so feine, lange Sätze, daß ich geglaubt habe, ich lese in einem Buch. Und dann habe ich geweint. Und dann den Lukas angebrüllt wie schon lange nicht mehr, weil er mich ausgelacht hat. Wer weint denn über einen Brief, hat er gesagt, doch nur ein Trottel! – Bin ich halt ein Trottel, habe ich dann gesagt, wie ich nicht mehr gebrüllt habe, nur laß du mich jetzt bitte in Ruhe, weil du verstehst das nicht. Und das stimmt, glauben Sie mir.

Ach Frau Magda, das hätte ich nie gedacht, daß Ihre Mutter noch so hart hat leben müssen. Ich habe immer geglaubt, Sie kommen aus einem vornehmen Haus, so wie Sie sprechen und schreiben, und wie Sie angezogen sind, und Ihre Wohnung. So viele Bücher haben Sie. Am Anfang habe ich manchmal gestöhnt, ich gebe es zu, weil das Abstauben viel Arbeit macht. Sie haben immer gesagt, ich muß die Bücher gar nicht so oft abstauben, einmal im Jahr genügt. Aber mit der Zeit habe ich Freude daran gehabt, die Bücher abzustauben, weil ich sie mir dabei angeschaut habe, und auch immer öfter hineingeschaut und ein paar Zeilen gelesen. Manchmal hätte ich Lust gehabt, gleich das ganze Buch zu lesen, aber ich hab ja weitermachen müssen. Keine Angst, Frau Magda, ich habe Ihnen die Zeit am Bücherregal nie verrechnet, das war ja schließlich meine Zeit. Ich hoffe, Sie sind mir jetzt nicht böse, daß ich in Ihre Bücher hineingeschaut habe und Ihnen das nicht gesagt habe. Aber eigentlich glaube ich nicht, daß Sie mir deshalb böse sind. Ich wollte auch über ganz was anderes schreiben. Erstens, daß ich gut ertragen kann, was Sie mir schreiben. Ich habe genug Kraft zum Tragen, und das nicht nur, wenn ich Ihre Oleanderbäume vom Balkon in den Keller trage, wo Sie dann immer sagen: Frau Schübler, das sollten Sie nicht tun, es ist zu schwer für Sie. Sie wissen doch, jeden Herbst sagen Sie das, und ich lache und trage die Kübel wie nix hinunter. Also werfen Sie mir Ihre Lasten nur zu. Nur eines von allem, was Sie geschrieben haben, mag ich überhaupt nicht, ganz ehrlich gesagt. Nämlich, daß Sie Ihre eigenen Augen hassen. Wo Sie so schöne Augen haben. Die haben eine sehr schöne Farbe und sind so groß, wie Augen selten sind. Sogar der Lukas hat einmal gesagt, daß er sich in Ihre Augen verlieben könnte, wenn Sie noch jünger wären und keine alte Dame.

Eigentlich wollte ich das Letzte durchstreichen – aber Sie hätten es gemerkt, und ich möchte nicht die ganze Seite noch einmal schreiben. Außerdem haben Sie einmal zu mir gesagt, daß Älterwerden zum Leben gehört und daß man nicht lebt, wenn man davon nichts wissen will. So oder so ähnlich haben Sie es gesagt, und ich habe mir das gut gemerkt. Ich bin jetzt siebenunddreißig, und auch bei mir tut der Lukas schon manchmal so, als wäre ich ihm zu alt. In der Hinsicht sind die Männer echt blöd. Selber schaun sie aus wie ausgespuckt, mit einem Bauch oder einer Glatze, haben nur Falten im Gesicht, aber junge Mäderln wollen sie haben.

Wieder schreibe ich viel zu viel über was, was ich gar nicht schreiben wollte. Ich komme ins Schreiben bei Ihnen, Frau Magda, als würde ich mit Ihnen reden, so viel geschrieben in einem Zug hab ich noch nie. Meine Mutter war auch eine sehr arme Frau, und ich bin unehelich geboren, keine Ahnung, wer mein Vater war, und deshalb hat sie mich nur in die Hauptschule geschickt, und dann husch, husch zum Arbeiten. Wie haben Sie es denn geschafft, eine gescheite Frau zu werden? Die richtige gute Sätze schreiben kann? Auch wenn diese Sätze mich zum Weinen gebracht haben, freue ich mich auf alles, was Sie mir erzählen wollen, auch wenn es schrecklich oder traurig ist, ich freue mich, daß Sie es mir schreiben. Ich geh jetzt meinen Brief aufgeben, der Ölig-Versand hat sicher noch offen. Ihr Fax hab ich gestern später geholt, es ist wirklich beim Portier gelegen, der Herr Kreuz ist ein netter Mann, sehr zuverlässig. Herzliche Grüße von Ihrer Maria

13. Juni

Liebe Maria,
eigentlich habe ich gleich weitergeschrieben, nachdem ich Ihnen das letzte Fax zugeschickt habe. Ich war grade noch rechtzeitig beim Postamt, und dann bin ich durch den Abend zurückgewandert, durch eine wunderbare Stille. Die Sträucher und Olivenbäume haben sich nicht geregt, nur das Summen der Insekten war zu hören, und ab und zu Vogelstimmen. Die Abendsonne hier läßt alles besonders aufleuchten, den roten Horizont, das Grün der Hänge, in der Ferne das tiefblaue Meer, auf das ich zugewandert bin, und dahinter die fernen Gebirge des Festlandes, die waren in ein zartes Rosa und Violett getaucht. All das habe ich zwar sehr genau gesehen und auch wahrgenommen, ich gehe an den Schönheiten dieser Insel nicht vorbei. Aber zugleich trage ich so viel Dunkles mit mir herum, es ist in mir, es ist eine immerwährende Traurigkeit. Und in Gedanken habe ich weiter an Sie geschrieben. Als ich dann wieder in das

Dorf zurückkam und von meinem Balkon aus in der Dämmerung eine Weile über den kleinen Hafen schaute, habe ich kurzentschlossen das Papier und den Stift genommen und mich in meinem Zimmer an den Tisch und unter die Lampe gesetzt. Die Nacht war warm, und Nachtschmetterlinge sind zu mir hereingeflogen, sind sogar gegen mein Gesicht geflattert, aber ich habe erst aufgehört zu schreiben, als mir die Hand weh tat. Wundern Sie sich also nicht, meine liebe Maria, wie lange der Brief ist, den Sie heute erhalten. Es ist unerträglich heiß hier für Mitte Juni, wie ist das Wetter denn bei Euch? Ich schaue hier nie ins Fernsehen, aber man hat mir gesagt (»gesagt« ist gut, wir verständigen uns meist nur mühsam, mit deutschen Brocken oder in einem schauerlichen Englisch!), daß fast überall Hitze herrscht.

Gerade fällt mir auf, wie absurd wir uns manchmal ausdrücken und es völlig selbstverständlich finden. »Ich schaue ins Fernsehen« gehört zum Beispiel dazu. Aber das nur nebenbei.

Ich werde jetzt zum Pier hinuntergehen, auf der alten Leiter, die es dort gibt, ins tiefe Wasser steigen und eine Weile schwimmen. Um gut abgekühlt zu sein, wenn ich danach durch die Backofenhitze des Nachmittags zur Post gehe, um diesen kurzen und den nächtlichen, langen Brief loszufaxen. Ich grüße Sie sehr, sehr herzlich, liebe Maria.

Magda

Abends, 11. Juni, ich kann noch nicht zu schreiben aufhören für heute, das Erinnern tobt in mir mit Bildern und Worten, als hätte ich einen Vorhang aufgerissen und könnte ihn nicht mehr schließen, um das Geschehen dahinter einfach wieder zuzudecken.

Was ich Ihnen von meiner Mutter erzählt habe, Maria, hat sie selbst mir nie in dieser Form geschildert. Sie war eine schweigsame und herbe Frau, auch in ihrem Verhalten zu mir. Aber ich bin ja ebenfalls im Milieu unseres Dorfes groß geworden, ich hatte diesen bösartigen und ungeliebten Vater, und ich liebte meine Mutter. Also konnte ich ihren Andeutungen und kurzen Bemerkungen viel mehr entnehmen, als sie ahnte. Und auch die Heftigkeit, mit der sie mich beschützte, erklärte mir so vieles. Das, wovor sie mich zu schützen suchte, waren die Angriffe, denen sie selbst ausgesetzt war und denen sie erliegen mußte. Das erste, wovon ich weiß, war der Gemüsegarten, neben dem ich mit den Hühnern spielte, während meine Mutter zwischen den Tomaten und Kürbissen herumwerkte und Stangenbohnen hochband. Ich mußte damals etwa drei Jahre alt gewesen sein. Ich erinnere mich, daß ein Huhn mir seinen harten Schnabel in den kleinen, weichen, nackten Oberarm stieß, daß ich blutete und laut zu weinen begann. Das Gesicht meiner Mutter, als sie kam, war naß vom Schweiß und weiß vor Zorn. Sie gab dem Huhn einen so harten Tritt, daß es wild gackernd davonstob. Sie hob mich nicht hoch und drückte mich nicht tröstend an ihr Herz. Sie beugte sich nur kurz zu mir herunter und sah prüfend auf meinen Arm. »Den waschen wir dann«, sagte sie, »es ist nichts, heul nicht.« Und als sie wieder im Gemüsegarten arbeitete, rief sie noch zu mir her: »Laß dir ja nicht schon von den Hühnern was gefallen! Da kommen noch andere Tiere auf dich zu!« Ja, obwohl dies die erste reale Erinnerung meines Lebens ist, weiß ich jedes Wort, das meine Mutter sagte. Immer schon habe ich mir Worte so genau gemerkt, und man konnte mich deshalb mit Worten auch mein Leben lang so leicht töten. Weil sie immer tief in mich eindrangen und ich sie nicht mehr wegwischen oder vergessen konnte. Die beste Waffe gegen mich waren stets Worte. Auch alle Schönheit, Liebe und Weisheit kann aus ihnen auf einen zukommen, ich weiß. Aber sehr selten habe ich das von Menschen erfahren, ich fand es später in den Büchern. Meine Mutter sprach nie böse mit mir, deshalb liebte ich sie ja auch. Aber sie konnte ihre Zärtlichkeit und Liebe nie zeigen, ich erinnere mich nicht, daß sie mich je umarmt hätte oder gar geküßt. Obwohl ich neben ihr im selben Bett schlief, jahrelang. Wir schliefen nebeneinander im selben Bett, in derselben dürftigen Kammer, bis ich fünfzehn war und wir das Dorf verließen. Zu der Zeit, in der meine Erinnerungen einsetzen, hatte meine Mutter das Bett ihres Mannes bereits endgültig und für immer verlassen, er trieb es dort mit den Mägden oder anderen Frauen. Sie hatte sich mit mir in das kleinste und abgelegenste Zimmer zurückgezogen und lebte im Hause ihres Mannes, des Bürgermeisters, selbst wie eine Magd. Aber eine, die er nicht mehr anrühren durfte. Einmal – ich ging schon zur Schule – kam er nachts betrunken zu uns herein und wollte uns beide mißbrauchen. Noch nie, und nie mehr danach, habe ich einen Menschen so schreien hören wie damals meine Mutter. Sie schrie mit einer Wildheit und mit einem Haß, daß dies sogar meinen Vater ernüchterte. Außerdem hatte sie ihm ein Auge blutig geschlagen, ihm in die Wange gebissen und seinen Rücken derart zerkratzt, daß er sich tagelang nicht zurücklehnen konnte, wenn er auf der Tischbank beim Essen saß. Als er von uns abgelassen und uns fluchend wieder verlassen hatte, war mir übel und ich mußte erbrechen. Meine Mutter wusch schweigend alles wieder sauber, ich hörte nur ihren Atem, der sich nicht beruhigen wollte. Sie schüttelte unser Bett wieder ordentlich auf, zog mir das Nachthemd glatt über meine dünnen

Beinchen und deckte mich zu. Erst dann sah sie mich eine Weile an. »Das kommt nicht wieder vor«, sagte sie, »dafür sorge ich.« Und dann, während ihr Blick immer noch auf mir lag, fügte sie hinzu: »Aber wenn ich einmal nicht mehr dafür sorgen kann, mußt du kämpfen. Dich wehren. Lieber alles kurz und klein schlagen, als dir was gefallen lassen. Und wenn es dein eigener Vater ist – schlag ihn lieber tot. Merk dir das. Fürs ganze Leben.«

Das waren die Belehrungen, mit denen ich groß wurde. Die mir sehr bald das Leben als Kampfstätte erklärten, auf der man Tag und Nacht wachsam sein mußte. Immer auf der Hut. Ständig Angriffen ausgesetzt. Von niemandem je beschenkt. Es galt, sich in dem, was man haben wollte, festzubeißen wie ein Tier. Meine Mutter wollte haben, daß ich lernte. Daß ich regelmäßig zur Schule ging. Daß ich Bücher erhielt, die zu lesen mein Wissen erweitern würden. Das wollte sie für mich haben, und dabei ließ sie nicht locker. Sosehr sie sich bei allen anderen Unstimmigkeiten eher starr und schweigend in ihre eigenen Entscheidungen zurückzog, als meinem Vater offen zuwiderzuhandeln, in diesem Punkt schreckte sie auch vor seiner Brutalität nicht zurück, blieb sie unerbittlich und Siegerin. An einem dämmrigen Winternachmittag stand meine Mutter am Herd und buk Kartoffelbrot, ich saß bei ihr in der Küche und las. Als mein Vater hereinkam und meinen im Licht der Tischlampe über die Buchseiten geneigten Kopf erblickte, zog er mir in einem Wutanfall das Buch unter der Nase weg, fluchte und warf es ins Feuer. Meine Mutter griff ohne zu zögern und mit bloßen Händen in die Herdflammen, riß das bereits auflodernde Buch an sich und schleuderte es in seine Richtung. Er wich gerade noch aus, die brennenden Papierseiten verfehlten knapp sein Gesicht, fielen glühend zu Boden und hinterließen Brandspuren auf den Holzbohlen. Meine Mutter hatte lange Zeit danach Blasen und offene Wunden an den Händen, sie ging jedoch ihren Tätigkeiten im Haus, im Stall und auf den Feldern weiterhin nach, ohne ein einziges Mal über Schmerzen zu klagen. Die entschlossene Härte in ihren Augen, als sie meinem Vater das brennende Buch mitten ins Gesicht werfen wollte, ließ ihn zwar im Moment derart aufbrüllen, daß mir der Atem stockte, und die Mutter unflätig beschimpfen, sie verfehlte aber ihre Wirkung nicht. Von da an ließ er mich in Ruhe, überließ mich meinen Büchern und Hausaufgaben, ohne mich jemals mehr zu quälen oder zu verspotten. Meine Mutter selbst arbeitete doppelt und dreifach, um ihn dafür zu entschädigen, daß ich als Arbeitskraft ausfiel. Ich selbst wiederum versuchte ihr immer wieder behilflich zu sein, neben der Schule und dem Lesen trotzdem Zeit für Haus- und Feldarbeit zu finden, weil ihre Erschöpfung mir weh tat. Meist fiel sie abends neben mir so schnell in den Schlaf, als stürbe sie. Als sie jedoch meine eigene Übermüdung mitbekam, schrie sie mit mir herum, statt mir zu danken. »Du lernst!« schrie sie, »du schuftest dich nicht blöd, darauf bestehe ich! Du hast erst drei von den fünf Büchern gelesen, die wir übermorgen in der Kreisbibliothek wieder zurückgeben müssen! Wozu das? Wir zahlen schließlich Leihgebühr! Es genügt, daß ich für deinen Vater rackere. Du lernst, verstanden? Du wirst gescheit, und wenn ich dich dahin prügeln muß!«

Sie mußte mich dahin nicht prügeln, ich lernte ja gern und bereitwillig, ich hatte nichts dagegen, gescheit zu werden, wenn meine Mutter so sehr darauf bestand. Und ich wußte ihre Zornausbrüche auch immer richtig einzuschätzen, ich wußte, daß diese aus dem Gefühl ihrer Ohnmacht entstanden, aus dem

Wunsch, mir ihr eigenes Schicksal zu ersparen, und nicht, weil sie zornig auf mich war. Aber ich hatte Sorge um sie, weil die Spuren der ständigen Überanstrengung sie mehr und mehr zeichneten. Sie war sehr mager geworden, und ihr Rücken begann sich leicht zu krümmen. Ihr Gesicht war immer noch schön, aber die Haut wurde gelblich wie verblichenes Papier, die Wangenknochen traten immer stärker hervor. Sie sah aus wie ein ausgemergeltes Pferd, dem man immer noch ansah, daß es einmal eine wunderschöne Stute gewesen war. Manchmal hätte ich sie gern gestreichelt. Aber es gab keine Zärtlichkeit zwischen meiner Mutter und mir, niemals, und deshalb hatte ich Scheu davor. Ich fürchtete fast, sie werde mich schlagen, wenn ich sie berührte. Sogar, wenn sie tief und erschöpft neben mir eingeschlafen war, achtete ihr Körper auf den nötigen Abstand zu meinem, um ja meine Haut und deren Wärme, um ja meine Gliedmaßen nicht zu fühlen. Und je älter ich wurde, um so mehr übernahm ich dieses Abstandhalten, diese Furcht vor Berührungen. Mein anfänglich wohl vorhanden gewesenes, kindliches Bedürfnis nach Zärtlichkeit und Umarmung wurde wortlos, aber mit Entschiedenheit so lange ungestillt gelassen, bis ich selbst es vergaß. Es schien nicht in die Welt zu gehören, in der ich leben mußte, daß man zärtlich zueinander war. In Büchern konnte es manchmal vorkommen, aber die las ich ja auch deshalb so leidenschaftlich gern, weil sie nichts mit meiner Welt zu tun hatten und mich woanders hin entführten. Mein Leben hier bestand aus der Nähe einer Mutter, die nichts mehr an sich heranlassen wollte, keinen Körper und kein Gefühl, aus der Angst vor einem Vater, dessen Lieblosigkeit ich mir gewiß sein konnte, und aus vergeblicher Suche nach der Freundschaft Gleichaltriger bei uns im Dorf, die mich großteils verachteten, weil ich gern und regelmäßig zur Schule ging. Es war kein Wunder, Maria, daß ich mich mit fünfzehn Jahren viel zu früh und in den denkbar unpassendsten Menschen verliebte.

Maria! Jetzt eben, als ich Ihren Namen hinschrieb, wurde mir klar, welche Menge auf Anhieb zu lesen ich Ihnen zumute, wenn ich nicht endlich aufhöre. Außerdem schmerzt meine Hand. Es ist eine warme Nacht, die Sterne stehen groß und klar über mir, wenn ich auf den Balkon hinaustrete. Das habe ich vorhin getan, und tief durchgeatmet. Das Dorf schläft. Und auch ich werde jetzt schlafen gehen, plötzlich bin ich sehr müde. Gute Nacht, liebe Maria. Obwohl ich glaube, daß Sie den größten Teil Ihrer »guten Nacht« bereits hinter sich haben, Sie sagten mir einmal, daß Sie jeden Tag schon gegen sechs Uhr aufstehen würden, das wäre also in drei Stunden.

Bis morgen also.

15. Juni

Liebe Frau Magda.
Bitte entschuldigen Sie, daß ich nicht schon gestern geantwortet habe, da hab ich Ihr Fax erst nachmittags abholen können, und dann bin ich erst am Abend dazu gekommen, es zu lesen, wie immer. Sie wissen, bei wieviel Parteien im Haus ich saubermache, und dann das Haus selber mit seinen zwei Stiegenhäusern und den alten Steintreppen, die man nicht nur mit dem Fetzen waschen kann, sondern immer mit der Bürste reiben muß. Ich komm manchmal den ganzen Tag über nicht zum Schnaufen, wenn ich alles richtig machen will. Aber glauben Sie ja nicht, daß ich mich jetzt bei Ihnen beklage! Gott möge ver-

hüten, daß ich das bei Ihnen tue. Ich wollte nur erklären, daß ich manchmal nicht so rasch sein kann, wie ich es gern wäre. Und dann war Ihr Brief wirklich sehr lang, ich habe bis Mitternacht gelesen, der Lukas hat schon geschlafen und es nicht gemerkt, sonst hätte er sicher herumgeschimpft und mich gestört. Ich bin ganz still in der Küche gesessen und habe gelesen, ich hab mir sogar eine Flasche Bier dazu gegönnt. Eigentlich war es sehr schön so. So mitten in der Nacht, wenn es keinen Lärm mehr gibt, Ihre vielen Seiten zu lesen.

Langsam wird mir klar, liebe Frau Magda, warum Sie eine gescheite Frau geworden sind. Weil Ihre Mutter dahinter war. Sie selbst war ja eine arme Frau, Ihre Mutter, sie kann einem richtig leid tun. Und da weiß ich lieber nicht, wer mein Vater war, als so einen zu haben wie den Ihren. Der war ja vielleicht ein grauslicher Kerl. Aber bei den Männern gibts ja allerhand grausliche drunter, wer weiß das nicht. Meine Mutter hat mir nix erzählt von meinem Vater, aber eine Perle war der sicher auch nicht, wenn er sie so hat stehen lassen mit einem Kind in ihrem Bauch. Er war schon auf und davon, wie ich zur Welt gekommen bin. Meine Mutter war ein Kriegskind und sehr verschreckt, ihr Leben lang. Sie hat mir einmal gesagt, wenn du als kleines Kind gleich die Bomben erlebst, dann glaubst du ein Leben lang, daß dir alles auf den Schädel fallt, dann hast du kein Vertrauen mehr in was. Deshalb hat sie auch keinen anderen Mann mehr angeschaut, ich war als Kind immer mit ihr allein. Sie hat mich sicher sehr gern gehabt, meine Mutter, vielleicht war ich sogar, wie man so sagt, ihr ein und alles. Aber ob ich was lerne oder nicht war ihr unwichtig. Leider, sage ich jetzt. Aber damals hab ich das ganz okay gefunden, lieber bald eine Stelle und was verdienen, dann kann ich mir endlich die Stöckelschuhe kaufen, die mir gefallen, und vielleicht eine kleine eigene Wohnung, hab ich mir gedacht. Bei meiner Mutter hat es nur ein Zimmer gegeben und die Küche, und ein indisches Klo – Sie wissen doch den Witz »jenseits des Ganges«, oder? Jedenfalls war ich mit meiner Mutter auch immer im selben Zimmer, und das, bis ich neunzehn war, sie hat dazu noch geschnarcht, die Arme, es war ihr selber peinlich, aber sie hat dieses Gebrechen gehabt. Meine Mutter lebt ja noch, und immer noch in dieser Wohnung, und sie sagt immer wieder, wie herrlich das ist, allein. Und so laut schnarchen können, wie man will. Sie ist überhaupt eine richtige Einsiedlerin geworden, am liebsten allein vor dem Fernseher, dann macht sie sich ein kleines Gulasch oder so was und trinkt ein Bier dazu. Sie muß jetzt nicht mehr schuften und hat eine kleine Pension, mit der kommt sie aus. Sie sagt oft: Ich bin der glücklichste Mensch jetzt im Alter. Dabei ist sie noch gar nicht so alt, ich glaube nicht sehr viel älter als Sie, Frau Magda. Aber ausschauen tut sie natürlich älter, auch weil sie sich nie was Richtiges anzieht, immer nur ihre alten Sachen, und ihr Leben lang gerackert hat, erst in einem Lebensmittelgeschäft und dann als Bedienerin. Es hat ihr ja niemand geholfen, mich großzuziehen, fast die ganze Familie ist im Krieg umgekommen, sie selber und eine Tante waren zufällig in einem anderen Luftschutzkeller und haben deshalb überlebt. Bei dieser Tante ist sie dann geblieben, die war alleinstehend und hat sich um sie gekümmert, schlecht und recht. War auch eine Frau ohne Mann und ohne Geld, und außerdem lungenkrank, sie ist früh verstorben, da war meine Mutter grade 16 Jahre alt. Und hat sich eben auch deshalb so früh mit dem Kerl eingelassen, der mein Vater war, vielleicht weil sie geglaubt hat, sie ist dann weniger allein. Was ein Irrtum war, wie man jetzt weiß.

Du meine Güte, da erzähle ich Ihnen so viel, was Sie gar nicht wissen wollten, statt Ihnen zu schreiben, wie ich mich schon jeden Tag auf Ihre Faxe freue. Es ist wie ein Buch lesen. Sie verstehen sicher, wie ich das meine, Frau Magda! Ich weiß schon, daß das Ihr Leben ist, und daß Sie vieles so schwer gelebt haben. Aber vielleicht ist jedes Leben von jedem Menschen ein Buch, wenn man es beschreibt? Auch die Bücher in Ihrer Wohnung sind oft sehr traurig, ich hab mir manchmal gedacht, warum liest sie soviel traurige Sachen? Jetzt weiß ich es besser, glaube ich.

Es ist schon mitten in der Nacht. Ich warte jetzt mit dem Lesen und Schreiben immer, bis der Lukas eingeschlafen ist, dann habe ich meine Ruhe. Aber jetzt muß ich auch ins Bett, so schnell wie möglich, sonst fangen draußen am Ende die Vögel zu singen an, dann kann ich gar nicht mehr schlafen. Es grüßt Sie recht eilig Ihre Maria

17. Juni

Liebe Maria.
Gestern bin ich nicht zum Postamt gewandert, es ging irgendwie nicht, ich war zu müde. Und gebracht hat man mir Ihren Brief auch nicht, also konnte ich ihn erst heute lesen, mit einem ganzen Tag Verspätung. Dafür bin ich aber schon in aller Frühe losmarschiert, ich sah die Sonne über dem Meer aufgehen und stand sogar eine Weile vor der Tür, ehe sich die Postbeamtin meiner erbarmt und mir das Fax herausgereicht hat. Die Frau wohnt im selben Haus und hatte mich wohl durch das Fenster erspäht. Sie scheint Witwe zu sein, ist immer schwarz geklei-

det, aber ihr Gesicht ist blütenfrisch und jung. Auf der Treppe zu ihrer Wohnung hinauf stehen Kübel und Töpfe mit Blumen aufgereiht, die ich sie manchmal gießen sehe, die Frische all der blühenden Gewächse scheint sich auf sie zu übertragen. Sie kam lächelnd zwischen den Blumen zu mir herunter, schloß die Poststube auf und sagte mühsam auf deutsch: »Fax warten schon von abend gestern«, als sie mir die Blätter herausbrachte. Man scheint von meiner Begierde, Ihre Briefe, liebe Maria, in Empfang zu nehmen, mittlerweile auf selbstverständliche Weise zu wissen. Sie erklärte mir dann noch mit Händen und Füßen, daß ihr Bruder, der sonst Briefe austrägt, für eine Woche am Festland sei und sie ja eigentlich erst viel später aufsperren würde, und ob ich mit ihr Kaffee trinken wolle. Das tat ich dann auch. Ich stieg hinter ihr die Treppe neben den Blumenkübeln hoch, es roch nach Geranien, Nelken und Sommerrosen, und wir kamen in einen von halb zugezogenen Jalousien schattig gehaltenen Raum, der halb Küche, halb Wohnzimmer war. Sie hatte das Kännchen mit dem dickflüssigen, auf türkische Weise zubereiteten Kaffee bereits auf dem Tisch stehen, sie füllte mir eine Tasse, und wir saßen einander also etwa eine halbe Stunde kaffeetrinkend gegenüber. Obwohl sie nur wenige Brocken Deutsch und kein Englisch sprach, konnten wir uns unterhalten, weiß der Teufel wie. Ich erfuhr, daß sie keine Kinder hat, mit ihrem unverheirateten Bruder das Postamt leitet, und daß sie Malinja heißt. Was sagen Sie dazu, Maria! Wozu unser Briefwechsel mich sogar verleitet! Bin ich doch ein Mensch, der anderen Menschen meistens ausweicht. Weil ich nie eine Brücke zu den anderen finde, gehe ich ihnen lieber aus dem Weg. Auch langweilen mich die meisten Gespräche, und gerade in letzter Zeit – sagen wir schlicht in der Zeit meiner Gemütskrankheit – hatte ich mehr und mehr das Gefühl, eine Sprache zu sprechen, die keiner versteht. So oft sah ich Augen mich fassungslos mustern, wenn ich meinte, ganz vernünftig gesprochen zu haben. Da begann ich zu schweigen.

Aber diese Malinja mit ihrem Blumengesicht und den freundlichen Augen machte mich richtig gesprächig. Vielleicht lag es daran, daß wir nur einzelne Worte und Gesten zur Verfügung hatten, uns zu verständigen? Vielleicht macht gerade das Fehlen der gemeinsamen Sprache mich weniger beziehungslos, weil man dann mit Erfindergabe und Phantasie aufeinander zugehen muß? Es dabei einfach keine Floskeln gibt? Geben kann?

Wie auch immer, Maria, ich freute mich natürlich auch, Ihre Briefblätter bei mir zu haben, und als ich mich von Malinja verabschiedet hatte, wanderte ich in mein Dorf und an den kleinen Hafen zurück. Ich las Ihr Fax am Tisch unter den Olivenbäumen, wo mein zweites, eigentliches Frühstück auf mich wartete. Dort, im Schatten, war es noch kühl, aber das Meer flimmerte bereits vor Hitze. Jetzt habe ich mich in mein Zimmer zurückgezogen, durch die Ritzen der Holzjalousien weht vom Wasser her doch ein wenig Kühle herein.

Ach, liebe Maria, alles, was Sie mir erzählen, will ich wissen! Und mehr noch. Ich fühle mich mittlerweile mit Ihnen in ein Gespräch verwoben. Sehr rasch sind Sie für mich mehr geworden als eine Briefpartnerin. Gestern aber habe ich geschwiegen. Weil ich dem Leben wieder einmal von der Schaufel gefallen bin, und ins Bodenlose. Diesen Zustand der Unfähigkeit, in der Wirklichkeit Halt zu finden, wünsche ich keinem Menschen. Man sagt meist: wünsche ich meinem ärgsten Feind nicht, aber ich wüßte auch keinen ärgsten Feind zu nennen, nicht mal einen weniger argen. Feindschaft, Haß, Ärger, sogar Verzweiflung –

das wären ja bereits äußerst lebendige Empfindungen, gemessen an der öden Leere, die sich in solcher Verfassung totendunkel in mir ausbreitet und nichts Lebendiges mehr in mich hereinläßt. Aber Schluß jetzt mit diesen Beschreibungen eines Elends, das Sie, Maria, gottlob kein bißchen zu kennen scheinen. Nicht daß ich Sie deshalb beneide, nein, ich bewundere Sie dafür. Denn es ist für mich ein Wunder, daß jemand dem Leben und seinen Nöten so standhalten kann wie Sie. Oder Ihre Mutter zum Beispiel! Die vom Frieden eines allein verbrachten Fernsehabends, mit Gulasch und Bier vor sich, beglückt werden kann! Wie ich mich meiner Schwermut, meines Unglücks schäme, wenn ich das lese. Meine Mutter hat sich leider nie beruhigt. Ich meine, Ruhe und Frieden gefunden. Als ich diesen schrecklichen Blödsinn begangen hatte, flüchtete sie mit mir aus dem Dorf. Ohne lange zu überlegen, packte sie sofort, nachdem sie alles erfahren hatte, für jede von uns einen Koffer, so angefüllt und schwer, daß wir ihn grade noch schleppen konnten. Diese Koffer enthielten so ziemlich alles, was wir beide an persönlichen Habseligkeiten besaßen. Da es Pappkoffer waren, mußte sie sie mehrfach mit einer Spagatschnur umwickeln. Sie tat das alles in der kurzen Ruhezeit nach dem Mittagstisch. Statt nach dem Essen die paar Minuten auszuruhen, die ihr gegönnt wurden, rumorte sie eilig und schwitzend in unserer Kammer herum. Es war ein Tag Mitte September, sonnig und immer noch sommerlich warm. Sie beachtete mich nicht, obwohl ich mich neben ihr im heißen, kleinen Zimmer befand. Ich sah ihr eine Weile lang schweigend und verständnislos zu, bis ich endlich zu fragen wagte: »Was tust du da eigentlich, Mutter?« »Ich packe, wie du siehst«, stieß sie hervor, während sie einen der übervollen Koffer zu schließen versuchte. »Warum tust du das?« fragte ich.

»Bist du blöd, oder was?« antwortete sie mit rauher Stimme, »wir laufen heute nacht weg.« »Wir laufen weg? Wohin denn?« Da richtete sie sich auf und sah mich an. Die Augen in ihrem erschöpften Gesicht waren schwarz vor Wut, und ich wußte, daß sie mich jetzt gern angeschrieen hätte, vielleicht sogar geohrfeigt. Ich wußte auch, daß sie sich bezwang, weil man es im ganzen Haus gehört hätte. »Weiß der Teufel, wohin«, zischte sie zu mir her, »der Teufel schläft bekanntlich nie, und du hast ja nichts unterlassen, ihn zu wecken. Jetzt also zum Teufel mit uns beiden, aber auf jeden Fall weg von hier. Dämmert es dem gnädigen Fräulein langsam?« Erst jetzt wurde mir klar, daß ich es war, die sie bewog, die Flucht zu ergreifen. Ich und der Zustand, in den ich geraten war. Meine Augen füllten sich mit Tränen und ich rief: »Ich will aber nicht weg! Ich will –« Sie ließ mich nicht ausreden und schlug mir jetzt tatsächlich ins Gesicht. Etwas, das sie noch nie zuvor getan hatte. »Was du willst, zählt keinen Pfifferling!« Sie sprach keuchend, so sehr kämpfte sie gegen die Schreie an, die sie mir gern entgegengeschleudert hätte. »Ich habe etwas für dich gewollt, verstehst du? Es hätte dir die Möglichkeit verschafft, später nach deinem Willen zu leben, und nicht als weiblicher Trampel, dem man befiehlt! Du aber hast dich freiwillig zum weiblichen Trampel machen lassen, und deshalb müssen wir auf und davon. Es ist deine letzte Chance, nicht so zu werden wie ich! Verstehst du das jetzt endlich?« Und ich mußte es verstehen, Maria, ob ich wollte oder nicht. Höchstwahrscheinlich hatte meine Mutter recht mit dem, was sie tat. Aber sie brach mir das Herz, ohne darauf zu achten.

Gegen ein Uhr früh schleppten wir die schweren Koffer aus dem Haus, so geräuschlos wie wir nur konnten. Es gelang uns, niemanden aufzuwecken. Wir mußten mit dem Gepäck mehrere Kilometer zur nächsten Eisenbahnstation gehen. Die Nacht war lau, und der Weg ins andere Dorf führte an einem Bach entlang, der sanft rauschte. So konnte ich vor mich hinweinen, ohne daß meine Mutter es hörte. Beide keuchten wir, der schweren Koffer wegen. Nur einmal, als wir sie kurz absetzten, sagte meine Mutter trocken: »Die Ohrfeige war unnötig.« Sie sagte es, ohne mich anzusehen, hob danach rasch ihren Koffer wieder hoch und ging weiter. Ein Mehr an Entschuldigung war ihr nicht möglich.

Um drei Uhr morgens saßen wir in einem Bummelzug Richtung Stadt. Mittags kamen wir an. Gleich beim Bahnhof nahmen wir ein Zimmer in einer schäbigen Pension. Meine Mutter hatte sich sogar nicht gescheut, meinem Vater Geld zu stehlen. Sie wußte von einer Schatulle, die sie nie auch nur berührt hatte, dafür war sie viel zu stolz. In dieser Nacht aber nahm sie ohne Zögern alles heraus, was sich darin befand. Der Vater mußte die Schatulle tags davor frisch aufgefüllt haben, der Betrag war groß genug, um uns die ersten Tage durchzubringen.

Stellen Sie sich vor, Maria, meine Hausleute haben eben geklopft, weil sie dachten, mir wäre vielleicht schlecht! Die Jalousien seien schon so lange geschlossen, und ich sei nicht beim Mittagessen und auch nicht schwimmen gewesen. Mich rührt, daß sie sich Sorgen gemacht haben. Außerdem fällt mir auf, daß ich ins Erzählen geraten bin, ohne für Sie, Maria, eine Chronologie aufrechterhalten zu haben. Vom »schrecklichen Blödsinn« muß ich Ihnen im nächsten Brief berichten. Vielleicht habe ich ihn ausgelassen, weil das Erinnern immer noch schmerzt. Aber Sie werden ihn erfahren, weil es sein muß.

Ich werde jetzt an die Hafenmauer gehen und ein wenig schwimmen. Außerdem habe ich Hunger und werde Tomaten und Käse essen. Wenn die Hitze nicht mehr so arg ist, gehe ich zum Postamt, und Malinja wird meinen Brief durch das Faxgerät laufen lassen. Vielleicht kann Herr Kreuz ihn heute noch zum Portier legen. Danke, daß ich Ihnen schreiben darf.

Ihre Magda

18. Juni

Liebe Frau Magda.
Erstens, ich bin nicht gerührt, daß Ihre Hausleute sich um Sie Sorgen machen, eigentlich gehört sich das. Aber ich bin trotzdem froh darüber, weil Sie das brauchen, wenn Sie dauernd dem Leben von der Schaufel fallen, wie Sie geschrieben haben. Und zweitens, ich will alles erfahren, alle noch so schrecklichen Blödsinne, nichts ist mir leid, ehrlich! Mir tut nur leid, was mit Ihrer Mutter und Ihnen so passiert ist. Gestern habe ich meine Mutter besucht, nachdem ich beim Ölig-Versand grade noch Ihr Fax bekommen habe, bevor die zugesperrt haben. Der Herr Kreuz war schon am Gehen und hat es mir sehr freundlich in die Hand gedrückt und hat gesagt, das wird ja ein richtiger Briefwechsel, liebe Frau Schübler, er kennt jetzt schon meinen Namen, und daß das heutzutage schon ganz selten geworden ist, hat er auch gesagt, daß Menschen einen Briefwechsel haben. Mich hat das irgendwie stolz gemacht, ich hoffe, Sie verstehen das, Frau Magda. Und auch, daß ich deshalb hinterher bei meiner Mutter den Fernseher abgedreht habe und zu ihr gesagt, jetzt hör mir lieber mal zu, jetzt erfährst du was vom Leben.

Und dann hab ich ihr ein bißchen vorgelesen, die Sache mit der Ohrfeige und der Flucht. Ich schreibe Ihnen das, weil ich dann ein schlechtes Gewissen bekommen habe, vielleicht sind Sie mir deshalb böse, hab ich mir gedacht, und grade deshalb will ich keine Heimlichkeit haben. Aber meine Mutter hat vielleicht zugehört, sag ich Ihnen, sie hat ihr Bierglas weggestellt, sich vorgebeugt und dauernd den Kopf geschüttelt. Die Frau Bernsteiner, bei der du saubermachst, hat das erlebt? hat sie mich gefragt, aber das ist doch eine Feine. Für meine Mutter sind alle, die nicht arm sind wie sie selbst, Feine. Sie sagt nie feine Leute, sie sagt immer die Feinen. Ja, hab ich gesagt, sie ist sehr fein, Mutter, fein und zart, alles kann sie umblasen. Kein Wunder, hat meine Mutter genickt, bei so einer Mutter. Aber die war doch auch eine arme Haut, hab ich gleich gebrüllt, aber meine Mutter hat weiter den Kopf geschüttelt und gesagt, so bös darf man nicht werden, ich weiß, wovon ich rede, ich weiß auch, wie das ist, wenn man eine arme Haut ist. Wir haben darüber noch eine Zeitlang hin und her geredet, zum Schluß hat sie mich gefragt, ob mich auch alles umblasen kann. Nein, hab ich gesagt. Na siehst du, hat sie gesagt.

Ach liebe Frau Magda, ich hoffe wirklich, daß Sie mir nicht böse sind deshalb, aber meine Mutter tratscht nicht, sie ist wirklich sehr schweigsam und kennt nur wenige Leute, bei ihr ist alles gut aufgehoben, glauben Sie mir.

Jetzt habe ich wieder so lange von meiner Mutter erzählt, daß ich Ihnen nur noch sagen kann, daß ich im Wörterbuch Chronologie hab nachschlagen müssen, jetzt weiß ich, was es heißt, und ich brauche sie nicht, diese Chronologie. Obwohl das Wort schön ist, ich schreibe es richtig gern hin, aber erzählen Sie mir ruhig Kraut und Rüben durcheinander. Ich muß für heute aufhören, mir fallen die Augen zu, ich habe Waschtag gehabt, deshalb, der macht mich immer saumüde. Verzeihen Sie bitte das sau, es ist mir so rausgerutscht. Eine gute Nacht wünscht Ihnen Ihre

Maria

Und Grüße an die Frau Malinja mit ihrem Blumengesicht, muß eine nette Frau sein und schickt mir die Faxe immer sehr ordentlich, das sagt auch der Herr Kreuz.

20. Juni

Meine liebe Maria,
gestern hat es ein schreckliches Gewitter gegeben, am frühen Nachmittag war der Himmel plötzlich von schwarzen Wolken bedeckt, es wurde so dunkel, als würde die Nacht hereinbrechen. Ich bin in meinem Zimmer vor der geöffneten Balkontüre gesessen und habe mir das Unwetter angesehen. Das Meer war schwefelgelb, mit violetten Abgründen zwischen den Wogen, die so hoch wurden wie kleine Gebirge. Sie sind mit weißer Gischt über die Hafenmauer hereingebrochen, die Boote wurden so heftig gegeneinandergeschleudert, daß ich dachte, sie würden alle zerbrechen. Ein Wunder, daß trotzdem alle heil geblieben sind. Die Fischer standen besorgt an den Fenstern oder in den Hauseingängen, ich habe ihre Gesichter gesehen wie weiße Flecken, hinter einer Wand aus Regen, die der Sturm gegen das Dorf warf. Dazu Blitze, daß man meinte, der Himmel würde zerreißen, und ohrenbetäubende Donnerschläge. Es war ein Inferno, sage ich Ihnen, aber ich saß halbwegs geschützt hinter meiner Türe und habe es mir mit einem

seltsamen Genuß angesehen. Für mich wurde es zu einem Schauspiel, das gerade seiner Wildheit wegen meine Seele irgendwie besänftigt hat. Ob Sie das verstehen können, Maria? Daß die eigenen Schreie verstummen können, wenn die Natur aufbrüllt? Daß es überhaupt jemanden gibt, der mit einem Inferno in seinem Inneren leben muß, so qualvoll, daß ein infernalisches Unwetter es übertreffen und plötzlich zum Wiegenlied werden kann?

Beantworten Sie mir diese Fragen nicht, Maria, sie sind rein rhetorisch gestellt, ich weiß, daß all dies Ihnen gottlob fremd ist. Jedenfalls hat es dann bis in den späten Abend hinein so heftig geregnet, daß man nicht vor die Türe konnte. Ich habe mir ein wenig Wein, Schinken und Brot heraufgeholt und in meinem Zimmerchen gegessen. Dann habe ich an Sie geschrieben, ohne Ihre Antwort abgewartet zu haben. Erst heute habe ich mir das Fax geholt. Das Wetter ist wieder wunderbar, es ist nicht mehr so unerträglich heiß, alles scheint in der Sonne zu glänzen, als wäre es frisch gewaschen worden. Und stellen Sie sich vor, ich sitze an einem Tisch in Malinjas kleinem Garten, der hinter dem Postamt an einen Pinienwald angrenzt. Auch hier ist ihre Hand zu spüren, ein üppiges Wuchern von Blumen und Gemüse umgibt mich. Sie habe einen eigenen Brunnen, hat sie mir, wieder mit Händen und Blicken, erklärt, und deshalb könne sie gießen, soviel sie wolle, »Brunnen ist freiwillig«, hat Malinja plötzlich sehr schön gesagt. Da ich ohnehin einen langen Brief an Sie bei mir trug, hat sie mir angeboten, hier im Gärtchen weiterzuschreiben und dann beides loszuschicken. Ich sitze an einem Stahlrohrtisch, auf dem eine Plastikdecke liegt, ebenfalls mit Blumenmuster, der alte Korbsessel knirscht leise, während ich schreibe.

Liebe Maria, wenn Sie Ihrer Mutter aus meinen Briefen vorlesen, macht mir das überhaupt nichts aus. Im Gegenteil, mich ehrt, daß diese Frau, die ich nach allem, was Sie mir bisher von ihr erzählt haben, hoch achte, von meinem Leben hören will. Also keine Sorgen deshalb. Und um trotzdem ein wenig Chronologie zu wahren, faxe ich Ihnen jetzt also auch, was ich in der gestrigen Regennacht geschrieben habe, es handelt von diesem mehrfach zitierten »schrecklichen Blödsinn«, ich habe lange geschrieben, Sie werden lange lesen müssen, ich bitte Sie, sich Zeit zu lassen, wenn Waschtage und dergleichen Sie ermüdet haben. Nichts zwingt uns zur Eile. Nicht wahr?

Ein unglaublich schöner, großer Falter ist eben an mir vorbeigewirbelt. Es gibt wunderschöne Schmetterlinge hier auf der Insel, und ich glaube mich zu erinnern, daß Sie mir einmal gesagt haben, wie traurig es Sie mache, so selten Schmetterlinge zu sehen, wo wir wohnen. Ich wünschte, ich könnte Ihnen ab und zu einen von diesen hier über den Weg schicken, aber leider geht so etwas nicht. Also der Falter, der eben vorbeiflog, war rostrot mit bronzenen Flecken und einem feinen Muster, violett und erdbeerfarben. Ich kann ihn so genau beschreiben, weil er kurz auf meiner Hand saß. Auf der, mit der ich jetzt meine Grüße an Sie niederschreibe, also war er Teil meines Grußes. Leben Sie wohl, Maria.

Ihre Magda

Am Abend, 19. Juni.

Der Regen und das Meer, beides rauscht in der Dunkelheit vor der geöffneten Balkontüre, die Luft, die ins Zimmer schlägt, ist feucht und riecht nach Wassertiefen. Ich habe die Nachttischlampe neben den Briefblock gestellt, um beim Schreiben nur einen kleinen Lichtkegel zu benützen und diese mächtige, dröhnende Finsternis nicht allzu sehr von mir abzudrängen. Liebe Maria, ich möchte Ihnen heute noch erzählen, warum meine Mutter damals gegen meinen Willen mit mir die Flucht ergriffen hat, warum wir unser Dorf und das Haus meines Vaters tief in der Nacht und heimlich verlassen haben.

Wie gesagt, ich ging gern zur Schule und konnte es dank meiner Mutter auch regelmäßig tun. Erst in die Volksschule bei uns im Ort, dann in das Realgymnasium der Kreisstadt. Dorthin fuhr ich täglich mit dem Autobus, je eine gute Stunde hin und zurück. Dieser Autobus war ein altersschwaches, wackliges Modell und rumpelte dennoch bei jedem Wetter die damals zum Teil noch unasphaltierten Landstraßen entlang. Er kam sogar meist ziemlich pünktlich des Weges, was für meinen Schulbesuch eine wesentliche Voraussetzung darstellte. Daß der Fahrplan gewissenhaft eingehalten wurde und dieses Gefährt sich unerschütterlich auch über schlammige oder schneebedeckte Straßen kämpfte, war eindeutig das Verdienst seines Fahrers, eines noch jungen Mannes, der tagaus, tagein am Steuer saß. Ich kann mich jedenfalls nicht erinnern, je einen anderen hinter dem Lenkrad sitzen gesehen zu haben, keine Ahnung, wie das mit freien Tagen oder Urlauben funktionierte. Oder vielleicht sah ich eben nur diesen einen Mann, und wenn ein anderer ihn vertrat, nahm ich es nicht wahr. Er hieß Johann. Johann Eipeldauer. Wenn ich einstieg, lächelte er mich an. Und bald war ich der Meinung, daß kein Mensch auf Erden schöner lächeln könne als er. Daß es keine schöneren dunkelbraunen Augen auf Erden gäbe als die seinen. Und daß seine großen Hände, die so geschickt mit dem Lenkrad umgehen konnten, auch die schönsten Hände auf Erden seien. Hände, von denen berührt zu werden das höchste Glück auf Erden bedeuten müßte. Ich begann sogar dieses Lenkrad zu beneiden, weil es seinen Händen zu gehören schien. Und wenn er mir bei Glatteis die Hand entgegenstreckte, die meine packte und mir in den Bus half, durchströmte mich eine Vibration, als stünde ich unter Strom. Ja, Maria, ich war noch keine fünfzehn Jahre und hatte mich unsterblich in den Fahrer des Autobusses verliebt, mit dem ich täglich zur Schule fuhr. Da war ein Mensch nett und freundlich zu mir. Da war einer ein Mann und lächelte! Nie hatte ich meinen Vater oder andere Männer des Dorfes mich so anlächeln sehen. Außer an den Sonntagen begegneten wir einander täglich zweimal, und täglich konnte ich mich darauf freuen, weil sein mir zugewandtes Gesicht und das fröhlich gerufene »Nix wie eini, Magda!« mich stets mit der gleichen heiteren Liebenswürdigkeit empfing. Diese Freude, ihn wiederzusehen, war die erste Empfindung, die mir bewußt wurde. Und daß mich, wenn er den Autobus lenkte, ein Gefühl von Sicherheit und Vertrauen erfüllte, weil dabei gleichzeitig jemand für eine Weile mein Geschick ins Helle zu lenken schien. Ich war immer glücklich, wenn ich einen Sitzplatz direkt hinter ihm ergattern konnte und seine Schultern und den Hinterkopf mit dem hochgeschorenen Haar vor mir hatte. Für die Weile dieser Autobusfahrt fühlte ich mich dann wie im Paradies. So ist das, Maria, wenn ein Mensch nur mit Liebesentzug aufwächst, und nichts ist gefährlicher als diese elementare, hungrige Sehnsucht nach Zuwendung, die sich schon mit ein klein wenig Freundlichkeit zufriedengibt. Ja, ich war zufrieden, nahezu selig, lange Zeit. Mir genügte, mit Johann Eipeldauer das Innere eines Autobusses teilen zu dürfen, beim Ein- und Aussteigen seinem Blick oder Lächeln zu begegnen, seine Hände und die Muskeln seines Rückens in Bewegung zu sehen und ihn atmen zu hören. Wenn er gar zwischendurch scherzhaft das Wort an mich richtete, fuhr ich geradewegs in den Himmel auf. Mehr und mehr wurden es die schönsten und leuchtendsten Stunden meines jungen Erdendaseins, mit dem Bus zur Schule und dann wieder zurück zu rumpeln. Mir fiel natürlich nicht ein, daß dieser angebetete Johann ebenfalls ein simpler junger Mann sein könnte, brutal und dörflerisch wie all die anderen jungen Männer, die ich kannte. Daß er vielleicht die tägliche eintönige Pflicht nur deshalb mit Liebenswürdigkeit verbrämte, um seine Ruhe zu haben und nicht aus der Haut zu fahren. All dies kam mir nicht in den Sinn. Auch daß er zu allen Fahrgästen liebenswürdig war und nicht nur zu mir, daß er alle, die regelmäßig mit ihm fuhren, beim Namen kannte und sie damit ansprach, ließ mich nicht an seiner Beachtung zweifeln. Alles schwebt zwar unausgesprochen zwischen uns, dachte ich, aber er weiß Bescheid, er weiß doch auch, daß ein tiefes gemeinsames Gefühl uns verbindet, es kann gar nicht anders sein. Mehr und mehr begann ich mir diesen Unfug einzureden und auszumalen, ich lag nachts neben meiner reglos und erschöpft schlafenden Mutter und träumte mich in die Liebesgeschichte eines pubertierenden Mädchens hinein. Aus der anfänglichen schlichten Freude meiner noch kindlichen Zuneigung geriet ich im Lauf der Zeit in den Sog einer Romanze, die aber nur in meiner Einbildung stattfand und jeden Wirklichkeitssinn vermissen ließ. Da ich außerdem mit keiner Menschenseele ein Wort über meine erwachenden Empfindungen sprach, konnten diese, in mir verschlossen, wild vor sich hinwuchern und die phantastischsten Blüten treiben. Dieser Johann Eipeldauer, der da seinen alten Autobus bei Wind und Wetter, Sonne und Regen für ein sicher jämmerliches Gehalt durch das Land fuhr, sich vielleicht auf sein abendliches Bier oder einen freien Sonntag freute, wenn er am Steuer saß, der hatte keine Ahnung, in welchen Roman aus Liebe und Leidenschaft er da mehr und mehr hineingezogen wurde. Er blieb nett und heiter, sagte vielleicht: »Na Magda, wird dir die Schul' net fad?«, und das, ohne eine Antwort abzuwarten, und sein tragischer und verschlossen vor sich auf die Straße gerichteter Blick hatte nichts mit unser beider Liebessehnsucht zu tun, wie ich annahm, sondern einzig mit den Schlaglöchern, denen er ausweichen mußte.

Wäre nur alles so geblieben, Maria. Hätte ich mich nur weiter in meinen erträumten Geschichten aufgehalten, das kalte Bett neben meiner Mutter mit diesen Träumen erhitzt und auch die lieblosen, liebeleeren Tage kraft meiner Phantasie mit Wärme erfüllt. Aber leider kam es anders. Wieder einmal standen die Sommerferien vor der Tür. Mit meinem guten Zeugnis in der Schultasche saß ich hinter Johann im Bus und wartete auf ein Zeichen. Jetzt müßte er sprechen, dachte ich, er weiß doch, daß ab heute Ferien sind, daß ich lange Zeit nicht mit ihm fahren kann und wir einander vermissen werden. Ich starrte auf seinen verschwitzten Nacken und rief alle Götter an, mir beizustehen. Und dieses eine Mal standen sie mir eigenartigerweise bei, obgleich sicher nicht zu meinem Nutzen. Es gab plötzlich einen ohrenbetäubenden Knall, ein Reifen war geplatzt, das Auto wurde wild herumgeschleudert, ich stürzte neben Johann vornüber, schlug mit dem Kopf auf und wurde bewußtlos. Als ich wieder zu mir kam, lag ich am Straßenrand in einer Wiese, und er war über mich gebeugt. Ganz nah sah ich sein Gesicht vor mir, seine Bartstoppeln, kleine Schweißperlen, und einen mich überwältigenden Ausdruck von Besorgnis in seinen Augen. Über ihm wehte ein Birnbaum im Wind, Sommerwolken flogen durch den blauen Himmel, dieser Anblick umrahmte ihn so idyllisch, als hätte sich das Antlitz eines Engels über mich geneigt. Alle meine Träume schienen mit einem Schlag beantwortet. Ich lächelte ihn selig an, dann hob ich meine Arme und umschlang ihn. Ich zog ihn zu mir herab, und meine Lippen suchten seinen Mund. Ich wußte nicht, wie man küßt. Aber der verdutzte junge Mann, von mir überrumpelt, geriet durch diese plötzliche Berührung in Hitze und erwiderte meinen zarten Versuch mit einem harten Zungenkuß. Ich wußte auch nicht, ob mir das wirklich gefiel, aber mein junger Körper reagierte. Er begann mich auszuziehen. Was ich nicht ahnte und auch nicht überlegte, war der Umstand, daß die anderen Fahrgäste, denen allen nichts passiert war, sich zu Fuß auf den Weg gemacht und versprochen hatten, Hilfe zu schicken, sowohl für den zerfetzten Autoreifen und fahrunfähigen Bus als auch für das ohnmächtige oder vielleicht tote Mädchen. Johann und ich befanden uns also allein unter dem Birnbaum auf der Wiesenböschung. Er, der einen ärgeren Unfall verhindert und mich zumindest schwer verletzt geglaubt hatte, wurde wohl wegen seiner Aufregung und Erschöpfung in die Sexualität hineingerissen, jedenfalls ist das meine Erklärung dafür, daß er mich so unvermittelt und unbedacht nahm. Keuchend drang er in mich ein, und das immer wieder. Er schien wie von Sinnen zu sein. Mir tat es weh. Aber ich hatte mich so lange nach einer Vereinigung mit ihm gesehnt, daß ich es in einer Mischung aus Schmerz und Wollust mit mir geschehen ließ. Beide merkten wir nicht, daß ein Sanitätsauto gefahren kam und neben dem lädierten Bus hielt. Daß ein Mann und eine Frau in weißer Kleidung auf uns zuliefen und uns in der Wiese kopulieren sahen. Ach Maria, wie beschämend für ein unerfahrenes vierzehnjähriges Mädchen, in dieser Weise überrascht und angestarrt zu werden. Als Johann plötzlich der Situation gewahr wurde, rollte er hastig zur Seite, schloß seinen Hosenlatz und stammelte unsinnige Ausreden. Er war schweißüberströmt und konnte einem richtig leid tun.

Ich tat keinem leid. Der Sanitäter lachte hämisch und schaute auf meinen entblößten Körper hinunter, als wäre der auch für ihn ein Leckerbissen. Die Frau sah mich entrüstet an. Ich richtete mich zitternd auf. »Könntens das für sich g'halten?« fragte Johann mit gesenktem Blick. Er stand vor den Sanitätern, als hätte man ihn geprügelt. Die Frau starrte mich weiterhin an. Der Mann lachte breit und meinte: »Meinethalben braucht des kana wissen, muß halt die Klane den Mund halten.« »Die Magda sagt nix«, versicherte Johann eilig, »gell, Magda, du sagst nix?«, und ich nickte ebenso eilig und beflissen. »Und sonst? Fehlt dir irgendwas?« fragte der Sanitäter noch, wieder mit seinem breiten, anzüglichen Lachen, und ich antwortete brav: »Nein, mir fehlt nichts.« »Tuat dir was weh?« fragte dann auch die Sanitäterin, mit Blick auf mein blutverschmiertes Höschen, und wieder lachte der Sanitäter. »Nein«, sagte ich und bedeckte meinen Schoß mit dem Rock, der noch im Gras gelegen hatte. Die beiden gingen zu ihrem Auto zurück, nicht ohne sich kopfschüttelnd nach uns umzuschauen und das Gesehene weiter halblaut zu erörtern. Ein letzter zynischer Blick, dann waren sie eingestiegen, das Sanitätsauto verschwand, und eine Staubwolke senkte sich sanft über die Landstraße. Ich saß immer noch im Gras und Johann stand stumm vor mir. »Steh halt jetzt auf«, sagte er schließlich leise, und ich gehorchte. »Des war bled«, murmelte er. Jetzt aber erhoben sich meine Liebesgefühle erneut. »Nein!« rief ich, »nein, Johann, das war nicht blöd. Weil ich dich liebe!« Johann hob den Kopf und starrte mich verblüfft an. »Was sagst?« »Ich liebe dich«, wiederholte ich tapfer, während ich mir meine Bluse zuknöpfte. »Na, des wär was«, brummte er. Dann holte er meine Schultasche aus dem verbeulten Bus, der schief am Straßenrand stand, und drückte sie mir in die Hand. »Kommst allanig zu Fuß ins Dorf?« fragte er. »Ja, das schon«, sagte ich, »aber wann sehen wir zwei uns wieder?« »Jetzt geh amal ham«, seufzte er, »und sag ja nix.« Ich küßte ihn nochmals auf den Mund, obwohl er es abwehren wollte. Er stand unter dem Birnbaum im Gras und schaute mir nach, als ich davonging. Was er dabei dachte, werde ich nie erfahren, denn ich habe ihn nie wiedergesehen.

Als ich nach Hause kam, erzählte ich nur von dem geplatzten Reifen, daß ich deshalb zu Fuß gekommen sei, und legte mich ins Bett, nachdem ich meine blutige Wäsche versteckt hatte. Natürlich schämte ich mich, weil ich so grausam Blicken ausgeliefert gewesen war. Aber an Johann Eipeldauer dachte ich nach wie vor mit Empfindungen, die mein Herz und meinen Körper wärmten. Was ich nicht wußte, war, daß die Sanitäterin meiner Mutter »von Frau zu Frau« und unter dem Siegel der Verschwiegenheit alles erzählte. Das allein bewog sie, mit mir zu flüchten, das Dorf für immer zu verlassen. Ich weiß nicht einmal, ob sie befürchtet hatte, ich sei schwanger, oder daß mein Fehltritt bekannt und ich zum Gespött der Leute werden könnte. Sie beließ es bei der Bemerkung vom »Teufel, der nie schläft« und daß ich mich zum »weiblichen Trampel« gemacht hätte. Nachträglich will mir scheinen, als wäre es ihre eigene, so lange hinausgeschobene Flucht gewesen, die sie mir aufzwang.

Es hat schon lange zu regnen aufgehört, und der Morgen graut. Auch das Meer hat sich besänftigt und schaukelt sanft im ersten Licht. Wie lange ich heute erzählt habe, Maria! Aber erst jetzt fühle ich die Müdigkeit und werde bei geschlossenen Jalousien rasch ins Bett klettern. Morgen wandere ich ganz sicher zum Postamt.

Halb blind vom langen Schreiben grüßt Sie Ihre Magda

21. Juni

Liebe Frau Magda.
Auch der Herr Kreuz hat gestaunt, wie viele Faxblätter das waren, ein ganzes Paket hat er mir in die Hand gedrückt. Unsere Frau Bernsteiner hat sich ja sonst immer sehr kurz gehalten, hat er gesagt, sie ist eine Meisterin der kurzen und bündigen Geschäftsbriefe. Genau so hat er es gesagt, Meisterin der kurzen und bündigen Geschäftsbriefe, ich habe es mir gut gemerkt. In letzter Zeit höre ich sehr gern zu, wenn jemand einen Satz sagt, der nicht so ist, wie meine Sätze meistens sind. Aber dem Herrn Kreuz hab ich geantwortet: Jetzt hat sie was zu erzählen, das ist was anderes als ein Geschäftsbrief. Schon gut, Sie müssen sie nicht verteidigen, hat der Herr Kreuz gesagt und dabei gelächelt, er ist wirklich sehr nett und freundlich, wir alle schätzen Frau Bernsteiner, und ich freue mich, daß sie Ihnen schreibt. Er gibt mir die Faxe aber immer in einem Umschlag,

ich glaube wirklich, daß er nichts liest, er schaut nicht aus wie ein neugieriger Mensch ohne Manieren.

Gestern abend hab ich nur gelesen, nach dem Nachtmahl, wie der Lukas noch ins Wirtshaus ist zum Kartenspielen, danach war ich wie erschlagen und bin bald ins Bett. Ach Frau Magda, das sind vielleicht Geschichten, die Sie so jung schon erlebt haben. Ich weiß gar nicht, ob ich das zum Beispiel meiner Mutter vorlesen könnte, die mit Männern immer so schüchtern war und auch nur auf den einen hereingefallen ist, sie würde vor Schreck umfallen. Selber hat sie mir ja nie erzählt, wie das genau war mit meinem Vater. Entschuldigen Sie die Frage, Frau Magda, aber waren Sie jetzt schwanger? Nur weil Sie das erwähnt haben und dann aufgehört zu schreiben.

Jetzt lache ich aber laut vor mich hin, Sie sollten mich hören in meiner stillen Küche. Hoffentlich hab ich den Lukas damit nicht aufgeweckt, es ist bald Mitternacht. Aber wirklich! Da fange ich schon an, weiterzufragen, so wie bei einem Fortsetzungsroman, der in der Zeitung zwischendurch grade aufhört, wenn's am spannendsten ist. Früher, bevor ich Ihre Bücher kennengelernt habe, waren das die einzigen Romane, die ich gekannt habe, und im Tagesspiegel hab ich mal einen ganz und gar gelesen, alle Fortsetzungen, Der Herr der Einsamkeiten hat er geheißen, der Titel hat mir gefallen, es hat von einem wahnsinnigen Schloßbesitzer gehandelt, der seine Frau eingesperrt hat wie ein Tier, also der Titel war schöner als die Geschichte, muß ich sagen.

Aber glauben Sie bitte nicht, ich würde das so lesen wie irgendeinen Roman, was Sie mir erzählen. Ich merke, daß ich lauter Blödsinn schreibe, statt Ihnen zu sagen, wie mir das Herz weh getan hat beim Lesen. Und wie ich darauf warte, wie alles für Sie weitergegangen ist. Und bitte, fallen Sie trotzdem dem Leben nicht wieder von der Schaufel, dort auf Ihrer Insel, denken Sie immer: die Maria wacht über mich.

Jedenfalls versuche ich das, liebe Frau Magda.

Gute Nacht von Ihrer

Maria

22. Juni

Liebe Maria,

o ja, dieses Gefühl habe ich mittlerweile, das Gefühl, von Ihnen bewacht zu sein. Gestern war ein sehr schöner Abend. Das Meer leuchtete, als bestünde es aus kobaltblauer Tinte, dazu der pfirsichrote Horizont. Ich saß nach dem Abendessen noch eine Weile an der Steinbrüstung und sah zu, wie die Farben langsam in der aufsteigenden Dämmerung zerflossen. Dann bin ich rasch ins Bett gegangen und habe gleich geschlafen, ich war immer noch müde vom langen Schreiben in der Gewitternacht und der Wanderung tags darauf, zum Postamt, in Malinjas Garten, und wieder zurück. Obwohl ich gestern bewußt einen ruhigen Tag eingeschaltet habe, in der Sonne gelegen und geschwommen bin. Und trotz der Schwere meiner Gedanken habe ich mich irgendwie aufgehoben gefühlt. Bei Ihnen aufgehoben, Maria. Und das wollte ich Ihnen schon sagen, ehe Sie in Ihrem heutigen Brief schrieben, sie würden versuchen, über mich zu wachen. Sie tun es also und ich danke Ihnen dafür. Mehr, als ich sagen kann.

Trotzdem kann ich es nicht verhindern, immer wieder in diese Einsamkeit zu geraten, die eine Einsamkeit des Herzens ist und nicht eine der Gegebenheiten. Meine Wirtsleute und inzwischen auch einige Dorfbewohner sind wirklich nett zu mir, wir grüßen einander und lachen miteinander. Eine Frau wäscht und bügelt meine Sachen, dadurch besuche ich sie öfter in ihrem Steinhaus. Sie hat innen alles bunt tapeziert und ständig den Fernsehapparat laufen. Und ständig einen picksüßen Apfelkuchen auf dem Tisch, davon muß ich essen, ehe ich mit meinem Wäschepaket gehen darf, sie kennt da keine Gnade. Dann gibt es einen Fischer, der Pero heißt und ein kleines knallblaues Holzboot mit Motor besitzt. Wenn der zu seinen Fischreusen ausfährt, nimmt er mich manchmal mit, es ist wunderschön, hinter die Klippen zu fahren und nur noch von Meer umgeben zu sein, vom Schlag der Wellen und den Stimmen der Zikaden am Felsufer. Pero holt die gefangenen Fische ins Boot, ein silbernes Zappeln und Sterben, ich schaue meist nicht hin, wenn er das tut, wir schweigen und lächeln uns nur manchmal an. Nein, Maria, ich fühle mich hier nicht mehr fremd oder verlassen, ich habe mich eingelebt. Aber diese gewisse innere Einsamkeit wird durch nichts gelindert. Manchmal schläft sie. Aber um so wilder kann sie zu anderer Zeit in mir zu toben beginnen und mir das Herz auffressen. Ja, ungefähr so fühlt sich das an. Als fräße jemand mein Herz. Manchmal ist es auch mit realen physischen Schmerzen verbunden, dann tut mir eben tatsächlich das Herz weh, als würden Brocken davon herausgerissen. Nicht so, wie Sie meinten, daß Ihr Herz weh getan hätte, als Sie meinen Bericht lasen, nicht als Gleichnis, sondern als echter körperlicher Schmerz. Einsamkeit, diese Einsamkeit, sie ist sehr gefräßig, sie frißt einem auch Liebe, Freude und die Anteilnahme am Leben weg. Und schwer, fast unmöglich ist es, mich zu wehren, wenn ich in dieser Weise überfallen werde.

Aber womit überschütte ich Sie jetzt wieder, Maria! Eigentlich wollte ich ja nichts anderes als weitererzählen. Nachdem ich heute Ihr Fax abgeholt und dabei meine Wanderungen unternommen habe, sitze ich jetzt auf dem Balkon, Briefblock und Stifte vor mir. Mein Blick kann über den Hafen schweifen, dahinter wiegt sich das Meer unter einem wolkenlosen Himmel, die Sonne steht bereits ein wenig tief.

Meine Mutter und ich bezogen also das enge, schäbige Zimmer in der Pension nahe dem Hauptbahnhof. »Pension Schlemmer« hieß sie, ich vergesse das nie, vor allem, weil ich in dieser Zeit oftmals Hunger litt und in irgendeiner Weise zu »schlemmen« mir wie ein Geschehen aus dem Märchen erschien. In dem Zimmer standen zwei schmale Betten, ein Kleiderschrank und ein Tisch mit nur einem Sessel. Mehr nicht. Vor dem Fenster tobte der Autoverkehr einer dicht befahrenen, mehrspurigen Ausfahrtsstraße. Es war ein heißer Nachmittag, als wir ankamen, und trotz der stickigen Luft und des Lärmens fiel ich sofort in einen totenähnlichen Schlaf, nachdem ich mich auf eines der Betten geworfen hatte. Als ich gegen Abend wieder aufwachte, saß meine Mutter auf dem anderen Bett mir gegenüber und starrte mich gedankenvoll an. Dieser Blick, in den ich geriet, war so schwer und todtraurig, daß ich zu lächeln versuchte, um ihn aufzulockern. Mein Lächeln fand jedoch keine Antwort. »Morgen such ich eine Arbeit«, sagte sie sofort, als habe sie auf mein Erwachen gewartet, um mir schonungslos den Ernst der Lage klarzumachen. »Ich hab zwar unsere Sachen ausgepackt, während du geschlafen hast, aber lange können wir hier nicht bleiben. Wir brauchen ein billiges Untermietzimmer und eine Schule für dich.« »Und der Vater?« fragte ich, weil ich mir nicht vorstellen konnte, daß er uns jemals ungeschoren lassen würde. »Ich glaub, der ist froh, daß er uns los ist«, sagte meine Mutter. Dieser abschließende Satz, Maria, dem auch kein Kommentar mehr zu ihrer Ehe, zu diesem Mann, der mein Vater war, folgen sollte, enthielt alle Bitterkeit, die ein Menschenleben erfüllen kann. Sie sagte ihn vor sich hin, mit ihrer stets rauhen Stimme, und ohne den Ausdruck ihres Gesichtes zu verändern. Aber gerade deshalb stiegen mir Tränen in die Augen. Nicht, daß es mir um meinen Vater leid gewesen wäre, er hatte unser beider Leben verwüstet, ihm nie mehr zu begegnen war eine eher angenehme Vorstellung für mich. Aber mir wurde in diesem Augenblick bewußt, wie hoffnungslos zerstört das Leben meiner Mutter war. Ich sah es ihr an, als sie so vor mir saß, die Hände müde im Schoß gefaltet, ich hörte aus diesem kurzen, rauhen Satz heraus, daß sie sich aufgegeben hatte. Und ich wußte, daß sie mir von nun an ihre verlorenen Hoffnungen aufbürden würde, daß ich das einzige war, wofür sie noch lebte. Da begann ich zu weinen. Wir saßen uns gegenüber, der warme, dröhnende Abend der großen Stadt vor dem Fenster, eine ehemals weiße, schmutziggrau gewordene Gardine bewegte sich leicht, und ich weinte. »Heul nicht«, sagte die Mutter. Ich hoffte, sie würde meine Hand nehmen und sie streicheln, oder etwas in der Art. Aber sie sah mich nur grübelnd an. »Wann hast du deine Tage?« fragte sie schließlich. Ich verstand nicht gleich, was sie meinte, sah sie verdutzt an. »Na, deine Blutung!« fügte sie heftig hinzu. Seit etwa einem Jahr hatte ich Regelblutungen, auf die ich von der Mutter nicht vorbereitet worden war, ehe mich eines Tages das Blut zwischen meinen Beinen erschreckte. In Todesangst hatte ich mich damals an sie gewandt, und seufzend hatte sie gesagt: »Nein, sterben wirst nicht. Aber vorbei ist es.« Das also gab sie mir mit auf den Weg des Frauwerdens. Vorbei ist es. Und mit diesem Ausdruck in den Augen sah sie mich jetzt an. Um Gottes willen, ich könnte ja schwanger sein, fiel auch mir ein, und ich stammelte: »In zwei Wochen, glaub ich –« »Wir können nur hoffen«, antwortete sie düster, »beten nützt eh nix.«

Ich hab trotzdem gebetet in der Zeit, bis meine Blutung pünktlich eintrat. Ich wurde also nicht schwanger, liebe Maria. Damals noch nicht. Und ich war fast ebenso erleichtert wie meine Mutter. Bei aller Liebe zu Johann Eipeldauer, die mich immer noch erfüllte, hätte ich um alles in der Welt kein Kind kriegen wollen, ich war ja selbst noch eines.

Meine Mutter fand schon einen Tag nach unserer Ankunft Arbeit. Sie hatte nicht lange gesucht, war zum Bahnhof hinübergegangen, zu den Toiletten, und hatte dort gefragt. Man stellte sie sofort ein, als Reinigungsfrau für die Klos. »Aber das ist doch scheußlich«, sagte ich, »sicher hättest du auch was anderes gefunden, Mutter!« »Egal«, gab sie zur Antwort, »Arbeit ist Arbeit, und bei deinem Vater hab ich ja auch den Stall ausgemistet und das Klo geputzt.«

Mein Hauswirt hat eben heraufgerufen, ob ich jetzt zum Abendessen kommen würde, es gebe einen ganz besonders guten, frischgefangenen Fisch, jedenfalls hat er mir das mit Gesten klargemacht. Da ich freudig zurückgenickt habe, muß ich meinen Brief für heute beenden, liebe Maria, und hinuntergehen. Hoffentlich ist dieser Juni bei Ihnen auch so schön und warm. Machen Sie eigentlich niemals Urlaub?

Ich grüße Sie von Herzen,
Ihre Magda

24. Juni

Liebe Frau Magda, ich kann heute nur ganz kurz schreiben, der Lukas hat eine schwere Grippe mit Fieber und er jammert, als wäre er am Sterben, Sie wissen ja, wie die Männer sind bei Krankheiten. Aber gelesen habe ich alles, gestern noch, wie der Lukas nach den feuchten Wickeln, die ich ihm gemacht habe, endlich eingeschlafen ist. Und zum Herrn Kreuz um die Briefe laufen kann ich, also warte ich sehr auf das, was Sie weitererzählen. Bei uns ist auch schönes Sommerwetter, um so blöder ist jetzt diese Grippe, und daß ich nicht raus kann, höchstens mal kurz unter die Kastanien. Ein Urlaub wär schon mal was, hab ich noch nie gemacht, nur einmal waren der Lukas und ich in Gelsenkirchen bei seinem entfernten Onkel, das war aber eine Reise und kein Urlaub. In Gelsenkirchen würd ich auch nicht Urlaub machen wollen, ehrlich gesagt.

Der Lukas brüllt, ich muß aufhören. Lassen Sie bitte Ihr Herz nicht von der Einsamkeit auffressen, da setzen Sie sich lieber hin und schreiben mir weiter, ist das eine Idee?

Ich freue mich darauf, wenn ich Ihnen wieder in Ruhe antworten kann und das Gejammer neben mir vorbei ist. Also wenn die Männer die Kinder kriegen müßten, wären wir schon ausgestorben, so was von Wehleidigkeit!

Bis bald, Ihre Maria

25. Juni

Liebe Maria,

als ich heute zum Postamt kam, lief gerade Ihr Fax durch die Maschine, ich weiß also, daß Sie etwa um elf Uhr vormittags bei Herrn Kreuz im Versand waren. Ich hatte selbst gar keinen Brief dabei, als ich Malinja besuchte, mir war nur zum Wandern zumute gewesen. Aber es hat mir Freude gemacht, Ihren Brief vorzufinden. Obwohl mir nicht gefällt, daß Sie für alles herhalten müssen und noch nie Ferien gemacht haben. Und das in einer Zeit, wo nahezu alle Menschen wie verrückt ihren Urlaubsreisen hinterherhecheln und sich dabei meist mehr erschöpfen als erholen. Der kleine Hafenort hier ist ja ein erstaunliches Relikt, von Touristen aus unerfindlichen Gründen noch nicht wirklich entdeckt. So etwas ist auf Erden kaum mehr zu finden, ein Wunder, daß ich es gefunden habe. Frau Hasatsch, unsere jetzige Prokuristin beim Ölig-Versand, die früher hier Verwandtschaft hatte und als junges Mädchen öfter hier war, hat mir davon erzählt. Deshalb bin ich hierhergeraten, aus ihren Erzählungen schloß ich nämlich, dies sei ein Platz auf Erden, der entlegen genug wäre für mich und mein Desaster. Und ich habe mich nicht geirrt. Daß es hier außerdem schön ist, nehme ich erst wahr, seit ich Ihnen schreibe, Maria. Das wäre genau das richtige für Sie, zum Ausruhen und Schauen. Wenn ich richtig verstehe, haben Sie ja auch das Meer noch nie gesehen? Es gibt kein klareres und reineres Meer als hier, bei ruhiger See kann man alle Riffe, jedes Steinchen, das silberne Seegras am Grund und die Fischschwärme mit bloßem Auge erkennen. Manchmal schelte ich mich selbst undankbar, weil ich bei diesem Anblick nicht all mein Unglück abwerfen und glücklich werden kann. Oder so wie Sie werden, Maria, so unerschütterlich. Ich schäme mich meiner Klagen, wenn ich an Ihre Plackereien denke. Aber da Sie ja meinen, ich sollte es tun, klage ich weiter. Und erzähle weiter.

Meine Mutter arbeitete also in den Bahnhofstoiletten, und sie meldete mich in einem Gymnasium an. Wie sie schaffte, das zu bewältigen, weiß ich nicht. Ich glaube sogar, daß sie irgendwann noch einmal mit meinem Vater in Verbindung trat, wir sind also nicht untergetaucht oder etwas in der Art, und er scheint unsere Flucht tatsächlich hingenommen zu haben. Wohl, weil meine Mutter und ich ihm längst lästig geworden waren, sie eine verbrauchte Frau, die sich ihm entzog, ich ein Gör, das Bücher las. Sicher hatte er bereits eine Jüngere als Ehefrau und Hausmagd im Visier, kann sein, daß meine Eltern sich sogar scheiden ließen, ohne daß ich davon erfuhr. Aber Geld erhielt sie nie von ihm, das weiß ich, weil wir jeden Groschen zählen mußten, und ich wußte, woher jeder Groschen kam. Ihr Diebstahl, ehe wir davonliefen, blieb die einzige, erzwungene Zuwendung, und gottlob rächte sich der Vater dafür nicht. Ich hatte lange Zeit Angst, er könnte auftauchen und uns zurückholen, ich hatte Angst vor seinen gletscherkalten Augen und seiner Brutalität. Die Mutter aber sagte, als sie das mitbekam: »Vergiß ihn.« Sie sagte es kurz und kalt, und es klang nicht nach einer Beruhigung. Es klang so, als sauste ein Schwert herab. »Ich soll den Vater wirklich vergessen?« fragte ich unsicher. »Vergiß alle Mannsbilder«, gab sie zur Antwort, und ich wußte, was sie meinte. Daß Johann Eipeldauer mir immer noch im Sinn lag, ich manchmal nachts heimlich um ihn weinte, mein junger Körper diese frühe, wirre Erfahrung noch nicht ausgeschieden hatte, blieb ihr nicht verborgen. Aber wir sprachen auch darüber kein Wort mehr. Wir verließen die Pension Schlemmer nach etwa drei Wochen und zogen in ein Untermietzimmer, das ähnlich karg aussah, aber billiger war. Ein Besucher der Bahnhofstoilette war mit der Mutter ins Gespräch gekommen und hatte ihr das Zimmer in seiner Wohnung angeboten. Er war ein großer grauhaariger Mann, sicher schon über siebzig, und hieß Egon Koranek. Auch seine Wohnung war groß und wirkte irgendwie grau, von einem langen Junggesellenleben gezeichnet. Sie lag in einem Altbau, man mußte drei Stockwerke im düsteren Stiegenhaus hochsteigen, und geriet dann in ein riesiges Vorzimmer mit dunkelgrauem Bodenbelag aus Linoleum und einer trüben Lampe aus dunkelgrünem Glas an der Decke. Als wir mit unseren Pappkoffern die Wohnung zum ersten Mal betraten, fand ich den Anblick so trostlos, daß ich am liebsten umgekehrt und davongelaufen wäre. Aber die Mutter betrat ungerührt hinter Herrn Koranek unser künftiges Zimmer, in das man von diesem Vorzimmer aus gelangte. Es war ein hoher Raum mit einer verblichenen, graubraunen Tapete, auf der nur noch schwach ein einstiges Muster aus Efeugirlanden zu erkennen war. Zwei Betten mit klammen Tuchenten und Kissen, ein Tisch mit gedrechselten Beinen, zwei Bürostühle, ein billiger Schrank, das war alles, was wir vorfanden. Das schäbige Badezimmer, in dem sich auch die Toilette befand, und eine ebenso schäbige Küche mußten wir mit Herrn Koranek teilen. Außer uns gab es keine anderen Untermieter, und das schien das einzige zu sein, was meiner Mutter mißfiel. »Gib dem alten Kracher ja keinen Anlaß«, sagte sie, als wir unsere Sachen in den Schrank räumten. »Was – ?« fragte ich. »Na was!« fuhr sie auf, »das Badezimmer immer gut hinter dir zusperren, nicht im Hemd herumlaufen, keine nackten Beine, so Sachen halt, du weißt schon, was ich meine.« Jetzt wußte ich, was sie meinte, und schwieg. Herr Koranek war in meinen Augen ein uralter Mann, und mich auch vor diesem hüten zu müssen, verwirrte mich. Also gehörte auch er zu den »Mannsbildern«, die zu vergessen meine Mutter mir befohlen hatte. Ich verstand die Welt nicht mehr, weil es in den Büchern so oft Liebe gab und auf Erden anscheinend nur Unzucht, Gewalt und Scham. Schreiben die Menschen Bücher und erfinden sie Geschichten vielleicht nur, weil sie flüchten wollen? Mit dieser Frage begann ich mich zu beschäftigen, weil das wirkliche Leben mir ständig als bedrohlich geschildert wurde. Früher hatte ich geglaubt, daß Bücher vom wirklichen Leben erzählen. Jetzt floh ich selbst in Geschichten, fand sie gut erfunden und versuchte sie nicht mehr mit der Wirklichkeit zu verwechseln. Damit nahm ich mir das Vertrauen in alles Schöne, Phantasievolle oder Außergewöhnliche. Die Angst meiner Mutter machte mich ängstlich, ihre Bitterkeit ließ mir das Leben bitter schmecken. Jetzt weiß ich das so genau, weil ich zurückschaue, Maria. Damals geschah es nur mit mir, und ich hatte zu viele neue Eindrücke zu bewältigen, um mir dieses Geschehens bewußt zu werden. Ging ich doch wieder zur Schule! Besuchte ich doch ein Großstadt-Gymnasium! Ich, die kleine Magda aus unserem entlegenen Dorf, war plötzlich aus der Enge hinterwäldlerischer Begriffsstutzigkeit in das Licht umfassenden Begreifens geraten. Ich, die Landpomeranze, zwischen vifen, weltgewandten Jugendlichen, vor denen ich mich behaupten mußte. Ich, die arme Kirchenmaus, im Atem von Wohlstand und Sicherheit, der mich Tag für Tag nahezu umblies. Es waren harte Zeiten, Maria, glauben Sie mir. Sie hatten nicht die wilde, grausame Härte meiner dörflichen Kindheit und Jugend, aber die feine, böse Häme, die mich umgab, schlug ebenfalls nieder. Ja, ich fühlte mich niedergeschlagen. Ausgesetzt. Die anderen Schülerinnen betrachteten mit kühlen Augen meine ärmliche Kleidung, der jeder modische Schick fehlte, und diese Kühle demütigte mich mehr, als ihr Spott es getan hätte. Wir waren, wie es damals üblich war, eine reine Mädchenklasse, und ich wurde in die Bank neben ein hochgewachsenes, blondes Geschöpf gesetzt, das mich anfänglich keines Blickes oder Wortes würdigte. Schließlich nahm ich all meinen Mut zusammen und sagte, obwohl die Professorin mich ja vorgestellt hatte: »Ich heiße Magda. Und du?« Langsam und königlich wandte sie ihren Kopf zu mir her und musterte mich. Ich versuchte zu lächeln. Plötzlich veränderte sich der hoheitsvolle Ausdruck auf ihrem Gesicht, und sie grinste: »Ob du's glaubst oder nicht, ich bin die Magdalena!« Von da an waren wir freundlich zueinander, wenn nicht gar befreundet, und das half mir sehr, gegen den abweisenden Hochmut der anderen Mädchen anzugehen. Aber außerhalb der Schule traf ich auch Magdalena nicht. Sie erzählte mir zwar von ihren Eltern, die durch eine Speditionsfirma reich geworden seien, von der tollen Wohnung in einem alten Palais, die sie hätten, ihrem eigenen großen Zimmer mit Stuck an der Decke und hellgrünen Schleiflackmöbeln, aber sie lud mich niemals zu sich ein. Sie lud niemanden zu sich ein – aber das fiel mir erst später auf. Auch daß sie in ihrer Bank alleine saß, als ich in die Klasse geriet, und man mich deshalb zu ihr setzen konnte, bedachte ich erst später. Sie war doch so schön und blond und gut angezogen, ich konnte sie nur bewundern. Und aus tiefster Seele beneiden. Nichts wünschte ich mir mehr, als so zu sein wie sie. Daß sie sehr krank war, erfuhr ich erst später.

Ich glaube, ich höre für heute auf. Der frühe Abend ist so leuchtend schön, ich möchte noch ein wenig schwimmen, weil das Meer diese herrliche Bläue hat, der ich nicht widerstehen kann. Und weil ich jetzt nichts Dunkles erzählen möchte. Morgen früh faxe ich den Brief zu Ihnen. Ich hoffe sehr, liebe Maria, daß Ihr Lukas Sie nicht mehr quält und Sie wieder ein wenig Zeit für sich selbst haben. Ich hoffe das nicht uneigennützig. Zeit für Sie selbst heißt schließlich auch Zeit für mich ... Aber bitte nur freiwillige Zeit, nie ein Gefühl der Verpflichtung, nicht wahr?

Trotzdem, und ehrlich gesagt, freue ich mich über jede Zeile, die Sie mir schreiben.

Ich grüße Sie innig.

Magda

27. Juni

Liebe Frau Magda, der Lukas ist über dem Berg und seit heute tagsüber wieder in seiner Werkstatt, gottseidank. Weil er sich noch schwächlich fühlt, ist der Lukas nach der Arbeit bald ins Bett, und ich hab es ruhig in der Küche. Heute hab ich alle Stiegen gewaschen, sie waren trotz dem schönen Wetter schon sehr dreckig. Der Mann gehört am Tag aus dem Haus, find ich, wenn sie neben einem herumkugeln, kommt man zu gar nichts, die ganze Arbeit bleibt liegen. Und auch mein Schreiben an Sie, was mich dann am meisten ärgert. Ich tu es immer freiwillig, Frau Magda! Und deshalb ärgert sich mein freier Wille, wenn er nicht frei ist. Ich hoffe, Sie verstehen diesen komischen Satz. Aber ich glaube, Sie verstehen alles, Sie sind eben gescheit. Sie sind mindestens so vif, wie alle Ihre Mitschülerinnen waren. Ich hab erst nicht gewußt, was »vif« heißt, bis ich es laut gesagt hab. Ach so, wiff! Ich hab nie gedacht, daß man das so schreibt.

Wenn ich Stück für Stück lese, was Sie der Reihe nach in Ihrem Leben erlebt haben, lerne ich Sie immer besser kennen.

Und ich lerne Sie gern gut kennen, ich gebe es zu. Gern wäre ich eines von den Mädchen im Gymnasium gewesen und sofort Ihre Freundin. Beides wäre ich gern gewesen, im Gymnasium und Ihre Freundin. Aber wie schon gesagt, das mit der Schule war nichts Gescheites bei mir. Und ich hab nur eine einzige gute Freundin. Das heißt, ich hab sie gehabt, bevor ich den Lukas geheiratet hab und als ich noch Abwäscherin in der Werkskantine von Opel war. Sie ist dann nach Kanada ausgewandert, mit ihrem Freund, der wollte dort Bäume fällen oder so was. Sie ist nicht jemand, der Briefe schreibt, ich glaub, sie kann gar nicht richtig schreiben, deshalb ist sie für mich in Kanada verschwunden, als ob sie gestorben wär. Das hat mich am Anfang sehr traurig gemacht, wenn ich ehrlich bin. Wir haben beide nebeneinander stundenlang das grausliche Geschirr gewaschen und viel gelacht dabei, dadurch war das keine unappetitliche Arbeit mehr, wenn man mit jemandem Witze machen kann, wird alles leichter, finden Sie nicht? Die Lolli war eine prima Witzeerzählerin, sie hat sich immer alle gemerkt, das Gegenteil von mir. Aber ich hab gut geblödelt und gern Unsinn gemacht, wir waren ein gutes Paar. Sie hat eigentlich Lotte geheißen, aber ich habe sie Lolli genannt, weil sie so hübsch mollig war, »zum Rollen« hat sie immer gesagt. Leider hat das auch der blöde Holzfäller gefunden, der sie nach Kanada verschleppt hat. Obwohl wir schrecklich geweint haben, ist sie mit ihm davon. Dann wars aus mit unseren Abenden im Kino oder im Tanzcafé, ich bin nur noch zu Hause geblieben. Und die Arbeit als Geschirrwäscherin war mir ohne sie dann so zuwider, daß ich lieber den Lukas geheiratet und die Hausmeisterstelle angenommen hab. Tja, so war das mit meiner einzigen Freundin, der guten Lolli, wer weiß, ob ich mich verheiratet hätte, wenn sie dageblieben wäre.

Ich muß lachen, weil der Lukas nebenan jetzt im Schlaf so gestöhnt hat, als würde er lesen, was ich gerade schreibe. Nein, Frau Magda, ich glaub, ich hab ihn schon auch irgendwie gern gehabt. Nur diese Liebe wie in den Filmen war es halt nicht. Bei uns beiden nicht, wir könnten uns nie im Leben so benehmen wie die Liebespaare im Fernsehen, das wäre unmöglich. Und jetzt sowieso, nach so vielen Jahren nebeneinander. Nur sollte ich nicht zu viel über ihn herziehn, er ist auch ein guter Kerl. Und daß er nicht so sein kann und so flöten kann wie die Liebhaber im Film werf ich ihm nicht vor, weil ich auch so bin. Wir kommen beide aus der Armut. Sie ja auch, Frau Magda, nur sind Sie fein geworden, auch fein in Ihren Gefühlen, nehme ich an. Man nennt das ja auch Feingefühl, wie sogar ich weiß. Aber der Lukas und ich würden uns voreinander schämen oder auslachen bei so was wie Feingefühl zwischen uns beiden. Wenn wir plötzlich eine liebliche Stimme annehmen oder uns am helllichten Tag umarmen würden. Nicht herumbrüllen oder nur in kurzen Sätzen miteinander reden, das wäre uns beiden unangenehm. Unser Ton ist halt so, auch bei guter Stimmung. Wir machen über nichts viele Worte. Aber ich glaub schon, daß wir uns irgendwie gern haben. Im Schlafzimmer drehen wir kein Licht an, wir lassen es finster und reden nicht miteinander, wenn wir uns haben wollen im Bett. Und dabei kann ich den Lukas fast am besten leiden. Meiner Mutter hab ich das nie gesagt, die würde sich aufregen und mich für eine verdorbene Frau halten, sie sieht es so, weil sie dabei nie ein Glück gehabt hat. Aber wir Frauen können eine Menge anderes aushalten, wenn es uns im Bett mit einem Mann gutgeht, finde ich.

O je, jetzt habe ich mich aber verirrt beim Schreiben. Und ich muß aufhören, weil Mitternacht vorbei ist. Ich warte schon sehr auf Ihren nächsten Brief, was mit der Magdalena los ist, und ob der Herr Koranek anständig bleibt, ich hab bei ihm kein gutes Gefühl, obwohl ja bis jetzt nur Ihre Mutter mißtrauisch ist. Ja, ich warte auf die Fortsetzung, wie beim Herrn der Einsamkeiten im Tagesspiegel, nur eben mit einem ganz anderen Gefühl.

Ist das Mit-Gefühl?

Plötzlich war dieses Wort in mir, und ich glaube, daß es das ist. Man sagt dieses Wort oft und weiß seine wirkliche Bedeutung dabei nicht. Bei vielen Worten macht man das, immer wieder. Feingefühl, Mitgefühl. Ich passe durch Sie jetzt besser auf die Worte auf als früher.

Von Herzen gute Nacht, Ihre Maria

29. Juni

Liebe Maria,
zwar habe ich schon weitergeschrieben, aber doch Ihre Antwort erwartet, ehe ich meinen Brief jetzt losschicke. Es soll ein Wechsel von Briefen bleiben und nicht ein Schwall meiner eigenen sein, darauf lege ich großen Wert. Auf jeden Ihrer Briefe lege ich großen Wert. Sie haben im letzten sehr schön von sich und Lukas erzählt, ich habe Ihre Ehe nie in diesem Licht gesehen. Ich meine im Licht einer erfüllten körperlichen Beziehung. Darauf habe ich bei Euch beiden nie geachtet, es nie bedacht, und das war ein Fehler. Einer, dessen ich mich schäme. Weil er mir anhand meiner eigenen Person menschliche Borniertheit und Ichsucht erklärt. Wir haben viel zu wenig Lust, uns das Leben anderer Menschen vorzustellen, wir lassen sie nur auf uns wirken, wie es die alltägliche Gegebenheit will, als Kürzel, sozusagen.

Übrigens, Maria, da bin ich ganz Ihrer Meinung, daß eine Frau eine Menge anderes aushalten kann, wenn ihr Körper liebt und sich geliebt fühlt. Und ich weiß jetzt auch, daß das, was Sie an Lukas bindet, Ihnen gleichzeitig die Freiheit gibt, ihn so freimütig und klar als das zu sehen, was er ist. Sie brauchen keine Schnörksel und Verbrämungen, Sie können bei der Wahrheit bleiben. Nur was substantiell nicht ausreicht, muß ausgeschmückt werden. Sie sind zu beneiden, Maria, wissen Sie das? Natürlich nicht in anderen Bereichen Ihres Lebens. Aber der eine ist es wohl, der Ihnen diese Kraft und Unbekümmertheit schenkt, der Sie so strahlen läßt. Ja, strahlen! Als Sie bei mir zu arbeiten begannen, dachte ich sofort: woher hat diese Frau, die sich da täglich abrackern muß, diesen unermüdlichen, strahlenden Schwung? Wenn ich an Sie denke, wenn ich Ihre Briefe lese, erreicht er mich, dringt er bis hierher auf meine ferne Insel, und ich kann ihn spüren. Er ermöglicht mir zur Zeit mein Weiterleben, und ich danke Ihnen dafür. Bewahren Sie ihn sich, Maria.

Ich sitze wieder am Campingtisch in Malinjas Garten, hinter dem Postamt. Heute ist der Himmel bedeckt, es ist zwar warm, wird aber bald regnen, glaube ich. Ich bringe jetzt also meinen »Fortsetzungsroman«, an dem ich bereits für Sie (und für mich, natürlich) weitergeschrieben habe, mit diesem kleinen Brief zum Faxgerät und lasse beides losschicken. Sie werden wieder lange zu lesen haben, beeilen Sie sich bitte nicht. Ich kann warten. Wer aufhört, zu erwarten, hat warten gelernt.

Wenn es Ihnen recht ist, grüßen Sie doch diesmal auch den Lukas von mir.

Ihre Magda

(jetzt also das, was ich in der Zwischenzeit weitererzählt habe, ich habe mehrmals daran geschrieben, meist an den Nachmittagen, wenn mir draußen zu heiß war. Dann hab ich die Jalousien halb zugezogen und bin in meinem Zimmer geblieben. Es gab in letzter Zeit wieder sehr heiße Tage, fast immer wolkenlos, erst gestern gegen Abend begann sich der Himmel zu bedecken. Meist bin ich auf meinem Bett gesessen beim Schreiben, hatte nur ein dünnes Hemd an und habe mich möglichst wenig bewegt dabei. Möglichst nur den Stift über das Papier. Als Unterlage benützte ich den großen alten Atlas meiner Wirtsleute, sie haben ihn mir dafür geliehen. Sie besitzen alles in allem vier Bücher, eines davon ist dieser Atlas, in dem die Welt ganz anders aussieht, leerer, ursprünglicher, und sorgfältiger hingezeichnet. Aber jetzt Schluß, die ersten Tropfen fallen. Im Ölig-Versand werden sie gleich wieder staunen, wie viele Blätter da aus der Faxmaschine strömen, aber sei's drum. M.)

Ich lernte gut und gehörte bald zu den besten Schülerinnen der Klasse, was mir aber nicht mehr an Achtung und Beachtung eintrug. Menschen, auch junge Menschen brauchen Outcasts, auf die sie herabsehen können. Ich kam später in die Klasse, ich kam vom Land, ich war schlecht angezogen, ich war schüchtern, ich war der Outcast der Stunde. Trotzdem saß ich täglich nach der Schule am Tisch in unserem Untermietszimmer, aß, was die Mutter mir vorbereitet und ich am alten Gasherd der Küche aufgewärmt hatte, und büffelte danach, bis es dunkel wurde. Wenn meine Mutter von ihrer Arbeit heimkam, legte sie sich meist auf ihr Bett und blieb lautlos, bis ich zu lernen aufhörte. Vielleicht schlief sie auch ein wenig, aber ich glaube, vor allem genoß sie es, mich über meinen Büchern und Heften zu sehen. Ich glaube, daß sie erschöpft, aber mit nur halbgeschlossenen Augen dalag und mich beobachtete. Sobald ich meine Schulsachen wegzuräumen begann, um den Tisch wieder frei zu machen, erhob sie sich rasch und ging in Herrn Koraneks Küche. Ich hörte sie dort oft mit kurzen Sätzen und angestrengt heller Stimme auf das dunkle Gebrumm des Mannes antworten, der um diese Zeit meist ebenfalls sein Abendessen zubereitete. Die Mutter hatte mir verboten, ihr zu helfen, es behagte ihr schon nicht, daß ich mich nach der Schule allein in der Küche aufhalten mußte. Da das aber meist erst am Nachmittag der Fall war, konnte sie ziemlich sicher sein, daß Herr Koranek schon zu Mittag gegessen und sich in seine Zimmer zurückgezogen hatte. Trotzdem fragte sie jeden Tag: »War der Alte lästig?«, und ich sagte immer: »Nein, wieso?« Er pflegte mir nur freundlich zuzunicken und »Hallo, Magda« zu sagen, sonst nichts. Ich fand den Argwohn meiner Mutter heillos übertrieben, wollte mich aber auch auf keine Diskussionen einlassen. Also blieb ich abends in unserem Zimmer, während sie in der Küche unser Abendbrot zurechtmachte und es dann auf einem Tablett herübertrug. Wir sprachen meist wenig, während wir aßen, und wenn, dann nur über das Gymnasium. Ich sagte ihr nichts von den Zurücksetzungen, die ich erfuhr, sondern erzählte hauptsächlich von gelungenen Prüfungen oder zeigte ihr in meinen Heften die gut benoteten Arbeiten. Wenn ich das tat, erhellte sich ihr Gesicht, soweit dieses abgearbeitete, welke Gesicht einer Erhellung überhaupt noch fähig war. Der Blick, mit dem sie mir lauschte, wenn ich von schulischen Erfolgen berichtete, oder wie sie ihn in meine Hefte senkte, deren Seiten sie so ehrfürchtig umblätterte, als hielte sie eine Kostbarkeit in Händen, dieser Blick schnitt mir jedes Mal ins Herz. Bei all der Beglückung, die in ihm lag, war er zugleich von so unstillbarer Traurigkeit, daß ich mir vornahm, meine Mutter in meinem Leben nie mehr zu enttäuschen.

Dieser Blick war also mit ein Grund, daß ich lernte wie eine Verrückte. Aber hauptsächlich tat ich es, weil mein Leben mir sonst nichts bot. Wenn der Unterricht zu Ende war, verließen die anderen Mädchen in kleinen Gruppen die Schule, schwätzend und lachend, während sich mir niemand anschloß. Magdalena blieb zwar auch meist allein, aber sie ging mit einem lässigen »Mach's gut!« hocherhobenen Hauptes davon, ohne meine Begleitung zu beanspruchen. Also kehrte ich schnurstracks in Herrn Koraneks trostlose Wohnung zurück, schlang irgendeinen Bohneneintopf oder Kartoffelauflauf hinunter und tauchte dann in die Welt des Wissens ein, so tief, daß ich vergessen konnte, was mich umgab. Ich ließ mich entführen. Von Sprachen und Geographie in fremde Länder, von Geschichte in vergangene Zeiten, von Mathematik und Physik in andere Denkbereiche, von Literatur in eine menschenwürdigere Welt. Wenn sich die Mutter in ihrem Bett schon zur Wand gedreht hatte und eingeschlafen war, lag ich meist noch lange mit einem Buch wach und las. Wir hatten eine billige Nachttischlampe besorgt, die ich mit einem dicken, wollenen Tuch umhüllte, um das Zimmer möglichst dunkel zu halten, der Lichtstrahl war nur auf meine Buchseiten gerichtet, die ich ganz sacht und leise umblätterte. Diese nächtliche Zeit des Lesens war mir damals die schönste überhaupt. Eigentlich die einzige, die ich »schön« nennen konnte. Nur der leise Atem meiner Mutter war zu hören, sie regte sich kaum in ihrem Bett, so wenig wie früher, als wir noch eine Schlafstatt hatten teilen müssen. Das häßliche Zimmer lag im Dämmer, schien sich um mich aufzulösen. Es führte auf einen stillen Hinterhof hinaus, und kein Geräusch störte die Wege meiner Vorstellungskraft. Ich las und stellte mir Leben vor, mit aller Kraft. Spät löschte ich die Lampe und glitt übergangslos in meine Träume. Schrecklich war dann der Morgen, die Rückkehr, der Eintritt in mein wirkliches Leben. Unser dünner Milchkaffee in der Küche, die schlecht roch, und immer dasselbe abgewetzte Wachstuch vor meinen schläfrigen Augen. Überdeutlich sah ich dessen ausgeblichene, ehemals orangefarbene Karos, und dann die müde, gelbliche Hand der Mutter, die mir ein Butterbrot herüberreichte. So begann der Tag.

Noch schlimmer waren die Sonntage, die uns zwangen, unser kleines Zimmer auch tagsüber zu teilen. Manchmal wurde die Mutter in den Bahnhofstoiletten zum Sonntagsdienst eingeteilt, und sosehr ich sie deshalb auch bedauerte, ich fühlte mich wohler allein. Ich baute meine Bücher und Hefte um mich auf wie einen Wall. Auch wenn ich nicht lernte, bewog mich die kleine Geborgenheit dahinter, etwas auf ein Blatt Papier zu kritzeln, Worte, kleine Zeichnungen, oder leise vor mich hinzusprechen und Dialoge zu entwerfen. Das alles konnte ich in Gegenwart der Mutter nicht tun. Wir beide spazierten sonntags, wenn es nicht gerade regnete, durch die baumlosen Straßen der Umgebung, die sich grau und gradlinig hinzogen, und starrten in die Auslagen irgendwelcher schäbiger Läden. Nur zwei Hausecken weiter gab es ein ziemlich großes Kino, das »Weltbild« hieß. Der Saal war unschön und kahl, die hölzernen Sitze waren hart, aber ich ließ mich auf ihnen mit einer solchen Vorfreude nieder, als dürfte ich gleich einen Blick ins Himmelreich werfen. Ach Maria, am liebsten hätte ich ganze Tage dort verbracht, mir jede Vorstellung mehrmals angesehen, weil Filme, fast noch mehr als Bücher, mich in andere, schönere Welten holten, die, auch wenn es dort tragisch oder leidvoll zuging, nichts mit der häßlichen und trüben Welt gemein hatten, in der zu leben mir beschieden zu sein schien. Aber wir hatten so wenig Geld, schon Kinokarten waren für uns ein Luxus, wir konnten sie uns nicht jedes Wochenende leisten. »Wichtig sind die Bücher«, sagte meine Mutter, »und alles, was du für die Schule brauchst. Das Getue im Kino brauchst du nicht.« Ich war anderer Ansicht, ich liebte das »Getue« in den Filmen, aber ich widersprach ihr nicht. Gern wäre ich manchmal allein ins Kino gegangen, aber das ließ sie nicht zu. Es gab ja zuviel Männer, die mir dort hätten auflauern können! Sich neben mich setzen und mich begrapschen! Der Männerabscheu meiner Mutter hielt mich in Gefangenschaft. Ich wurde langsam zur jungen Frau, wurde vollbusiger, reifer, aber sie wollte das weder sehen noch darauf eingehen. Nach dem Zwischenfall mit Johann Eipeldauer hielt sie mich für sexuell gefährdet und wachte eisern über meine Unantastbarkeit. Wenn im Kino sich zwei auf der Leinwand küßten, versuchte sie mich durch Gehüstle oder unsinnige, geflüsterte Sätze wie »Ich glaub, ich hab zu Hause das Licht brennen lassen« abzulenken. Weil sie natürlich wahrnahm, daß ich die Küssenden inbrünstig anstarrte. Sie wollte Sehnsüchte dieser Art nicht zulassen, sie wollte, daß ich ins Gymnasium ging, eine gute Schülerin war, anständige Bücher las, mich bildete, um vielleicht eines Tages an der Universität zu studieren. Das war ihr Traum.

Und auch diesem widersprach ich nicht, obwohl ich gar nicht wußte, welches Studium mich reizen könnte. Sie sah mich als Anwältin, Ärztin, Schulprofessorin, und zu allem, was sie mir schmackhaft zu machen versuchte, nickte ich nur vage. Vorerst versuchte ich ja mit Mühe die Schule zu bewältigen, wobei nicht das Lernen mir Mühe machte, sondern weiterhin meine isolierte Situation dort. Magdalena, meine Sitznachbarin, war nach wie vor nie unfreundlich, manchmal schlich sich sogar etwas wie Herzlichkeit zwischen uns ein. Aber wir kamen und gingen, sagten »guten Morgen« und »mach's gut« und blieben letztlich Fremde. Dabei wäre ich so gern ihre Freundin geworden, nur gelang mir nicht, zu ihr vorzudringen. Ich blieb der Häme und Ablehnung der anderen ausgeliefert, ohne daß sie sich an meine Seite gestellt oder irgend etwas dagegen unternommen hätte. Oft betrachtete ich während des Unterrichts ihr feingezeichnetes Profil, die zarte Haut über ihren Wangenknochen, das leicht gewellte blonde Haar und ihre weichen Lippen. Ich fand sie so wunderschön und erlesen. Meine Zuneigung wuchs und wuchs – aber sie neigte sich mir nicht zu, sie blieb für mich eine unnahbar ferne Prinzessin.

Bis eines Tages, nach etwa einem halben Jahr, etwas geschah, das ziemlich harmlos begann. Ich hatte Magdalenas fliederfarbene Baskenmütze mit Ergriffenheit bewundert, und spontan schenkte sie sie mir. Als ich abwehren wollte, sagte sie nur: »Behalt sie. Du kannst sie länger brauchen als ich.« Ich dachte, sie hätte unsere Armut damit gemeint, den Zwang, all meine Kleidung bis zum letzten aufzubrauchen. Ein wenig schämte ich mich dafür, aber die Mütze war einfach zu schön, und ich nahm sie an, nachdem ich mich langwierig bedankt hatte. Ach Maria, Sie können sich nicht vorstellen, was für eine Kostbarkeit dieses Geschenk für mich war, wie beglückt ich in Herrn Koraneks häßlichem Badezimmer vor dem trüben Spiegel stand und mich schön fand. Als ich alle Variationen, die Baskenmütze zu tragen, ausprobiert hatte, schräg, gerade, in die Stirn gedrückt, über dem Haar schwebend – entschied ich mich schließlich für die »französische« Art, keck über dem rechten Ohr und bis zum

Scheitel hochreichend. Meiner Meinung nach sah ich toll aus. Tags darauf betrat ich also hocherhobenen Hauptes das Klassenzimmer und blickte stolz um mich. Als jedoch die anderen Mädchen Magdalenas Mütze auf meinem Kopf wahrnahmen, begannen sie verstohlen zu kichern, deuteten mit ihren Augen zu mir her und flüsterten herum. Den Satz »Kirchenmaus bleibt Kirchenmaus« konnte ich sogar verstehen, er traf mich wie ein Schwerthieb. Da riß ich mir die Mütze eilig vom Kopf und stopfte sie in meine Schultasche. »Die setze ich in der Schule niemals mehr auf«, murmelte ich mit Tränen in den Augen, während ich mich auf meinem Platz schamvoll zuammenkauerte. »Warum denn nicht?« Magdalena wandte sich mir abrupt zu, sah mich an und schüttelte dann unwillig den Kopf, »Laß doch diese Blödgesichter! Die verstehen ohnehin von nichts was.« »Bist du deshalb allein gesessen, ehe ich in die Klasse kam?« traute ich mich daraufhin zu fragen, »weil die andern dir zu blöd sind?« »Auch«, sagte Magdalena. Sie wandte sich wieder ab und schaute seltsam starr vor sich hin. Ich hatte sie so noch nie schauen sehen. »Und warum sonst?« Obwohl Magdalenas Gesicht mich verwirrte, fragte ich trotzdem weiter. Und da geschah es. Sie, dieses stets so gelassene, elegante Mädchen, sprang plötzlich hoch und brüllte in die Klasse: »Weil diese Zimtziegen, diese arschlöchigen Wichserinnen glauben, daß Leukämie ansteckend ist! Daß sie auch sterben könnten, nur weil ich sterben muß! Weil meine Eltern so vertrottelt waren, es dem Direktor zu sagen, und Ihr alle zu vertrottelt seid, was anderes zu kapieren als euer Pipileben, euer Scheiß-Pipileben – feig seid Ihr! Feig und blöd! Laßt die Magda und mich gefälligst in Ruhe, Ihr miesen Stinkerinnen!! Ihr seid das Letzte – Ihr –« Sie war nicht wiederzuerkennen, während sie die Mädchen anschrie, ihr Gesicht hatte sich verzerrt und war hochrot, sie gestikulierte mit beiden Armen, und schließlich rannen ihr Tränen über die Wangen. Als sie nicht mehr weiterschreien konnte, weil ihre Stimme kippte, ließ sie sich auf ihren Platz zurückfallen, beugte sich über den Tisch und verbarg den Kopf in den Armen. Es war totenstill in der Klasse. Die Mädchen hatten betretene Gesichter. Und ich saß neben Magdalena und begriff nur langsam, was ich gehört hatte. Dann hob ich meine Hand und streichelte sanft ihr Haar. Ich spürte ihr leises Zucken, sie weinte. Magdalena hatte Leukämie. Sie würde sterben müssen. Dieses wunderschöne, hochgewachsene, feinhäutige Mädchen, das mir wie der Inbegriff beneidenswerten, unerreichbaren Lebens erschienen war, würde sterben müssen. Das sagte ich mir immer wieder und konnte es trotzdem nicht begreifen. Und als ich es schließlich begriff, weinte auch ich. Ich legte mein Gesicht auf ihr Haar und ließ meinen Tränen ihren Lauf.

Meine liebe Maria, da schreibe und schreibe ich. Manchmal versinke ich so sehr in der Erzählung meines vergangenen Lebens, daß ich sogar Sie vergesse, die Sie das ja alles werden lesen müssen. Es ist sehr heiß und ich bin völlig verschwitzt. Also werde ich jetzt schwimmen gehen, mich abkühlen.

Magdalena hat noch etwa sechs Monate gelebt.

Magda

1. Juli

Liebe Frau Magda!

Ich habe wirklich eine Zeitlang gebraucht, bis ich alles gelesen habe, und dabei ist der Juni vergangen. Ich habe es gemerkt, wie ich vorhin am Kalender das heutige Datum gesucht habe. Jetzt habe ich in zwei Sätzen (und grade wieder, zum fünften Mal!) vier Mal das Wort habe geschrieben, so was merke ich plötzlich. Weil ich immer wieder Ihre Briefe lesen darf, und da ist wirklich alles so geschrieben wie in einem Buch. Aber in einem traurigen Buch, muß ich sagen. Meine Güte, waren diese Schulmädchen ekelhaft, daß es so was gibt! Ich hab eine Weile herumgerätselt, was Outcast heißt, weil ich nicht Englisch kann, aber der Lukas hat in der Lehre ein paar Englischstunden gehabt, der hat's mir dann gesagt. Ich war gleich furchtbar wütend, über die Menschen im Ganzen. Daß bei den Menschen einer ein Outcast wird, nur weil er arm ist und von woanders her. Das ist ja jetzt bei uns auch nicht anders, Sie wissen doch, im Nebenhaus wohnt eine indische Familie, die Frau und die Tochter gehen immer in einem so schönen Gewand herum, und der Vater hat ein Gesicht, das fast so dunkel ist wie bei einem Neger. Wie die von den Nachbarn dauernd blöd angeschaut werden, keiner grüßt sie richtig, obwohl die immer sehr höflich sind. Aber dabei ist diese Familie nicht einmal arm. Die türkischen Kinder vom Gemeindebau an der Ecke werden überhaupt nur beschimpft, wenn irgendwas passiert, waren es immer die! Die Familien von denen wohnen eng beisammen und sind echt arm, man sieht es an den Kleidern, Schuhen, man sieht es einfach. Armut sieht man einfach, nicht wahr, Frau Magda? Oder riecht man es? Auch wenn niemand stinkt, einfach so, ein Geruch, den nicht die eigene Nase aufschnuppert, sondern die eigene Angst?

Ich meine ein ängstliches Gefühl, daß man da ja nicht dazugehören möchte, solche armseligen Leute und das alles soll weit weg sein. Stimmt doch, oder? Ich glaube, so kommen die Outcast-Menschen zustande.

Und dann diese Magdalena, und daß sie hat sterben müssen. Wo sie doch Ihre Freundin hätte werden können. Oder sogar noch geworden ist? Aber ich will nicht fragen, ich warte auf das Weitererzählen. Und daß Ihre Mutter so auf Ihnen gehockt ist, Sie verzeihen, daß ich das so nenne. Aber sie hat Ihnen ja wirklich keinen Platz für ein normales Leben gelassen. Meine Mutter war auch ängstlich mit mir, und immer besorgt wegen der Männer, aber sie hat mich trotzdem nie festgebunden, Sie wissen, was ich meine. Sie hat geseufzt und mich dauernd ermahnt, das schon, aber wenn ich sie ausgelacht habe, hat sie halt zwischen den Seufzern auch ein bisserl mitgelacht, und mir vor allem nie etwas verboten. Aber eines war gut bei Ihnen. Daß Sie immer fleißig studiert haben, Frau Magda, das war gut, und das merkt man schon an der Art, wie Sie Sätze schreiben können. Ich bin oft ganz verwirrt, weil ich jetzt meine Briefe noch mal durchlese, bevor ich sie zum Ölig-Versand trage, und dann kommen sie mir dumm vor. Ich kann es nicht besser, aber den Unterschied, den merke ich. Ich hab das letztes Mal dem Herrn Kreuz gesagt, und er hat geantwortet, Wort für Wort: Im Erkennen der Unterschiede, liebe Frau Schübler, liegen unsere ersten Schritte zur Veränderung. Ich hab ihm gesagt, er soll mir das wiederholen, und dann hab ich es am Weg nach Hause vor mich hingesagt und daheim gleich aufgeschrieben. Ich hab jetzt so ein kleines Heft, da notiere ich mir solche Sachen. Auch den Outcast und die vifen Schüler. Und andere Worte, die mir fremd sind, aber schön klingen und langsam zu mir sprechen. Oder einen

Satz von Ihnen, der so kompliziert für mich ist, daß ich ihn ein paarmal aufschreibe, damit er einfacher für mich wird. In der zu leben mir beschieden zu sein schien (Sie meinten die hässliche, trübe Welt, falls Sie sich erinnern) zum Beispiel. Auf so einen Satz käme ich nie. Aber ich mag solche Sätze, deshalb habe ich ihn jetzt auch unterstrichen. In meinem kleinen Buch unterstreiche ich ständig alles, der Lukas lacht, wenn er mich sieht, und sagt, wie kann denn so vieles so wichtig sein, daß man so vieles unterstreicht. Und ich hab geantwortet, daß ich das wenige, das ich lernen und wissen darf, unterstreiche, und daß dieses wenige mir wichtig ist. Du tust ja, als wär die Frau Bernsteiner deine Lehrerin! hat der Lukas noch einmal gelacht, und ich hab gesagt: Die Frau Bernsteiner ist meine Lehrerin. Ich hoffe, Sie sind mir nicht böse, daß ich das gesagt habe. Und daß ich dieses Gefühl bei Ihnen habe, unter anderen Gefühlen. Dem Mitgefühl zum Beispiel, das ist mein stärkstes Gefühl für Sie, glaube ich.

Heute ist eine sehr warme Sommernacht bei uns, ich habe das Küchenfenster weit offen, und weil wir ebenerdig sind, schaun manchmal Leute herein, die langsam draußen vorbeigehen und auf der Straße Luft schnappen nach dem heißen Tag. Die meisten schaun sehr freundlich oder lächeln, wenn sie mich unter der Lampe schreiben sehen. Als täte ich etwas, wovon sie nur träumen.

Für heute Ihre
Maria

3. Juli

Meine liebe Maria,
wenn ich Ihnen ein wenig »Lehrerin« sein kann, rechtfertigt dies ein bißchen mein wirkungsloses Leben. Es erfüllt mich mit Dankbarkeit, glauben Sie mir. Nicht daß ich wirklich annehme, ich könnte Sie belehren. Aber schon Ihr Gefühl, es wäre so, tut mir gut. Letztlich sind es ja Sie, die lernen möchte und alles aufsaugt, was dem dienen kann. Ihre Aufnahmefähigkeit und Ihr Interesse an allem, was neu auf Sie zukommt, ist eine seltene und schöne Gabe. Mein Lernen und Studieren sollte eher Eintönigkeit und Entsetzen von mir fernhalten, es war eine Flucht, kein Ziel. Und deshalb führte es auch nie zu der illustren Karriere, die meine Mutter sich erträumt hatte, ich bin immer nur die zuverlässige Bürokraft geblieben, die in ihrer Freizeit ein Buch nach dem anderen verschlang. Flucht ist Teil meines Lebens geblieben, bis heute.

Eben hob ich den Kopf und überlegte. Selten hat wohl jemand, der auf verzweifelter Lebensflucht war, etwas so Schönes finden dürfen wie ich. Wenn Sie sähen, was ich jetzt sehe, Maria, würden Sie mir zustimmen.

Nachdem es einen Tag lang heftig geregnet hat – die ersten Tropfen fielen in Malinjas Garten, ehe ich das lange Fax losschickte, am Heimweg wurde ich bereits naß bis auf die Haut – herrschte heute morgen eine so köstliche Frische und Klarheit, als hätte man die ganze Welt reingewaschen und zum Paradies erklärt. Die Hitze ist erloschen, der Körper räkelt sich in sommerlicher Wärme.

Ich bin viel in der Sonne gelegen in diesen Tagen, auf dem heißen Stein der Kaimauer, oder mitten in den Felsen, wo sie flächig sind und glatt. Es gibt eine kleine Bucht, in der ich nackt schwimmen kann, wenn sich niemand sonst dort aufhält. Um es vor anderen zu tun, bin ich zu alt. Ich finde, ein Körper, der nicht mehr jung ist, verdient Diskretion. Das Meer hingegen umhüllt ihn liebevoll und urteilt nicht. Nichts gibt mir zur Zeit mehr körperliches Wohlgefühl, als nackt zu schwimmen. Ich bin gleichmäßig und tief gebräunt, von den Haarwurzeln bis zu den Fußsohlen. Meine Wirtsleute, wenn sie mich anschauen, heben die Hände zum Himmel, als wollten sie ihm für diesen Anblick danken. Wie schrecklich muß ich ausgesehen haben, als ich kam!

Ich versuche Ihnen, liebe Maria, von einer Besserung meines Zustandes zu berichten. Mir fällt auf, wie sehr ich es versuche. Wie sehr ich möchte, daß es so sei. Aber die Nächte sind um mich, nach wie vor. Auch im Leuchten des Meeres kann mich plötzlich Nacht umfangen, sie stürzt aus dem Glanz der Sonne über mich wie ein riesiger schwarzer Vogel, der mich unter seinen Schwingen begräbt.

Aber jetzt ist der Tag mir gut. Ich sitze im Schatten der alten Olivenbäume an der Steinbrüstung zum Meer hin, meine Wirtin hat eben Brotkrumen vom Tisch gefegt und ihn sauber gewischt, ein Mokka hat mich belebt.

Sie haben schon recht, Maria, wir hätten Freundinnen werden können, Magdalena und ich. Als ich mein Gesicht und meine Tränen in ihren Haaren barg, da liebte ich sie. Ich roch den Duft nach Sauberkeit, der von ihr aufstieg, diesen Geruch von zart parfumierter Seife und frischer Wäsche. So roch sie immer. Aber diesmal mischte sich noch ein anderer Geruch hinein, nur ganz schwach, aber ich nahm ihn wahr. Ich roch etwas, wovon ich dachte, daß es nur aus unsereinem kommen könne. Aus meiner Mutter, wenn wir in der engen Kammer nebeneinander schliefen, aus dem verwüsteten Gesicht meines Vaters, aus Johann Eipeldauers Haut, aus all den Frauen und Männern im Dorf meiner Kindheit. Als wäre dies der Geruch des Lebens überhaupt. Ich roch Angst. Magdalena schwitzte, ihr Schweiß war der eines kranken Körpers, und der von unsäglicher Angst. Ich hielt sie und liebte dieses verletzte, schwache, dem Tod ausgelieferte Mädchen so herzzerreißend, wie ich die schöne, überlegene, selbstbewußte Magdalena nie hätte lieben können.

Die erste Unterrichtsstunde war bereits eingeläutet worden und unsere Deutschprofessorin betrat das Klassenzimmer. Sie erblickte Magdalena und mich weinend umschlungen und sah die anderen Mädchen an, die schweigsam und mit gesenkten Augen um uns herumstanden. »Was ist los?« fragte sie und erhielt keine Antwort. »Ich möchte wissen, was hier los ist!« Ihr noch junges Gesicht überzog sich mit leichter Röte, sie war eine sanftmütige Frau, die sich nur schwer Respekt verschaffen konnte und sich deshalb oft strenger gab als notwendig. Die Mädchen hoben indigniert die Köpfe. »Also!?« Achselzuckend begaben sich die Schülerinnen auf ihre Plätze, einige ordneten beiläufig ihr Haar, andere griffen betont langsam zu den Schultaschen und holten ihre Hefte heraus. Die Professorin stand hilflos auf dem Podium, starrte in dieses Schweigen und atmete schwer. Ich hatte mein tränennasses Gesicht aus Magdalenas Haar gelöst und wollte gerade den Mund aufmachen und irgendeine Erklärung abgeben, da sagte eines der Mädchen plötzlich mit träger Stimme: »Magdalena hat einen Anfall gehabt.« »Nein!« rief ich, »das war kein Anfall – sie hat sich aufgeregt!« Das Gesicht der Deutschprofessorin hatte bei dem Wort ›Anfall‹ sofort alle Anspannung verloren und war so weich geworden, wie es dem Wesen der Frau entsprach. Mit der Frage

»Magdalena, geht es dir schlecht?« kam sie auf uns zugestürzt und kniete neben uns nieder. Sie streichelte Magdalenas Schultern, Rücken, Haare, bis diese sich aufrichtete. Magdalenas Gesicht sah aus wie zerbrochen. Ich schämte mich plötzlich, weil meine Eitelkeit das alles angerichtet zu haben schien, und stammelte: »Es war nur wegen der Mütze –«, aber niemand achtete mehr darauf. Die Professorin half Magdalena aufzustehen, flüsterte etwas von »deine Eltern verständigen«, und führte sie aus der Klasse. Ich hätte so gern geholfen, wäre so gern mitgegangen, aber Magdalena schien uns alle verlassen zu haben. Sie ließ sich stützen und geleiten, als wäre durch diesen Ausbruch, der anfangs mir und der blöden Mütze gegolten hatte, in ihr das Sterben ausgebrochen. Alle Kraft schien aus ihr gewichen, ein totenbleiches, schwaches Mädchen wurde mit langsamen Schritten davongeführt. Man hörte noch die begütigende, leise Stimme der Lehrerin, dann waren sie verschwunden.

Magdalena kam nie mehr in die Schule zurück. Warum das so war, weiß ich nicht. Am Morgen dieses Tages, als ich mit der Baskenmütze auf dem Kopf die Klasse betreten hatte, war sie noch völlig unverändert gewesen, nichts wies auf körperliche Schwierigkeiten hin, die sie von der Schule fernhalten oder gar ans Bett fesseln könnten. Mag sein, daß sie gelernt hatte, diese Schwierigkeiten zu verschleiern, und daß die Aufregung, in die sie geraten war, den Schleier einer nur noch mühsam gewahrten Haltung zerrissen hatte. Jedenfalls tauchte sie nie mehr im Klassenzimmer auf, und die anderen Mädchen nahmen das ohne Erstaunen oder Anteilnahme hin, als hätten sie es längst erwartet. Mir, die glaubte, Anlaß dafür gewesen zu sein, daß Magdalena sich endgültig in die Krankheit hatte fallen lassen, brach das Herz. Die Schuldgefühle quälten mich so, daß ich nichts mehr essen konnte. In den Schulstunden raubte Magdalenas leerer Platz mir die Konzentration, und daheim schrie meine Mutter herum, weil ich bei jeder Mahlzeit den noch vollen Teller bald von mir schob. Mir ekelte vor jeder Form von Nahrung. »Willst du verhungern?« schrie die Mutter, »genügt nicht, daß eine von euch beiden stirbt? Mußt du es ihr gleichtun?« Und vielleicht hatte sie recht, vielleicht war es so. Vielleicht bewunderte ich auch Magdalenas Krankheit und Sterbenmüssen, weil ich alles an ihr so sehr bewundert hatte. Ich kann nicht sagen, was mit mir geschehen wäre, hätte ich nicht nach etwa drei Wochen einen Brief von Magdalena erhalten. Sie hatte ihn an die Schule geschickt, und die junge Deutschprofessorin überreichte ihn mir. »Dieses arme Mädchen«, seufzte sie, »wie schön, daß sie dir schreibt, nimm es bitte ernst!« Diese Aufforderung war so unnötig, als würde man an einem Regentag den Regen auffordern zu fallen. Ich nahm Magdalenas Brief nicht nur ernst, ich zitterte, als ich das Kuvert öffnete. Ich tat es vor einem entlegenen Fenster des Schulkorridors, und ich weiß noch, daß die Glasscheiben vor mir sehr schmutzig waren und jemand mit dem Finger ein Herz hineingezeichnet hatte, und daneben das Wort EWIG, mit einem Rufzeichen danach. Ich starrte auf dieses Wort, ehe ich zu lesen begann.

Magdalenas Brief bestand nur aus wenigen Zeilen und ich weiß ihn auswendig, bis heute. Liebe Magda, schrieb sie, in die Schule komme ich nicht mehr, aber ich würde Dich gern noch einmal sehen. Rufe bitte meine Mutter an (in Klammern war eine Telephonnummer notiert), die wird etwas mit Dir ausmachen. Ich bin nur ab und zu im Spital, die meiste Zeit daheim. Komm bald. Grüße – Magdalena. Und setz die Baskenmütze auf, sie steht Dir gut.

Ich hab diesen Brief aufbewahrt und immer darauf geachtet, daß er mich begleitet. Auf der Kommode in meinem kleinen Zimmer steht eine große, alte, bunt bemalte Blechdose, Lukas hat einmal ein kaputtes Scharnier daran repariert und gesagt: »Woll'n Sie's nicht lieber wegschmeißen?« Da drin liegen die paar Briefe, die mir im Leben wichtig waren. Es sind nicht viele, und Magdalenas Brief ist dabei. Sie können ihn gern ansehen, Maria, wenn Sie wieder mal die Pflanzen gießen oder saubermachen. FÜR DIE MAGDA steht auf dem Kuvert, sonst nichts. Mit dunkelgrüner Tinte geschrieben und schon etwas verblichen.

In Gedanken war ich jetzt plötzlich in meiner Wohnung und ganz nahe bei Ihnen. An Sie denke ich oft, und immer wenn ich Ihnen schreibe, sind Sie mein Gegenüber. Aber an die Wohnung habe ich lange nicht gedacht oder mir vorgestellt, daß Sie, Maria, sich in ihr aufhalten. Und das ist ja immer wieder mal der Fall, nicht wahr? Haben die beiden Hibiskusstöcke eigentlich wieder Blüten getrieben, wie im letzten Jahr?

Ich glaube, ich sollte jetzt nicht mehr weitererzählen. Die Sonne steht schon sehr tief, bald wird sie hinter der Felskuppe versinken. In den Wellentälern des Meeres erkenne ich den Farbton wieder, den Magdalenas Tinte damals hatte, ehe die Zeit ihn verblassen ließ, es ist das gleiche Grün. Die Wogenkämme sind gleißend blau. Vielleicht gehe ich noch zum Schwimmen in die kleinen Bucht. Schade, daß ich Sie dorthin nicht mitnehmen kann, Ihnen würde es sicher gefallen, und ich wäre nicht so allein.

Bis bald,
Ihre Magda

4. Juli

Liebe Frau Magda!
Und wie es mir gefallen würde in Ihrer kleinen Bucht, da bin ich mir ganz sicher. Bei uns ist es immer noch sehr heiß, aber ich geh nie schwimmen. Ich mag nicht ins Schwimmbad, erstens, weil ich sowieso keine Zeit habe, und dann genier ich mich. Diese vielen Menschen, es sind mir zu viele, und trotz der Badeanzüge mag ich nicht so viel Fleisch und Haut von fremden Leuten dicht um mich. Ich bin da nicht ganz Ihrer Meinung, Frau Magda, ich finde, daß auch die jungen Körper Diskretion verdienen, die können doch auch sehr grauslich sein. Am liebsten sehe ich überhaupt keine Leute, die nackt sind, das soll jeder für sich allein sein, wozu sind denn die Kleidungsstücke erfunden worden? Wir sind halt keine Affen mehr, die im Baum leben. Und grade die haben doch meist ein Fell. Sogar der Lukas und ich sind anscheinend der gleichen Meinung, daß wir nämlich beide diese Diskretion verdienen, von der Sie geschrieben haben, wir laufen auch nie pudelnackert voreinander herum, sondern immer angezogen, wie sich's gehört. Und in der kleinen Bucht mit Ihnen tät ich mich wahrscheinlich auch genieren, sogar im Badeanzug. Zumindest am Anfang. Meine Mutter hat ein Kleid angehabt beim Schwimmen, stellen Sie sich das vor! Wir waren nur ein paar Mal am städtischen Abflußkanal, weil es in einem Sommer gar so heiß war, und sie hat gesagt, ich kauf mir dafür doch keinen Badeanzug! und ist mit einem alten Sommerkleid ins Wasser gestiegen. Aber so übertrieben wäre ich sicher nicht in Ihrer Bucht.

Es ist Sonntagnachmittag und ich habe Zeit. Deshalb gleich so viel zu Ihrem letzten Satz, den über die Bucht, und daß Sie mich gern zum Schwimmen mitnehmen würden, weil ich ihn zuletzt gelesen habe. Dabei hat der ganze Brief mein Herz angerührt. Kann ich das so sagen, mein Herz angerührt? Aber so war mein Gefühl. Diese Magdalena. Mich macht ehrlich traurig, was Sie von dem Mädchen erzählen. Vielleicht bin ich wirklich so frei und nehme den Brief kurz aus der Dose heraus und schau ihn mir an? Wenn ich sehe, wie die Schrift von der Magdalena war, kommt alles ein bißchen aus der Ewigkeit zurück und bis zu mir her, denk ich mir. Darf ich ihn also wirklich lesen, Frau Magda? – Übrigens ist diese Blechdose sehr schön, sicher antik, oder? Dieser Lukas! typisch! wegschmeißen! Er hat keine Ahnung, Sie dürfen ihm nicht böse sein. Aber gestern hat er mir geholfen, Ihren großen Teppich auszuklopfen, den schwarzen mit den grauen und weißen Linien, ich glaub, er ist chinesisch, Sie wissen schon, und bei so was ist er dann doch recht nützlich und stellt sich nicht so blöd an. Ich bin jede Woche zweimal bei Ihnen oben, alles ist in Ordnung, der Hibiskus hat bis jetzt drei Blüten gehabt. Ich schau sie immer an und sage: Hallo Blüte! weil die so schön sind und immer so rasch verblühen.

Ich bin froh, Frau Magda, daß Sie zumindest wollen, daß es Ihnen besser geht. Das ist immerhin ein Anfang. Und braungebrannt kann ich Sie mir gar nicht vorstellen, Sie waren die letzte Zeit hier immer so blaß wie ein Stück Papier. Wie gut, daß Sie das nicht mehr sind.

Ich wünsche Ihnen noch viel Besserung, es grüßt Sie von Herzen Ihre Maria

P.S. (der Lukas behauptet, man schreibt P.S., wenn man noch was dazuschreiben will, aber ich weiß nicht, warum, und er kann es mir auch nicht sagen, auf einmal hat er mir über die Schulter geschaut und sich eingemischt) aber etwas noch: ich hab in mein Heft geschrieben : ein Vogel, der mich unter seinen Schwingen begräbt. Das hat mir gefallen. Und ich kann es mir gut vorstellen.

Aber jetzt Schluß mit dem P.S. Maria

6. Juli

Liebe Maria,
PS kommt von Postskriptum, heißt auf lateinisch so etwas wie Nachschrift, und ich glaube, man schreibt es ohne Punkt dazwischen, also nicht P.S. Außerdem gilt PS aber auch für Pferdestärke. Das alles Ihrem Lukas.

So, das waren die Belehrungen, und jetzt weg damit.

Ich habe zwar gestern schon Ihren Brief abgeholt, Maria, aber als ich ihn gelesen hatte, konnte ich nicht sofort antworten. Es lag an ebendiesen Schwingen, die Sie zitiert haben, die mich wieder einmal unter sich begruben. Mir wurde nämlich plötzlich das Datum, der 5. Juli bewußt. Ich lebe hier so zeitlos, daß auch, wenn ich ein Datum aufschreibe, ich es nicht wirklich bedenke. Ich schaue nur auf meinen Kalender und schreibe die Zahl für den jeweiligen Tag ab. Wie ein Gefangener in seiner Zelle, der Striche an die Wand ritzt, um zu erkennen, daß Zeit vergeht und wieviel davon vergangen ist. Ich lebe und bewege mich hier in der Mitte des Sommers, das genügt mir. Nur das möchte ich fühlen und wissen. Dem anderen, dem Aufgebrauchtwerden durch Zeitabläufe und Termine, bin ich ja entflohen. Aber gestern ist das Datum am Beginn Ihres Briefes in mich eingefallen, Maria. An einem 5. Juli war es, daß mein Leben zu erlöschen schien, obwohl ich nicht sterben konnte. Ich habe weitergelebt, weil ich nicht wußte, wie ich mich töten sollte. Ich habe weitergelebt, weil mir nichts Besseres einfiel. Dieser 5. Juli liegt bereits ein Jahr zurück, und voilà! da bin ich noch.

Aber jetzt will ich dieses Datum und die damit verbundene Erinnerung beiseite schieben und Ihnen erzählen, was von Magdalena noch zu erzählen bleibt. Es fällt mir nicht leicht, und gerade deshalb muß ich es noch heute und rasch und ohne Umschweife tun. Etwas bestätigt sich mir immer wieder: Was man aufschiebt, das nimmt an Gewicht zu.

Nachdem ich also Magdalenas Brief gelesen hatte, betrat ich am Nachmittag ein Telephonhäuschen und wählte die angegebene Nummer. Damals gab es ja noch nicht in fast allen Wohnungen Telephone, und Herr Koranek besaß natürlich keines. Außerdem gab es niemanden, den ich je hätte anrufen können, ich war also im Umgang mit öffentlichen Fernsprechern ungeübt und sehr aufgeregt, als ich die Münze einwarf, das ferne Klingelzeichen hörte und auf den Knopf drückte. Dann eine helle, spröde Stimme: »Hier Beran –« Nach einem Moment der Verwirrung fiel mir ein, daß Magdalenas Nachname Beran war, und ich stotterte: »Hier ist Magda, ich sitze in der Schule neben –« Aber schon wurde ich unterbrochen. »Ja, ich weiß«, sagte die helle Stimme, »wann kommst du zu Magdalena? Jetzt gleich?« Ich wußte weder, wo Magdalena wohnte noch wie ich dort hinkommen könnte. Deshalb stammelte ich etwas von vielleicht in den nächsten Tagen, ich müsse mir die Adresse aufschreiben, würde mich nicht sehr gut auskennen. »Wenn dich unser Auto morgen von der Schule abholt, wäre das für dich in Ordnung?« wurde ich hell und sachlich gefragt. »Ja, gern«, antwortete ich sofort, und nach einem »Schön, bis morgen also« wurde aufgelegt. Wie betäubt verließ ich das Telephonhüttchen und stand eine Weile reglos da. Es war April, und ein leichter Frühlingsregen fiel. Ich erinnere mich, daß der Asphalt feucht wurde und einen Geruch ausströmte, den ich plötzlich mit Lebenskraft und Gegenwart verband. Eine Sekunde lang hätte ich den versprochenen Besuch bei Magdalena am liebsten wieder vergessen, aber gleich darauf schämte ich mich. Ich warf diesen Gedanken von mir, als könnte er mich vergiften, und machte mich rasch auf den Heimweg. Als ich meiner Mutter beim Abendessen von der Verabredung bei Magdalena sagte und daß ich nicht wüßte, wann ich morgen heimkommen würde, hob sie den Kopf und sah mich mit einem langen Blick an, den ich nicht genau deuten konnte. Es lag Schmerz darin, aber zugleich schien sie mich kritisch zu messen. »Laß das lieber bleiben«, sagte sie. Dann schob sie sich ungerührt eine Gabel fettiges Krautfleisch in den Mund und kaute vor sich hin. Ihr Blick wurde abwesend, als wäre er nur noch auf die Nahrungsaufnahme im tiefsten Inneren ihres Körpers gerichtet. Ich haßte dieses erloschene Gesicht meiner Mutter, wenn sie ihren Körper anfüllte, stumm die Speise in sich hineinmalmte wie ein müdes Tier. »Was soll ich bleiben lassen?« schrie ich, ebenso wütend über ihren hingeworfenen Satz wie über ihr lethargisches Kauen. Ich wurde so laut, daß sie zusammenzuckte. Dann sah sie mich wieder ruhig an. »Brüll nicht«, sagte sie, »erspar es dir lieber, jetzt schon den Tod anzuschaun. Das kommt früh genug.« »Ich schau mir die Magdalena an! Nicht den Tod!« Ich hatte wieder geschrien. »Lüg dir nichts vor«, antwortete sie leise und hart.

In der Nacht vor diesem Besuch konnte ich kaum schlafen. Die Schulstunden am nächsten Tag gingen irgendwie an mir vorbei. Ich trat noch einmal an das schmutzige Gangfenster und stellte mit Erleichterung fest, daß weder das Herz noch das Wort EWIG von der Scheibe verschwunden waren. Das kam mir wie ein gutes Omen vor, auch wenn ich nicht hätte sagen können, was es mir versprach. Ein Wunder wohl. Aber kein Wunder geschah. Ach Maria, sie lassen uns immer im Stich, die Wunder.

Als ich das Schulhaus verließ, wurde mir aus einer großen, dunkelblauen Limousine »Fräulein Magda!« zugerufen. Noch nie hatte mich jemand Fräulein Magda genannt, und nur die fliederfarbene Baskenmütze, die ich aufgesetzt hatte, konnte solches bewirken, davon war ich überzeugt. Noch dazu stieg der Mann, der am Steuer saß, aus dem Auto und hielt mir den Wagenschlag auf. Ich fühlte die Blicke der anderen Schülerinnen auf meinem Rücken, als ich einstieg, und ein wohliger Schauer überkam mich. Aber der Mann sagte, als er losfuhr: »Der Magdalena geht es heute gar nicht gut, aber sie will Sie unbedingt sehen. Nur damit Sie Bescheid wissen und nicht erschrecken.« Seine Stimme war rauh und bestimmt, und der wohlige Schauer in mir verflog sofort. Steif und verkrampft saß ich in den weichen Polstern einer Luxuslimousine, als brächte man mich hinter Gitter.

7. Juli

Ich habe es gestern nicht mehr geschafft, weiterzuschreiben, liebe Maria. Und dann rief auch Pero vom Hafen herauf, er stand bereits in seinem blauen Boot, um die Reusen aufzusuchen, er rief: »Magda Gnädige!« – so nennen sie mich hier mittlerweile – und deutete auffordernd aufs Meer hinaus. Also habe ich ihn begleitet. Es war früher Abend, und der goldene Himmel spiegelte sich im Wasser, das Boot schien durch pures Gold dahinzutuckern. Wieder versuchte ich das Einholen der Reusen und die zappelnden Fische nicht wahrzunehmen, ich sah zu den lilafarbenen Felsen des Festlandes hinüber, während Pero seiner Tätigkeit nachging. Aber ich fühlte das Sterben dicht neben mir. Ich fühlte die Qual der Geschöpfe. Ich dachte an Magdalena zurück, auch an den Julitag vor einem Jahr, ich dachte nur an Verlust, Tod und Leid, während ich über das makellos schimmernde Meer hinwegschaute, das Boot leicht schlingerte und neben mir in einem Plastikkübel die Meerestiere verreckten. Ich mußte plötzlich weinen, Maria, haltlos und heftig, ich konnte es nicht verbergen. Und Pero sah natürlich, wie ich mir die Tränen mit beiden Handflächen von den Wangen zu wischen versuchte, diese Geste war unübersehbar, obwohl ich mich abgewandt hatte. Und sicher nahm er auch wahr, wie das krampfhaft zurückgehaltene Schluchzen meinen Körper erschütterte. Ich fühlte seinen Blick. Erst als wir wieder zurückfuhren, sagte er hinter meinem Rücken laut einen Satz in seiner Sprache. Daraufhin drehte ich mich ihm zu, mit immer noch tränennassem Gesicht. Und er lächelte mich an. Hinter ihm der Goldglanz des Meeres, und davor sein verwittertes, dunkles Gesicht und dieses helle Lächeln. »Lassen fließen, Magda Gnädige«, sagte er dann, »Leben ist Fließen, wie Wasser aus Ihre Augen.« Als sich meine Augen daraufhin von neuem mit Tränen füllten, fügte er hinzu: »Tod ist Fließen, Magda Gnädige, immer weiter fließen – alles, Fische, Menschen, fließen weg und weiter, ist gut so.« Um mich zu fassen, sagte ich: »Sie können ja deutsch, Pero!«, und er: »Nur wenn nötig.« Dann schwiegen wir, das Tuckern des Motors und das Rauschen der Bugwellen um uns.

Ich streckte ihm die Hand hin, bevor ich am Pier aus dem Boot sprang, denn dabei hilft er mir immer. Er hielt sie ein wenig länger in der seinen als sonst, nachdem ich bereits auf der Kaimauer stand, nickte dann aufmunternd und wandte sich wieder seinen Fischbehältern zu. Langsam schlenderte ich zu meinem Abendessen unter den Olivenbäumen, vor dem Sinken der Sonne und dem roten Aufglühen von Horizont und Meer. Ich aß auch sehr langsam und trank mehr Wein als sonst. Es war ein Abend, den ich gern mit jemandem geteilt hätte.

Diese kleine Begebenheit wollte ich Ihnen erzählen, ehe ich den Brief losschicke. Es ist früh am Tag, und ich wandere jetzt zu Malinja, vielleicht hat sie noch Kaffee in ihrem Kännchen, ihn mit mir zu teilen. Sobald ich von Ihnen Antwort habe, Maria, werde ich von Magdalena weitererzählen. Heute möchte ich viel schlafen, auch tagsüber, ich weiß gar nicht, warum ich so müde bin. Ich grüße Sie und bin von Herzen Ihre

Magda

7. Juli

Liebe Frau Magda!

Wissen Sie, was mich heute gefreut hat? Daß Sie gestern einen Abend hatten, den Sie gern mit jemandem geteilt hätten! Schon nach dem Mittagessen hab ich Ihr Fax bei Herrn Kreuz abgeholt und es zu Hause gleich gelesen, bevor ich wieder an die Arbeit bin. Jetzt ist es schon finster, und es regnet. Seit gestern regnet es bei uns, aber warm ist es geblieben, man kommt sich vor wie im Dschungel, so eine feuchte Hitze. Ich hab das nicht gern beim Arbeiten, weil ich dann so schwitze. Aber jetzt sitze ich ganz gemütlich da und höre es auf der Straße plätschern. Der Lukas ist vorhin ins Wirtshaus gegangen, aber ich wollte nicht mit, sondern lieber schreiben. Das macht ihn schon ganz mißtrauisch. Heute hat er gesagt: werd mir ja keine Schriftstellerin! Ich hab vielleicht gelacht, ich und eine Schriftstellerin, nur weil ich Ihnen Briefe schreibe! Sei nicht blöd, Lukas, und geh in dein Wirtshaus, damit hab ich ihn aus der Tür geschoben. Und ihm dann noch nachgerufen: wenn ich aber eine Schriftstellerin wär, müßtest du dich trotzdem nicht vor mir fürchten! Denn er hat so geklungen, als ob er Angst hätte, weil ich allein zu Hause sitzen bleibe und was aufschreibe. Diese Männer haben komische Gefühle, man wird sie nie ganz kapieren, finden Sie nicht, Frau Magda?

Aber noch einmal: obwohl wieder viel Trauriges in Ihrem Brief gestanden ist, war da zum Schluß etwas, das anders geklungen hat als sonst. Weil Sie mal richtig fest geweint haben und ein anderer Mensch dabei war, glaube ich. Und weil Ihnen der Fischer etwas gesagt hat, das stimmt. Ich meine, daß der Augenblick gestimmt hat, Ihnen genau das zu sagen. Ich denk mir oft, wenn der Lukas und ich streiten, und das ist gottseidank nicht oft, daß das nur davon kommt, weil wir verschiedene Augenblicke dabei haben. Also, ich sag das so ungeschickt, ich will sagen, daß wir nicht dasselbe erleben, grade in diesem Augenblick. Sie verstehen sicher, was ich meine. Wenn jeder irgendwie seinen eigenen Weg geht, und der führt am anderen vorbei und nicht zu ihm hin, und trotzdem redet man oder brüllt, aber eigentlich jeder nur für sich allein. Wenn aber das, was man sagt, stimmt, dann findet es den anderen. Wie eben die Worte von Pero.

Etwas ist mir aufgefallen, weil Sie es bei Ihrer Mutter so genau beschrieben haben: ich mag es auch nicht, wenn der

Lukas das Essen in sich hineinschlingt, sobald ich es auf den Tisch gestellt habe, wenn er sich irgendwie in sich hinein verkriecht dabei. Ich hab ihm schon ein paarmal den Teller unter der Nase weggezogen und gesagt: Hallo, Unterbrechung! und er war ganz erstaunt. Aber es liegt daran, daß er als Kind viel hungern hat müssen, weil er sieben Geschwister gehabt hat, die Mutter ganz fertig und immer krank, der Vater Fabrikarbeiter mit wenig Lohn und auch noch Alkoholiker. Sie sehen, von uns allen ist wenig zu erzählen, was Staat macht, aber man schaut halt, daß man trotzdem lebt.

Es regnet immer noch, und ich werde ganz schläfrig bei dem Geräusch. Deshalb höre ich jetzt auf, obwohl ich erst am Anfang dieser Seite bin und sie bis zum Ende vollschreiben wollte. Aber mir fallen die Augen zu, deshalb grüße ich Sie noch rasch, bevor ich ins Bett falle.

Ihre Maria

9. Juli

Liebe Maria.

Malinjas Bruder hat mir gestern Ihren Brief vom Postamt hergebracht, und das war gut so. Ich habe nämlich in der Nacht davor hohes Fieber bekommen und muß seither im Bett liegen bleiben, obwohl es draußen heiß und schön ist. Aber die Sonne tut mir in den Augen weh und ich habe Gliederschmerzen, es ist wohl eine leichte Grippe, die ich mir da eingefangen habe. Aber jetzt liegt wieder der große Atlas auf meinen Knien, darauf der Briefblock, und ich schreibe im Bett, gegen die Kissen gelehnt. Die Hauswirtin bringt mir kannenweise Salbeitee herauf, ich solle viel davon trinken, hat sie mir bedeutet. Und es scheint zu helfen. Oder es hilft mir einfach schon, daß sie sich um mich kümmert. Mein Kopf schmerzt zwar, aber er funktioniert, trotz des Fiebers. Also trinke ich Tee und schreibe Ihnen lieber, statt mich im Bett herumzuwälzen und untätig meinen Gedanken und dem Schlagen der Wellen zuzuhören.

Vorweg: lassen Sie den Lukas ruhig ein bißchen nervös werden und Ihr Briefeschreiben und das kleine Buch, in das Sie notieren, argwöhnisch betrachten. Seine Gefühle kann ich gut nachvollziehen, er fühlt sich schlicht und einfach ausgeschlossen. Und auf das, was sie ausschließt, eifersüchtig zu werden, dazu neigen nicht nur Männer, glauben Sie mir. Außerdem entsteht Argwohn bei dem, was wir nicht gewohnt sind, das Wort sagt es ja schon. Und daß Sie in Ihrer Küche sitzen und schreiben, daran muß der Lukas sich wohl erst gewöhnen, geben Sie ihm nur Zeit.

Aber ich will mir jetzt keine Zeit mehr geben und kehre ohne Umschweife zu Magdalena zurück. Das Haus, in dem sie lebte, war tatsächlich hochherrschaftlich, ein Stadtpalais, das in große Wohnungen aufgeteilt worden war. Die Limousine parkte vor dem riesigen Eingangstor, das von Statuen nackter Frauen, die Blumenkränze trugen, flankiert war. Ich mußte daran denken, daß Magdalena jeden Tag zwischen diesen mächtigen Brüsten und Schenkeln aus Stein hindurchgeschritten war, und etwas daran verwirrte mich, als ich beim Vorbeigehen hinaufspähte. Der Chauffeur hatte vor mir das Haus betreten und stieg auch die drei Stockwerke schweigend voran. Die Treppen waren mit roten Läufern bedeckt, die von blankgeputzten Messingstangen festgehalten wurden. Die Teppiche saugten unsere Schritte auf, und ich wagte kaum zu atmen. Erst als der Mann einen

Schlüssel hervorzog, die feierlich hohe Wohnungstür aufsperrte, seinen Mantel auszog und »Lilli! Sie ist hier!« rief, wurde mir klar, daß er kein Chauffeur, sondern Magdalenas Vater war. Lilli kam durch das Vorzimmer, das eher einem Empfangssaal glich, auf uns zu, eine hübsche, blonde Frau, die sehr jung wirkte. Daß ihr Gesicht von feinen Linien durchzogen war, sah ich erst, als sie dicht vor mir stand. »Ich bin Magdalenas Mutter«, sagte sie, »komm doch gleich mit, Magda, du wirst schon ungeduldig erwartet.«

Ach Maria. Haben Sie schon einmal einen Menschen, den Sie davor gut gekannt und oft gesehen hatten, nach einer Weile wiedergesehen und bei seinem Anblick plötzlich genau gewußt, daß er sterben würde? Als ich Magdalenas Zimmer betrat, sie sich von einem Fauteuil erhob und auf mich zukam, da wußte ich es jedenfalls. Der Tod hatte sie gezeichnet, und ich sah ihn. Es war nicht nur ihre Blässe und wie schmal sie geworden war, nicht nur die Mattigkeit ihrer Bewegungen, es war etwas anderes, das sich nicht beschreiben läßt, obwohl es mir gnadenlos entgegentrat. Ein sterbendes Mädchen kam auf mich zu und umarmte mich. Ja, Magdalena umarmte mich, etwas, das sie früher nie getan hätte. Sie hatte ihr Haar zurückgebunden, trug einen dunkelblauen Trainingsanzug, und ihre Füße waren nackt. Ich sah hinter ihr das offene Bett, in dem sie wohl viel lag, sah es über ihre Schulter hinweg, während sie mich eine Weile festhielt. Ich wußte nicht, was ich tun und wie ich mich verhalten sollte. Statt sie an mich zu drücken, stand ich verwirrt da und duldete ihre Umarmung. Wir sind ja alle meist so ungeübt und hilflos, wenn wir vor dem Leid anderer stehen. Schließlich sagte ich: »Hallo, Magdalena.« Dieses dürftige »Hallo, Magdalena« klingt mir jetzt noch im Ohr, meine Stimme hing im Zimmer, als wäre ein Schleier zerrissen. Ich spürte, wie Magdalenas Arme starr wurden, ehe sie sich von mir löste. Dann stand sie vor mir und sah mich spöttisch an, es war ein wenig der Blick von ehedem, als sie noch in der Schule neben mir saß und mich nicht an sich heranließ. »Hallo, Magda«, sagte sie, »keine Angst, heute sterbe ich noch nicht, du kannst ganz normal mit mir reden.« »Aber ich rede normal«, versuchte ich mich zu verteidigen, und Magdalena lachte. »Ja, jetzt schon«, sagte sie, »aber vorhin klang es, als würdest du die Grabesstimme, nach der dir zumute ist, bekämpfen.« »Ich bekämpfe keine Grabesstimme«, log ich. Wir sahen uns an, und sie lächelte. Dann führte sie mich zum Tisch, auf dem Teegeschirr und ein mandelverzierter Guglhupf standen. »Der ist gut, iß davon«, sagte sie. »Und du?« fragte ich. Aber darauf gab sie keine Antwort. Sie saß mir in ihrem Lehnstuhl gegenüber, ohne irgend etwas anzurühren, und begann mich auszufragen. Ich erkannte rasch, daß sie vom Leben erzählt bekommen wollte. Ihre Mutter war aus dem Zimmer gegangen, als Magdalena mich umarmt hatte, und kam nicht wieder, solange ich da war. Einige Stunden saßen wir beisammen, ich trank Tee, aß Guglhupf und erzählte ihr. Alles, was mir einfiel, sprudelte ich hervor, ich durchforschte mein ereignisloses Leben, als wäre ich ein Schatzsucher, der sich zur Not auch mit Kieselsteinen begnügt und behauptet, sie seien Diamanten. Von der Schule und einigen der Mädchen berichtete ich, aber möglichst so, daß es Magdalenas Spott hervorrief und wir lachen konnten. Auch vom Zusammenleben mit meiner Mutter, von Herrn Koraneks Wohnung und unserem trüben Untermietzimmer – zu meiner Überraschung gelang es mir, all das so zu schildern, daß es uns beide zum Lachen brachte. Und das tat mir gut, Maria. Ich hatte noch nie versucht, mein Leben humoristisch zu betrachten. Magdalena, aus deren Körper sich das Leben sichtbar zurückzog, die nur noch aus lebenshungrigen Augen zu bestehen schien, zwang mich irgendwie dazu, weil ich sie unbedingt mit Lebendigkeit erfrischen wollte. Und dann erfrischte diese Sichtweise auch mich. Ich besah mein Leben und fand plötzlich komisch, wie tragisch sich alles ausnahm. Und in dieser Stimmung erzählte ich Magdalena sogar das, woran zu denken ich mir irgendwann verboten hatte. Vom Vater erzählte ich, und von meiner Kindheit im Dorf. Und zuletzt sogar von Johann Eipeldauer. Und besonders darüber lachte Magdalena sich schief. »Du bist keine Jungfrau mehr? Wirklich?« rief sie, »wer hätte das grade von dir gedacht! Toll!« Aber dann stockte ihr Lachen, alle Heiterkeit schwand plötzlich aus ihrem Gesicht, es wurde klein und weiß wie eine Muschel. Ja, ich dachte plötzlich an Muscheln, obwohl ich noch nie am Meer gewesen war, und an deren Zerbrechlichkeit. »Was ist?« fragte ich besorgt. »Nicht viel«, gab Magdalena leise zur Antwort, »nur, daß ich als Jungfrau sterben werde.«

Ich wußte nicht, was ich darauf sagen sollte, und schwieg. Ich hätte sagen können, daß sie Blödsinn rede, daß sie nicht sterben würde, und schon gar nicht als Jungfrau, und daß es im übrigen nichts Besonderes sei, diese lächerliche Jungfräulichkeit zu verlieren, daß das Leben noch vor uns beiden läge, nicht nur vor mir, auch vor ihr, daß sie nicht aufgeben solle, daß ich ihren Tod nicht zuließe, daß ich sie am Leben und bei mir bräuchte, weil sie meine einzige Freundin sei, die erste und einzige, die ich je in meinem Leben gehabt hätte, es sei unausdenkbar, sie jetzt wieder zu verlieren, all dies hätte ich ihr sagen können, und ich wollte es auch, es lag mir auf der Zunge. Aber gleichzeitig wußte ich auch, daß jeder Widerspruch sinnlos war. Obwohl mich ihr Sterben empörte und ich diese Empörung gern herausgeschrieen hätte, wollte ich Magdalena keine Lügen auftischen. Auch nicht die Lügen falscher Hoffnungen und unsinniger Forderungen. Wir saßen uns wortlos gegenüber, und ich starrte auf meine Teetasse hinunter. »He, du!« sagte Magdalena, nachdem wir eine Weile geschwiegen hatten. Ich hob den Blick und wir schauten uns an. Tränen stiegen uns beiden hoch, als wären unsere Augen von derselben Quelle gespeist. Und als wir darüber zu lachen begannen, taten wir dies ebenfalls gleichzeitig und einhellig. Auf einmal lachten wir Tränen. Aber wir taten es über einen unermeßlich dunklen Abgrund hinweg, und das war uns beiden bewußt. Magdalenas Lachen an diesem Nachmittag war das tapferste, das ich je bei einem Menschen erfahren habe, und das meine überwand mehr Schatten und Schmerz, als mir je wieder mit einem Lachen gelingen sollte.

Lilli, die Mutter, kam ins Zimmer und sagte: »Schön, wie vergnügt ihr beide seid, aber ich glaube, daß Magdalena jetzt wieder Ruhe geben sollte.« Als ich mich verabschiedete, umarmte Magdalena mich wieder, und diesmal hielt ich sie fest an mich gedrückt. Ich fühlte, wie dünn ihr Körper war, und ich fühlte auch seine Anstrengung, sich noch zu behaupten, Hitze stieg von ihm auf, als verglühe er unter dem Trainingsanzug. Auch Magdalenas Gesicht war heiß, sie schien zu fiebern, dennoch küßte ich sie auf beide Wangen. Dies war der Jungmädchenkuß, den wir früher nie zugelassen hatten, und ich spürte ihre heiße, trockene Haut, die sich eng über die Wangenknochen spannte, unter meinen Lippen. »Wenn's dir recht ist, komme ich bald wieder«, sagte ich, als wir uns voneinander lösten. Und sie sagte: »O ja, komm bald wieder.« Ihre Mutter nahm mich um die Schultern und begleitete mich zur Tür. Als ich mich noch einmal umdrehte, hob Magdalena lächelnd die Hand und winkte mir nach. Es ist das letzte Bild, das ich von ihr habe.

Ach, liebe Maria, trotz meiner Grippe habe ich jetzt den ganzen Nachmittag lang geschrieben, ich bin in Schweiß gebadet und fühle mich gar nicht gut. Sogar der glutrote Abendhimmel ist mir irgendwie zuwider, ich warte auf die Dunkelheit und auf ein wenig Kühle.

Man ließ mich nicht mehr zu Magdalena, sie kam dann recht bald ins Krankenhaus und starb nach etwa einem Monat. Ich habe darum gebettelt, sie besuchen zu dürfen, aber immer gab es andere Gründe, warum es nicht möglich sei, ich solle abwarten, hieß es. Eines Tages jedoch sagte mir ihre Mutter am Telephon, daß Magdalena mich von Herzen grüßen lasse, mich aber nicht mehr sehen wolle. »Warum denn nicht?« fragte ich entgeistert. »Sie hat gesagt«, antwortete die traurige und erschöpfte Stimme, »daß euer Lachen der beste Abschied gewesen sei, besser ginge es nicht.« Ich hörte, wie Magdalenas Mutter leise zu schluchzen begann, dann legte sie auf.

Das war sie also, meine Geschichte mit Magdalena, die zu Ende zu erzählen ich immer wieder hinausgezögert habe. Wohl, weil ich mich von diesem Verlust lange nicht erholt habe. Ich hatte verloren, was ich mir so lange gewünscht hatte und dann nur so kurz behalten konnte. Mit Johann Eipeldauer war es mir auf andere Weise ebenso ergangen. Eine Sehnsucht erfüllte sich, und damit war das Lied auch schon zu Ende. Meine Gefühle für Johann waren wirr, verwirrt, töricht gewesen, ich hatte weiblich empfunden, war aber ein Kind und wußte eigentlich nicht, wie mir geschah. Magdalena hingegen hatte ich lange Zeit bewundert und dann zu lieben begonnen, es war der Beginn einer tiefen und reifen Freundschaft. Aber ehe diese sich festigen konnte, starb Magdalena mir hinweg. Ihr Vater erwartete mich am Tag nach ihrem Tod vor der Schule, um es mir zu sagen. Seine Augen waren gerötet, aber mit beherrschter Miene stieg er aus dem Auto und kam auf mich zu. Ich wußte sofort, was geschehen war, und mir schien, als wolle mein Herz ebenfalls stehen bleiben. Ich konnte mich nicht rühren und starrte Magdalenas Vater wortlos an. »Sie ist ruhig gestorben«, sagte er, »und das soll ich dir geben.« Er drückte mir eine weiße Muschel in die Hand, eine dieser Muscheln, wie man sie an Stränden überall finden kann, und sofort fiel mir wieder ein, daß mir Magdalenas Gesicht klein und zerbrechlich wie eine Muschel erschienen war. »Wenn du zum ersten Mal das Meer siehst, sollst du an sie denken. Sie tut's dann auch. Und du sollst nicht zum Begräbnis kommen, bittet sie dich, weil – weil man bei Begräbnissen nicht lacht. Du sollst euer Lachen nicht vergessen.« Der Mann bekam feuchte Augen, aber er sagte noch: »Danke für alles, Magda.« Dann ging er schnell zum Auto zurück und fuhr davon. Ja, und diese Muschel liegt auch in meiner Blechschatulle, und als ich zum ersten Mal das Meer sah, es war Jahre später, dachte ich an Magdalena, so wie ich allezeit an sie gedacht hatte, und immer wieder, und vor allem wenn ich das Meer sehe, denke ich an sie. Auch hier. Auch heute. Auch jetzt. Lilafarben wiegt es sich hinter der Hafenmauer in der ersten Dämmerung.

Liebe Maria, ich fühle mich elend. Sie wissen sicher, wie sich das Elend einer Grippe anfühlt, man weiß, es ist nur eine Grippe, und weiß trotzdem nicht, was mit sich anzufangen außer zu stöhnen.

Ihnen wünsche ich eine gute Nacht, jedenfalls eine bessere, als mir gewährt sein wird.

Ihre Magda

11. Juli

Wenn ich nur bei Ihnen wär, liebe Frau Magda, ich tät Ihnen Essigpatscherln machen und einen Ölwickel, das sind gute alte Hausmittel, die wirklich was nützen. Meine Mutter war Meisterin in solchen Mitteln, sie haben ja früher nur so was gehabt und nie genug Geld für Medikamente. Wie ich klein war, vielleicht vier Jahre alt, wär ich ums Haar an einer Lungenentzündung verstorben, und sogar das hat meine Mutter irgendwie geschafft. Daß ich nicht gestorben bin, nämlich. Und fast nur mit diesen Hausmitteln hat sie es geschafft, mit Wickeln und nassen Socken und erhitztem Speiseöl, und Salz ins dampfende Wasser und inhalieren, lauter so Sachen halt. Aber vielleicht war eben auch ihr eiserner Glaube dabei, daß ich einfach nicht sterben werde. Gottseidank haben Sie ja keine Lungenentzündung und sind auch nicht am Sterben, liebe Frau Magda, aber scheußlich ist die Sache sicher. Wie ist denn Ihr Brief zum Postamt gekommen? Ich nehme an, daß jemand so nett war und ihn zu Malinja gebracht hat, denn selber sind Sie hoffentlich nicht losgewandert, mit Fieber und so. Ob es Ihnen heute schon besser geht? Ich muß zugeben, daß nichts mich so ärgern kann wie ein Schnupfen, wenn es heiß ist. Heißt ja Erkältung, da gehört zumindest Kälte dazu und nicht Hitze! Im Sommer verkühlt sein, mit Husten und Schnupfen, ist das Letzte!

Ich glaube, daß ich zuviel übers Kranksein schreibe, das tut Ihnen sicher nicht gut, wo Sie gerade krank sind und sich mies fühlen, ich hör schon auf.

Ach ja, diese Geschichte von Magdalena.

Ich mache einen neuen Absatz, weil ich im Augenblick keine Worte hinzuschreiben weiß.

Wie ich Ihren Brief gelesen habe, hat mir das Herz weh getan, richtig weh meine ich, in meinem Körper. Man spürt ja meistens gar nicht, daß man ein Herz hat, es schlägt vor sich hin und man denkt nicht dran. Und plötzlich, beim Lesen gestern abend, hab ich gemerkt, daß ich ein Herz im Leib habe, das weh tun kann, es hat mich sogar ein bißchen erschreckt, weil ich das sonst nicht kenne. Der Lukas hat bemerkt, wie ich die Hand auf die Brust gelegt und Knopfaugen gemacht habe. Genau das hat er nämlich zu mir gesagt: Warum machst du solche Knopfaugen? Mein Herz tut weh, hab ich geantwortet. Jetzt hat er mich angestarrt und dann gesagt: Werd mir ja nicht herzkrank. Ich hab gemerkt, daß er besorgt war, ich hab es seinem Gesicht angesehen, und ich muß zugeben, daß mich das irgendwie gefreut hat. Weil er selten so ausschaut, als hätte er eine Sorge um mich. Ich glaube ja, daß Männer so gebaut sind, aber mein Lukas ist ein besonderer Paradefall von Gefühllosigkeit. Ich meine, er ist nicht wirklich gefühllos, aber er will nur ja nichts davon herzeigen, ja nicht irgendein Gefühl zeigen! Als würd ihm eine Perle aus der Krone fallen. Wo er noch dazu gar keine Krone hat.

Ich lasse eine Zeile frei, weil ich so eine große Pause gemacht habe. Sonst fällt mir immer so viel ein, ohne Pause, was ich Ihnen schreiben will. Aber jetzt bin ich dagesessen und hab schon überlegt, ob ich nicht das Geschirr vom Mittagessen schnell wegwaschen sollte, ich schreibe nämlich nach dem Mittagessen, heute. Hab nur rasch den Tisch abgeräumt, nachdem der Lukas wieder in die Werkstatt ist, mir einen Kaffee gemacht und gedacht, ich leg eine Pause ein und schreibe Ihnen. Aber jetzt ist eine Pause im Schreiben entstanden. Es geht um das Sterben, glaube ich. Jetzt ist es raus. Ja. Weil ich noch nie einen sterbenden Menschen gesehen habe, das ist der Grund, warum mir Worte fehlen. Es sind schon einige Leute gestorben rundherum, so ist das nicht. Ich hab ja niemanden außer meiner Mutter, und die lebt gottseidank noch, aber dem Lukas sind drei Geschwister gestorben, seit ich mit ihm zusammen bin, zwei Brüder und eine Schwester. Sie, die jüngste, bei einem Autounfall. Ein Bruder hat Darmkrebs gehabt, der andere Leberzirrhose, weil er sich totgesoffen hat. Die Eltern vom Lukas hab ich gar nicht mehr kennengelernt, die sind schon lange tot. Aber auch bei seinen Geschwistern hab ich versucht, mich möglichst wenig drum zu kümmern, ich muß das ehrlich zugeben. Den Krebskranken hab ich nie im Spital besucht, das macht ja der Lukas, hab ich mir gedacht. Den Säufer hab ich nie viel getroffen, weil seine Sauferei mir auf die Nerven gegangen ist, und wie er gestorben ist, hab ich sogar gesagt: selber schuld. Aber nicht zum Lukas, nur zu mir hab ich das gesagt, natürlich. Wie die kleine Schwester verunglückt ist, war ich schon sehr traurig. So klein war die gar nicht mehr, schon über dreißig, eine liebe Person. Sie war in einem Frisörladen angestellt, und manchmal ist sie zu uns gekommen und hat mir umsonst die Haare geschnitten und eingedreht, ich hab ihr nichts dafür zahlen müssen. Angelika hat sie geheißen. Sie hat immer gesagt, daß ich so gute Haare habe, daß es eine Freude ist, die meisten Kundinnen hätten schreckliche Haare, so dünn, daß man nichts damit anfangen kann, deshalb täte sie mich gern frisieren. Die Angelika hat Autofahren gelernt, das war ihr ganzer Stolz, einen alten VW hat sie gehabt, meerblau. Sie hat immer gesagt: mein meerblauer VW. Und mit dem ist sie dann auf der Autobahn tödlich verunglückt. Sie war auf einmal tot. Da hat es kein Sterben gegeben, das ich hätte sehen können. Weil Sie mich gefragt haben, Frau Magda, ob ich je einen Menschen gesehen hätte, dem man ansieht, daß er bald stirbt. Nein, hab ich nicht. Und ich wollte das auch nie sehen. Mir haben schon die Begräbnisse gereicht, die haben mich deprimiert genug gemacht, ich war immer froh, wenn so ein Begräbnis vorbei war. Wenn die anderen geschluchzt haben, war mir oft plötzlich zum Lachen, ich weiß auch nicht, warum. Als ob ich reif fürs Irrenhaus wäre, bin ich mir vorgekommen, aber es war so: wenn ich mich nicht mit Gewalt beherrscht hätte, wär ich mit einem Lachkrampf zwischen den Trauernden gestanden, stellen Sie sich das vor! Dem Lukas hab ich nichts davon erzählt. Sie sind die erste, Frau Magda, der ich diese Sachen sage. Wie zum Beispiel die Frau Hüber im Sterben gelegen ist, hab ich aufgehört, bei ihr sauber zu machen. Sie erinnern sich, die Frau Hüber im zweiten Stock, der erst der Mann gestorben ist und die dann schwer krank geworden ist, sicher Krebs, obwohl sie erst knapp über vierzig war. Kaum hab ich gemerkt, daß sie nicht mehr arbeitet und immer wieder länger im Spital ist, hab ich gesagt, ich hätte zu viel Arbeit am Hals, und ihr wen anderen empfohlen, nämlich die Frau Sedlazek vom Nebenhaus. Und von der wollte ich kein Wort darüber hören, wie es der Frau Hüber schlechter und schlechter gegangen ist, sie hat schon immer ein so gieriges Gesicht gemacht, mir davon zu erzählen, wenn sie mir ab und zu auf der Straße entgegengekommen ist, aber ich hab gleich gerufen: Hallo, guten Morgen oder Grüß Gott, je nachdem, ich hab es so eilig, Frau Sedlazek, ich hoffe, bei Ihnen ist alles in Ordnung! Und bin weitergesaust. Und sogar bei Ihnen, Frau Magda, wollte ich schon fast zu putzen aufhören, wie Sie so schlecht beisammen waren. Ich bin jetzt in Fahrt, deshalb mach ich Ihnen dieses Geständnis. Sie haben eine Zeitlang ja auch so ausgesehen, als ginge es mit Ihnen zu Ende. So blaß waren Sie, die Haare unordentlich, und dauernd im Bett. Aber ich hab dann bald gemerkt, daß nicht Ihr Körper krank war, sondern Ihr Leben. Daß Sie halt nur mit Mühe noch irgendwie gelebt haben, immer allein auf einmal, so oft alle Vorhänge zugezogen, und diese vielen Pillenschachteln im Badezimmer. Die sind mir schon aufgefallen beim Aufräumen, glauben Sie mir. Und Sie haben ja auch gar nicht versucht, sie zu verstecken, die sind herumgelegen, wie halt Zahnpasta und Seife und alles mögliche herumliegt. Aber mir haben sie nicht gefallen, diese Pillen, jetzt kann ich's Ihnen ja sagen. Darf ich so frei sein, Sie zu fragen, ob Sie immer noch so was schlucken? Ich glaube es ja eigentlich nicht, weil Sie diese langen Briefe schreiben und mir alles der Reihe nach erzählen, und das kann man, glaub ich, nur mit einem klaren Kopf. Damals war Ihr Kopf oft nicht klar, verzeihen Sie, aber so war es. Sie haben komische Sachen vor sich hingemurmelt, wenn Sie geglaubt haben, ich wär noch nicht in der Wohnung, und sind oft aus dem Bett getorkelt und waren lang im Bad, bis Sie mich begrüßen konnten, ohne hin und her zu wackeln. Sie haben mir sehr leid getan, Frau Magda, aber ich hab gewußt, daß Sie nicht sterben werden. Deshalb bin ich bei Ihnen geblieben. Ich bin ein riesen Feigling, was das Sterben betrifft, ich weiß. Und ich weiß auch, daß das nicht richtig ist, daß ich mich schämen sollte dafür. Aber ich mag es einfach nicht, das Sterben.

Du meine Güte, ich hab fast den ganzen Nachmittag geschrieben und den Hausflur nicht gewaschen, was ich hätte tun sollen. Ich muß jetzt standapete aufhören, nicht bös sein, Frau Magda, daß ich Sie nur noch ganz rasch grüßen kann. Bis bald.

Ihre Maria

13. Juli

Liebe Maria,
wer mag es schon, das Sterben. Ich will Sie auch nicht mit Fragen und Erzählungen zu diesem Thema quälen, schreiben Sie mir bitte ganz offen, wenn es Ihnen zuviel wird. Schämen Sie sich Ihrer Abwehr nicht. Daß der Tod und das Sterben zum Leben gehören, stimmt natürlich, man kann es leicht sagen oder sich von jemandem sagen lassen, ohne zu widersprechen. Aber es wirklich zu verstehen und einzusehen ist mit Sicherheit die schwerste aller Lebensübungen. Daß Menschen weggehen, vor allem welche, die man liebt, daß man selbst eines Tages gehen muß, das will in unseren kleinen irdischen Kopf einfach nicht hinein. Daß Ihnen bislang Erfahrungen mit dem Sterben erspart geblieben sind oder Sie sich diese wohlweislich erspart haben, ist völlig in Ordnung, finde ich, und fast beneide ich Sie darum. Unser Erdendasein ist von Verlusten geprägt, für jeden von uns. Jeder erlebt Trennung, Liebesentzug, das normale Elend des Alltags, Sorge um die Nächsten, um den nächsten Tag, um die Gesundheit, kaum eine Wegstrecke Leben, auf der man nicht zumindest vom Schatten eines Verlustes begleitet wird. Ich verstehe gut, daß jemand wie Sie sich dem drohenden

Schatten des Todes zu entziehen versucht. Ihr Leben ist hart, Sie können und wollen sich diesen Luxus nicht leisten. Ja, in Ihrem Fall nenne ich das Luxus. Feinfühlig wie Sie sind, würde Ihre Seele sich verdunkeln und in eine Krise geraten, und instinktiv weichen Sie aus. Sie glauben nicht, wie sehr ich das nachvollziehen kann.

Wollen Sie also wirklich, daß ich in meinen Briefen an Sie weiter von den Schatten erzähle, die seltsam oft und immer wieder über mein Leben fielen, bis hin zu dem Punkt, an dem Sie mich schließlich sterbenselend und mit Pillenschachteln im Badezimmer beobachtet haben? Soll ich nicht lieber nur von der Sonne hier erzählen, dem warmen Regen, vom Meer, von meiner Grippe, die mich immer noch im Bett festhält, und davon, daß ich nichts mehr von dem »schlucke«, was meinen Kopf unklar und meinen Körper schwankend gemacht hat?

Ich erwarte Ihre Antwort.

Ein immer noch leicht fiebriger Gruß von Ihrer

Magda

14. Juli

Liebe Frau Magda!

Du meine Güte, da hab ich aber was angestellt! Jetzt glauben Sie, daß ich nichts mehr von Ihrem Leben wissen will, aus lauter Feigheit vor dem Tod! Vorhin hab ich Ihren Brief abgeholt, mich gefreut, daß er schon da war am Vormittag, und bin rasch nach Hause gelaufen. Bei uns ist es wieder sehr heiß, geschwitzt hab ich. Aber noch vor dem Kochen für das Mittagessen les ich ihn jetzt, hab ich mir gedacht, gemütlich am Tisch bei einem Glas kalten Wasser. Und jetzt muß der Lukas Wurstbrote essen, weil ich Ihnen sofort antworten will und heute nichts kochen.

So ist das nicht, wie Sie glauben. Ich wollte Ihnen nur ganz ehrlich sagen, wie es bisher war. Aber bisher, ich meine bis zu unserem Briefwechsel, war vieles für mich nicht so wie jetzt. In meinem Kopf, meine ich. Ich denke jetzt über vieles ganz anders als früher. Oder lieber ehrlich bleiben: früher habe ich überhaupt nicht viel gedacht. Das heißt, gedacht habe ich schon irgendwas, aber nicht nachgedacht. Verstehen Sie mich? Mein letzter Brief war eigentlich ein Nachdenken, das ich Ihnen aufgeschrieben habe. Und ich bin selber auf etwas draufgekommen dabei, eben auf mein Wegschauen, wenn es irgendwo ans Sterben gegangen ist. Und daß ich selber mal sterbe, das hab ich mir überhaupt noch nie überlegt. Wissen Sie, Frau Magda, ich bin froh, daß ich jetzt darüber nachdenke. Nicht die Gedanken machen mich froh, um wieder ehrlich zu sein, aber daß ich diese Gedanken habe, das schon. Durch Ihre Briefe lerne ich denken, ich meine, weiterzudenken, wo ich früher längst schon aufgehört hätte. Alles, was Sie mir erzählen, macht mich nachdenklich. Das sagt man doch: jemand ist nachdenklich. Und nachdenklich sein heißt, daß man nachdenkt, nicht wahr? Also mit seinen Gedanken dem hinterher will, was einem vor die Nase gehalten wird. Daß man nicht nur sagt, Aha, so ist das also. Ein gescheites Hunderl lauft auch dem Hölzl nach, das man ihm wirft, wenn es erst mal dran geschnuppert hat. Ich glaub, das war jetzt kein sehr gescheiter Vergleich, im Unterschied zum Hunderl bin ich wohl eher blöd. Aber diese Idee ist mir plötzlich gekommen, ich will sie nicht wieder ausstreichen, wenn ich sie schon hingeschrieben hab. Außerdem steht jetzt der Lukas vor mir und versteht die Welt nicht mehr, weil nichts Eßbares auf dem Tisch ist, nur mein Briefblock. Ich muß ihm jetzt die Wurstbrote machen, mit sauren Gurkerln, da wird er weniger jammern, die mag er. Aber zum Schluß, ganz rasch! Bitte, liebe Frau Magda, erzählen Sie mir weiter, ich wäre todtraurig, wenn Sie aufhören würden. Sehen Sie, da hätt ich gleich was mit dem Tod, fällt mir auf, ja ich wär todtraurig, wenn ich nicht mehr diesen Fortsetzungsroman über Ihr Leben weiterlesen könnte. Ich muß jetzt zu schreiben aufhören, der Lukas sitzt mir kopfschüttelnd gegenüber und schaut schon ganz düster aus. Ich soll Sie grüßen, hat er jetzt gesagt, ich weiß nicht genau, ob das von Herzen oder bissig gemeint ist. Aber ich tu es. Ich grüße Sie also von ihm.

Und ich hoffe, daß jetzt das blöde Mißverständnis vorbei ist, und auch endlich Ihre Grippe.

Es grüßt Sie mit Unruhe Ihre Maria

15. Juli

Liebste Maria,

Pero, der zufällig bei Malinja war, hat mir Ihr Fax vorbeigebracht. (Wobei ich nicht mehr so sehr an Zufall glaube. Für einen Fischer, der wohl kaum Briefe schreibt, ist er nämlich erstaunlich häufig im Postamt anzutreffen.) Höflich klopfte er gestern abend an meine Zimmertüre, ich sagte hoheitsvoll »Come in«, und er übergab mir die diskret gefalteten Briefblätter mit einer gewichtigen und ehrfürchtigen Geste, ganz »der Bote«, wie er in jedem klassischen Bühnendrama vergangener Theaterzeiten aufzutauchen pflegte. Ich trug meinen Seidenkimono, saß aufrecht in die Kissen gelehnt, die Abendsonne flutete rot durch die Balkontüre und über mein Bett, der Bote, ein einfacher Fischer, neigte sein Haupt, und eine gute Botschaft wurde der Königin überbracht, so in etwa wirkte diese Szene auf mich. Ich dankte ihm herzlich, und das Meer rauschte heftig dazu. »Bald gute Gesundheit« wünschte Pero mir, ehe er wieder verschwand. Ich las Ihren Brief sofort, und es war wirklich eine gute Botschaft, Maria, die er enthielt. Weil ich ja plötzlich gedacht hatte, meine Erzählungen könnten wie ein Überfall auf Sie wirken. Könnten Ihnen gegen Ihren Willen Frische und Unbekümmertheit rauben und das Leben dunkler erscheinen lassen, als Sie es bisher sahen. Da Sie dies jedoch, auch wenn es sich so ereignen sollte, auf sich nehmen wollen, bin ich wieder ruhig. Sein Sie es auch, Sie haben auf überzeugende Weise jedes Mißverstehen beiseite geräumt, und ich habe wieder allen Mut, Ihnen weiterzuerzählen.

Außerdem bin ich fast gesund, habe kein Fieber mehr, nur noch ein wenig Schnupfen und Husten. Heute ist der erste Tag, an dem ich das Bett endgültig verlassen habe, ich sitze jetzt im warmen Schatten der Olivenbäume. Den Frühstückskaffee habe ich noch neben mir stehen, aber das Glitzern über dem Meer läßt Tageshitze ahnen. Leider sind jetzt doch Sommergäste ins Dorf und zu meinen Wirtsleuten gekommen (ich nenne sie lieber so, Sommergäste, und vermeide den Begriff Touristen.) Außerdem sind es ruhige Leute, ein Ehepaar, das sich bei Tisch freundlich und leise unterhält, und ein älterer Mann, der kaum den Mund aufmacht und auch beim Essen ständig liest. Da ich lange auf dem Zimmer war, hab ich sie gestern abend und heute beim Frühstück zum ersten Mal an den Tischen neben mir gehabt. Aber ich werde wohl nur bei den Mahlzeiten mit ihnen zusammentreffen, jetzt schon sind alle drei aufgebrochen, um mit einem Boot um die Insel zu fahren. Ich hoffe, daß sie meine einsamen Badeplätze nicht entdecken, aber den Pier werde ich wohl mit Ihnen teilen müssen. Gestern schon fielen mir bunte Badetücher auf, ich verstehe eigentlich nicht, warum alles, was mit dem Schwimmen und Badefreuden zu tun hat, immer so grell und störend bunt sein muß. Die Farben des Meeres, des Himmels, der Steine werden förmlich weggedrängt, Schirme, Badeanzüge, Badetücher zerreißen brutal und indezent jede Schönheit der Natur.

Aber das nur nebenbei, liebe Maria.

Nachdem wir beide uns wieder neu einigen mußten, ist mir jetzt auch, als begänne ich heute ein neues Kapitel des – nennen wir's ruhig so – Fortsetzungsromans. Und irgendwie war es auch in Wirklichkeit so. Nach Magdalenas Tod begann ein neues, ein anderes Kapitel meines Lebens.

Nicht daß sich an meinen äußeren Lebensumständen rasch etwas geändert hätte, die blieben beim alten, noch lange Zeit. Meine Mutter und ich lebten in Herrn Koraneks Wohnung, pendelten zwischen Küche, Bad und unserem Untermietzimmer. Die Mutter war weiterhin darauf bedacht, daß ich mir vor dem Vermieter ja keine körperliche Blöße gab. Sie verbot mir strikt, auch nur meine bloßen Arme und Beine oder gar ein entblößtes Dekolleté den Augen des alten Mannes zugänglich zu machen, ständig mußte ich lächerlich verhüllt an ihm vorbeihuschen, im langen Schlafrock oder unter Verwendung von Umschlagtüchern oder Schals. »Fehlt grade noch der Tschador«, sagte ich zur Mutter. »Was ist das?« fragte sie mißtrauisch. »Der Schleier, den verhüllte islamische Frauen tragen müssen. Vor dem Gesicht.« Sie schnaubte leise, wie ein ungeduldiges Pferd. »Islamisch oder nicht«, sagte sie, »ich trau dem Herrn Koranek nicht, und wir leben eng nebeneinander. Gib ihm keinen Anlaß.« Alles war für sie Anlaß zu Unzucht. Daß man von Männern gewalttätig mißbraucht wurde, war für meine Mutter offenbar die logische Folge, wenn man ihnen als Frau nicht sorgsam auswich. Das Schreckliche war, daß sie sich einen anderen Umgang zwischen den Geschlechtern gar nicht mehr vorstellen konnte. Und das Allerschrecklichste ist wohl, daß sie sich mit diesem Mann einließ, um mich zu schützen. Doch, Maria, das tat sie. Manchmal war sie abends nicht in unserem Zimmer und auch nicht in der Küche. Anfangs dachte ich, sie wäre eben noch spazieren gegangen, ich las meine Bücher und schlief ein. Irgendwann lag sie dann auch neben mir in ihrem Bett. Aber eines Abends hörte ich sie leise durch die Tür hereinschlüpfen und öffnete die Augen, ohne mich zu bewegen. Sie dachte sicher, ich schliefe fest. Aus dem Hof fiel Licht aus anderen Fenstern in unser Zimmer, und ich konnte sie beobachten, ohne daß sie es merkte. Sie schlich zu ihrem Bett, ihre Bluse war nicht ganz zugeknöpft, und ich sah ihr Gesicht, als sie sich auskleidete und das Nachthemd überzog. Ich sah den blanken Ekel. »Wo warst du denn?« fragte ich leise aus dem Dunkel. Sie erschrak und schaute zu mir her, als hätte ich sie geschlagen. Dann setzte sie sich auf ihr Bett und richtete ihren Blick starr hinaus in den Hof. Mir war, als versuche sie mit diesem Blick uns beiden und ihrer Scham zu entfliehen. Aber sie sagte ruhig: »Bei dem Kerl halt.« »Bei Herrn Koranek?« fragte ich, ohne es recht glauben zu können. »Bei wem sonst, frag nicht so blöd. Ich hab gedacht, ich geb ihm gleich was, damit er Ruhe gibt bei dir.« »Aber er hat mir doch immer Ruhe gegeben!« rief ich. »Glaubst du«, sagte die Mutter, »ich kenn die Männer.« »Nein!« rief ich noch lauter. Dann nahm ich mich zusammen, damit ich nicht in der ganzen Wohnung zu hören war. »Du kennst sie nicht, glaube ich«, sprach ich leiser weiter, »nicht jeder ist so ein Scheusal wie mein Vater, das kann nicht sein, das gibt's doch nicht. Der Herr Koranek ist mir immer wie ein ganz normaler Mann vorgekommen.« »Kein Mann ist normal, wenn's drauf ankommt.« »Hat er dich belästigt?« fragte ich. »Das nicht. Aber ich hab seine Augen gesehen, wenn er dich angeschaut hat, und das hat mir genügt. Draufhin hab ich so getan, als bräuchte ich dringend einen Mann und hätt' gern ihn dafür. Da hat er angebissen und ist jetzt abgelenkt von dir. So ein alter Kerl soll sich gefälligst mit einer Alten begnügen, ich besorg es ihm ganz gut.« Ich brachte kein Wort mehr hervor, Maria. Der Ekel meiner Mutter überschwemmte mich. Mir meine Mutter und Herrn Koranek dabei vorzustellen, wenn sie es ihm »besorgte«, war so grauenvoll für mich, daß ich dieses Bild einfach von mir drängte. Und jeden weiteren Gedanken an das, was ich eben erfahren hatte. Ich sagte »Gute Nacht, Mutter«, als wäre nichts vorgefallen, drehte mich zur Wand und floh in den Schlaf. Ich sprach nie mehr mit ihr darüber. Wenn sie nachts ins Zimmer zurückschlich, versuchte ich, es nicht wahrzunehmen und im Halbschlaf in Liebesträume zu gleiten, die ich mir besonders schön und zart erzählte. Nachträglich kommt es mir wie ein Wunder vor, daß mir diese Fähigkeit erhalten blieb: die Fähigkeit, mir Liebe zwischen Mann und Frau vorzustellen, und nicht nur den Geschlechterkampf zu sehen, in den meine Mutter sich verstrickte, weil sie nichts anderes kannte. Andererseits wurden meine eigenen Vorstellungen dadurch noch irrealer, als sie schon waren, weil sie im Sog der erzwungenen Sexualität, die neben mir stattfand, das reine Ideal suchten. Schon mein Erlebnis mit Johann Eipeldauer war die Folge einer ähnlichen Suche gewesen. Jetzt war ich älter, hatte mir Bildung angeeignet, kannte mich zumindest theoretisch in sexuellen Dingen aus, lebte in einer Großstadt und befand mich in der Schule unter zum Teil frühreifen Mädchen, die viel von Liebeserlebnissen erzählten und dabei, auch wenn sie flunkerten, nicht vor eindeutigen oder gar obszönen Schilderungen zurückschreckten. Meine Liebessehnsucht jedoch war naiv und weltfern geblieben, tatsächlich fern der Welt, sie hüllte mich ein und verbarg mich. Ich sah die Wirklichkeit nicht, und die Wirklichkeit nahm mich nicht wahr.

In der Schule erging es mir jetzt ein wenig besser, weil die Mitschülerinnen mich plötzlich zu respektieren begonnen hatten. Sei es, weil Magdalena tatsächlich gestorben war, ein Mädchen wie sie und trotzdem weg und tot, sei es, weil ihnen die Luxuslimousine des Vaters und mein Kontakt zu einer »reichen« Familie imponierte oder weil sie sich schlicht an mich gewöhnten – jedenfalls mußte ich mich nicht mehr gegen Spott und Ablehnung wehren, sie ließen mich in Ruhe. Und das genügte mir. Ich suchte keine Freundschaft, und keines der Mädchen suchte die meine. Aber man schloß mich nicht mehr aus, ich nahm an Pausengesprächen teil, wirkte bei Schulveranstaltungen mit und wurde sogar gelegentlich zu Partys eingeladen. Wohl auch, weil sie gerne bei mir abschrieben. Also lud man mich ein, wenn die Einladung nicht allzu exklusiv war. Meine Mutter war begeistert, daß ich in der Klasse endlich dazuzugehören schien und nicht mehr nur eines der Mädchen, noch dazu ein sterbendes, ein einziges Mal besuchen durfte. Zunächst sagte ich, ich bliebe lieber zu Hause, weil ich für eine Party nichts anzuziehen hätte und mir ohnehin wenig daraus machen würde. »Du gehst!« erklärte sie. Ich wußte nicht, woher sie das Geld hatte, aber wir kauften einen Satinrock, eine Bluse mit Rüschen am Ausschnitt und an den Ärmeln, dazu Seidenstrümpfe und Lackschuhe mit halbhohen Absätzen. Ich kam mir vor wie eine Prinzessin, so wenig war ich gewohnt, auch nur auf bescheidene Weise hübsch gekleidet zu sein. Als ich mich zum ersten Mal in den neuen Sachen zeigte, trug ich die Haare offen und hatte sogar ein wenig Lippenstift benutzt. Die Mutter starrte mich so verzückt an, als stünde ein Engel vor ihr. »Da schau an«, sagte sie aber nur. Plötzlich trat Herr Koranek aus seiner Tür und kam zu uns ins Vorzimmer. Die Mutter zuckte zusammen. Er aber stellte sich dicht an ihre Seite, betrachtete mich wohlgefällig und sagte freundlich, ich sei eine so hübsche Person, daß man mir auch unbedingt was Hübsches zum Anziehen kaufen müsse. Als ich die Mutter ansah, senkte sie den Blick. Da wußte ich, woher das Geld kam.

Auf den Partys fiel ich in meiner Pracht nicht im geringsten auf, zu meiner Erleichterung auch nicht unangenehm. Ich sah so aus, wie man eben auszusehen hatte. Von nun an bekam ich immer wieder etwas dazugekauft, ein Samtjäckchen, ein Seidentuch, damit ich bei der Kleidung variieren konnte, und das, obwohl die Mutter nach wie vor in den Bahnhofstoiletten arbeitete und dort so wenig verdiente, daß sie es sich unmöglich hätte leisten können. Ich aber ließ es mir gefallen und fragte niemals nach. Und ich gewöhnte mich sogar an den Gedanken, daß meine Mutter nicht nur mit Herrn Koranek ins Bett ging, weil sie meinte, mich auf diese Weise vor ihm schützen zu müssen, sondern daß sie mich damit auch versorgte.

Es ist brütend heiß geworden, Maria, hier unter den Bäumen scheint die Luft stillzustehen, und der Schweiß fließt mir übers Gesicht. Ich huste immer noch, deshalb wage ich heute nicht schwimmen zu gehen. Die Wirtin hat mir ein kleines Mittagessen vorbereitet, ich werde es mit auf mein Zimmer nehmen und ein wenig schlafen danach.

Von Herzen grüße ich Sie.

Magda

16. Juli

Meine liebe Frau Magda.
Da bin ich aber froh, daß zwischen uns die Luft wieder rein ist. Nicht daß da was Unsauberes war, so meine ich es nicht, aber es geht oft so schnell, daß sich zwischen Menschen etwas ansammelt, etwas wie Müll, den man vergessen hat rauszutragen, finden Sie nicht? Jetzt haben wir alles rausgetragen, nichts mehr ist in der Luft, gottseidank. Ich hab mir heute vorgenommen, daß ich nur kurz schreibe. Heute hab ich so viel Arbeit vor mir, zwei Wohnungen saubermachen, weil die Mieter aus dem Urlaub zurückkommen und alles pikobello wollen.

Nur eine Frage, ganz rasch. Hat Ihre Mutter sich wirklich nur gegraust vor dem Herrn Koranek? Mit täte es ja besser gefallen, wenn es ihr mit der Zeit auch ein bisserl gefallen hätte. Aber nichts ist so, wie es mir besser gefallen täte, ich weiß, war nur eine Frage. Der Lukas sagt bei so was: du bist halt sexuell. Er meint damit, daß ich immer was davon haben will und bei ihm das Glück habe, daß ich was davon habe. Aber mir ist wirklich lieber, wenn man was davon hat, auch bei Ihrer Mutter wärs mir lieber. Bei allen Frauen wärs mir lieber. Aber jede Lebensgeschichte geht, wie sie will, und nicht, wie man selber will. Auch die eigene Lebensgeschichte, leider.

AUFHÖREN, MARIA!!!

Ich hab das jetzt laut gerufen, deshalb die Rufzeichen und großen Buchstaben. Von der Straße hat einer erschrocken hereingeschaut, ich hab lachen müssen und er dann auch.

Bei uns ist es auch sehr heiß. Liebe Grüße von der Maria

17. Juli

Liebe Maria,
heute bin ich am Morgen, als es noch nicht so heiß war, zum ersten Mal wieder zu Malinja hinaufgewandert. Und der Ausblick von der Höhe der Insel hat mich wieder überwältigt, als sähe ich ihn zum ersten Mal. Das Gold der Morgensonne über dem frischen Blau des Meeres, die rosigen Gebirgszüge des Festlandes in der Ferne, dazu der Duft nach Wacholder, die silbrigen Olivenbäume, es war wunderbar. Im Postamt lag bereits Ihr Fax, Sie haben es also wirklich geschafft, den Brief gestern noch abzugeben, trotz all Ihrer Arbeit, Maria!

Ja, und jetzt habe ich also wieder den Stift in diesen unermüdlichen Fingern und einen neuen, dicken Briefblock vor mir. Da man diese Faxbriefe ja alle auch selbst behält, staune ich bereits über das dicke Päckchen beschriebener Blätter auf dem Tisch in meinem Zimmer. Ich habe einen großen weißen Kieselstein als Beschwerer draufgelegt, damit Windstöße sie mir nicht durcheinanderwirbeln. Heben Sie Ihre Briefe auch auf, Maria? Jedenfalls liegen sie hier schön geordnet zwischen den meinen, alle Ihre Faxe, alles der Reihe nach. Man könnte schon fast ein Buch daraus machen, so viele Seiten sind es, denke ich gerade. Ein handgeschriebenes Briefwechselbuch.

Der Peter Kreuz hat schon recht, in unserer Zeit ist dies bereits anachronistisch, wer schreibt noch Briefe. Und gar per Hand.

Ich sitze in meinem Zimmer, ein leichter Wind weht vom Meer her, die Jalousien sind halb geschlossen. Das macht den Raum so schattig, daß ich, obwohl Tag ist, meine Tischlampe brennen habe. Und ich kann jetzt einen Sprung vorwärts machen in meiner Erzählung, denn die Zeit bis zur Matura, zum Abschluß des Gymnasiums, verlief weiter so, wie ich es Ihnen schon berichtet habe. Ich lernte, war in der Schule halbwegs integriert, verbrachte ab und zu meine freie Zeit mit den Mädchen und blieb daheim mit dieser seltsamen Liaison konfrontiert, um die nicht zu kümmern ich mich bemühte. Vor allem, weil ich Herrn Koranek weiterhin wenig sah und die Mutter ihre Freudlosigkeit beibehielt, ihr scharfes, wachsames Auge auf mich und ihren Haß auf Männer. So kam es, daß ich mich mit keinem männlichen Wesen einließ oder anfreundete, trotz der gelegentlichen Partys, zu denen auch Burschen geladen waren. Sogar harmlose Gespräche machten mich unsicher, und sobald ich einen Flirt oder gar körperliche Annäherungsversuche auf mich zukommen fühlte, floh ich. Dann mußte ich plötzlich in der Küche beim Sandwich-Zubereiten helfen oder einem Mädchen schnell was in Mathematik erklären oder leider diesmal früher nach Hause, weil es meiner Mutter nicht gut ginge. Ich wurde flink im Erfinden von Gründen, mich zu entziehen. Und das, obwohl ich insgeheim voller Sehnsüchte war. Aber eben insgeheim. Es war mir unmöglich geworden, meine Liebessehnsucht einem Manne offen zu zeigen oder sie mir selbst einzugestehen, ohne daß mich Schuld und Ekel überkamen. Die Haltung meiner Mutter hatte gegen allen Widerstand auf mich übergegriffen.

Ich bestand die Matura mit Auszeichnung und erhielt ein glänzendes Abschlußzeugnis. Ich hatte keine Sekunde etwas anderes erwartet. Aber das Glück meiner Mutter war unbeschreiblich. Sie kam sogar zu der Abschlußfeier in die Schule, in einem schwarzseidenen Kleid, das ich nie zuvor an ihr gesehen hatte und das wohl auch eine Frucht ihrer Aufenthalte in Herrn Koraneks Bett war. Oder vielleicht bereits eine seines Mitleids und einer schlichten Zuneigung, denn meine Mutter war sehr gealtert in letzter Zeit. Ich glaube sogar, daß er sie zu schätzen begann und ihr ein leichteres, bequemeres Leben ermöglicht hätte, wenn sie darauf eingegangen wäre. Aber sie blieb rauh und unzugänglich, in Verachtung und Bitterkeit verstrickt, und wollte ihn nicht anders wahrnehmen als einen, dem sie für Gegenleistungen dienstbar war. Daß dennoch eine Art von Vertrautheit zwischen ihnen entstanden sei, wies sie empört von sich, als ich sie einmal darauf ansprach. »Hast du den Koranek inzwischen nicht auch recht gern?« fragte ich sie. »Hör mir mit dem Kerl auf!« schrie sie sofort. »Warum denn?« bohrte ich weiter, »er behandelt dich doch nett.« »Nett!« schnaubte sie. »Man gewöhnt sich eben an alles, das ist es, und sonst nichts.« Ich sah in ihr müdes, erloschenes Gesicht, sah ihre wütenden Augen und fragte nicht weiter. Sie konnte nicht mehr empfinden, Gefühlen nicht mehr trauen, das hatte die Ehe mit dem Vater ihr für immer geraubt.

Als sie jedoch zum ersten und letzten Mal ins Gymnasium kam, um unserer Feier, einem Abschlußball mit Musik und Tanz, beizuwohnen, sah sie schön aus. Richtig schön, Maria. Überrascht starrte ich sie an und vergaß, daß ich mich vorher besorgt gefragt hatte, ob ich mich ihrer neben den anderen Müttern würde schämen müssen. Wohl, weil ihr Stolz sie so strahlen ließ, hatte ihr Gesicht plötzlich wieder ein wenig den Glanz ihrer Schönheit von einst. Sie ging aufrechter als sonst, und das schwarze Kleid ließ sie hochgewachsen und schlank wirken. Und daß ihr Haar grau war und zu einem einfachen Knoten geschlungen, kam mir gegenüber den blond oder rotgefärbten anderen Müttern edel vor. Ja, an diesem Abend sah sie edel aus, meine Mutter. Auch daß sie zurückhaltend blieb, ruhig dasaß, wenig sprach, aber mich mit stillen, leuchtenden Augen im Kreise erfolgreicher Maturantinnen beobachtete, gab ihr Würde, fast etwas Aristokratisches. An diesem Abend war ich fast ebenso stolz auf meine Mutter wie sie auf mich. Und dieser Stolz war wohl das erste und letzte wirkliche Glück ihres Lebens. Daß uns gelungen war, was sie so ersehnt hatte, daß ich das Gymnasium mit Erfolg, ja mit Auszeichnung abgeschlossen hatte und mir der Weg zu einem Studium offenstand, daß ich unabhängig werden würde, eine stolze, unabhängige Frau mit Wissen und Freiheit, daß dieser Traum ihres Lebens sich für mich erfüllte, war die vielleicht einzige Glückserfahrung ihres Lebens. Ich bin froh, daß ich ihr wenigstens die schenken konnte. Daß danach in meinem Leben alles nicht so wurde, wie sie fest annahm, erlebte sie nicht mehr. Drei Monate später starb meine Mutter.

Meine liebe Maria, ich muß jetzt schließen. Plötzlich bin ich so müde geworden, daß ich mich nur noch auf mein Bett fallen lassen kann.

Magda

19. Juli

Liebe Frau Magda.

So früh ist Ihre Mutter schon gestorben? Das tut mir sehr leid, glauben Sie mir. Auch weil ich manchmal ziemlich bissig geschrieben habe, daß sie was falsch gemacht hat bei Ihnen. Aber bei ihr selber ist so viel falsch gemacht worden, daß man das verstehen müßte, nicht gleich so hinhacken, wie ich es getan habe. Und dann noch so früh sterben, sie kann doch noch keine vierzig gewesen sein, wenn Sie selber so um die achtzehn waren. Das ist mir jetzt erst klar geworden, weil Sie Ihre Mutter eigentlich immer so beschrieben haben, als wär sie eine ziemlich alte Frau. Ach Gott, ich kann gut nachfühlen, daß es Sie traurig macht und auch müde, davon zu erzählen. Und verstehen, daß Sie noch nie geschrieben haben, wie bald Ihre Mutter fortgegangen ist, ich hab einen richtigen Schock gehabt, wie ich das gelesen habe. Daß Sie den Brief so rasch auf einmal beendet haben, macht mir Sorge. Aber solange Sie weiterschreiben, leben Sie ja auch weiter mit all Ihren Gedanken und Erinnerungen, und das ist ganz wichtig. Manchmal kommt mir vor, daß ich so etwas geworden bin bei Ihnen wie das Ohr vom lieben Gott. Wenn ich das aufschreibe, will ich mich nicht wichtig machen, Frau Magda, um gotteswillen nein, es ist nur ein Vergleich. Wenn es einen Lieben Gott überhaupt geben würde, tät der sich wundern, wenn ich einfach so behaupte, ich bin sein Ohr. Aber so wie für mich wichtig ist, daß Sie mir Briefe schreiben, ist es vielleicht auch umgekehrt wichtig für Sie. Weil Sie alles erzählen können, was war, so viel Trauriges, das Ihr Gemüt krank gemacht hat. Und was Sie, wie Sie sagen, noch nie jemandem erzählt haben. Ich bin froh, daß wir beide anachronistisch sind. Erst hab ich nicht gewußt, was das heißt, aber stellen Sie sich vor, der Lukas hat mir ein Wörterbuch gekauft, das heißt DUDEN, und da kann ich alles nachlesen! Anachronismus heißt: veraltete, überholte Einrichtung. Also ich finde das gar nicht veraltet, daß wir uns schreiben, und sowieso sind wir sehr modern mit dem Fax, oder? Der Lukas sagt, die anderen tun nur noch mit Computer schreiben, aber ich hab so lange überhaupt nie geschrieben, da bin ich schon froh, daß meine Hand es immer besser schafft, ehrlich gesagt. Und es hat mich gefreut, daß der Lukas mir diesen DUDEN geschenkt hat, auch ehrlich gesagt.

Gestern hab ich Ihnen noch nicht antworten können, obwohl mir wieder mal das Herz weh getan hat bei Ihrem Brief, nicht wirklich das Herz diesmal, aber ein Gefühl im Herz war es schon. Ich glaube, man sagt Herz, wenn man alles das meint, was in einem drinnen fühlt, und man gar nicht weiß, wo alle diese Gefühle sitzen. Aber noch am ehesten dort, wo das Herz ist, glaube ich. Also gestern bin ich halt doch wieder einmal mit dem Lukas ins Kino gegangen, und dann waren wir noch im Gasthaus auf ein Bier und Würstel mit Senf. Und wir haben einen sehr guten Abend gehabt, obwohl in dem Film alle ermordet worden sind, einer nach dem andern, wir haben schon drüber lachen müssen. Aber im Gasthaus haben wir über Worte und über das Aufschreiben gesprochen, und er hat mir mehr als sonst von der Arbeit in seiner Werkstatt erzählt, und wir waren dann in der Nacht zu Hause in einer sehr guten Stimmung. Also, ich meine, alles hat sehr gut gestimmt zwischen uns. Jetzt grade hat es leicht zu regnen begonnen, ein ganz warmer Regen, ich nehme dann den Regenschirm und gehe mit dem Brief zum Herrn Kreuz. Was Sie wohl gerade tun an diesem Nachmittag, frage ich mich. Ob es wohl immer noch so heiß ist bei Ihnen.

Und ob Sie wohl schon weitergeschrieben haben. Ich wünsche Ihnen Gottes Segen.

Ihre Maria

PS. Das mit Gottes Segen ist mir nur so rausgerutscht.

20. Juli

Liebste Maria,
was Ihnen da nur so rausgerutscht ist, mir Gottes Segen zu wünschen, das hat ewige Gültigkeit zwischen uns Menschen, auch wenn wir nicht fromm sind. Eigentlich wollen ja wir selbst segnen. Wir wollen den anderen Menschen unter unseren Schutz stellen, ihn behüten. Aber da wir menschlich sind, selbst Ausgelieferte, nehmen wir Gott hinzu. Vielleicht ist Gott nur der Name für die Kraft in uns?

Aber wie auch immer, ich freue mich so sehr, daß Lukas Ihnen den Duden geschenkt hat, das ist eine wunderbar liebende Tat, damit hat er Sie gesegnet, es ist unnötig, dabei über den lieben Gott nachzudenken. Und bei Ihnen, liebe Maria, ist es ähnlich. Auch wenn Sie bescheiden meinen, nur Gottes stellvertretendes Ohr für mich zu sein, Ihr eigenes Ohr, Ihre Aufmerksamkeit, Ihre Briefe sind für mich ein Segen.

Sie hatten recht, ich war von der neu erweckten Erinnerung an den Tod meiner Mutter arg niedergeschlagen. Deren armes, mißbrauchtes Leben kam mir wieder voll zu Bewußtsein, ja, und auch die Tatsache, daß Sie jung gestorben ist. Ich habe sie tatsächlich immer als eine sich zu Tode rackernde, müde, alte Frau wahrgenommen. Außer in meiner frühesten Kindheit, da war sie für mich ein Idol, der Inbegriff weiblicher Schönheit. Was sie ja auch gewesen ist, ich habe es Ihnen, glaube ich, geschrieben, sie war ein ungewöhnlich schönes Mädchen. Aber die Brutalitäten meines Vaters, der Kampf, sich ihm als Frau zu verweigern, und dazu ohne Unterlaß schwerste körperliche Arbeit, all das hat ihr die Jugend rasch zerstört. Als wir flüchteten und in die Stadt zogen, war sie eine verbrauchte Frau. Und als sie später meinte, Herr Koranek müsse »sich mit einer Alten begnügen« und sie »besorge es ihm ganz gut«, war sie davon bitter überzeugt. Sie hielt sich für eine alte Frau. Und ich ließ mich überzeugen und hielt sie auch dafür. Und der wirklich alte Herr Koranek, der das wohl anders sah, konnte ihr diese Überzeugung und ihren Ekel nicht mehr austreiben. Auch ihren Männerhaß nicht mehr. Es wäre vielleicht gut gewesen, wenn sie sich, und sei es unbewußt, ein wenig für diesen Mann hätte erwärmen können. So, wie Sie, Maria, sich's gewünscht haben: daß er ihr »ein bisserl gefallen« hätte. Was genau zwischen diesen beiden lief, weiß ich natürlich nicht, aber ich fühlte in all der Zeit die unüberbrückbare Ablehnung meiner Mutter. Kann sein, daß sie diese vor mir übertrieb, vielleicht schämte sie sich vor mir, aber das werde ich nie erfahren. Tatsache ist, daß Herr Koranek nach ihrem plötzlichen Tod völlig verstört war, daß er als Trauernder zurückblieb. Meine Mutter starb ganz plötzlich, an einem Herzschlag. Ich war zu dieser Zeit gerade dabei, mich an der Universität einzuschreiben, und hatte Debatten mit ihr, weil ich Philosophie studieren wollte, während ihr Jus oder Medizin für mich vorschwebten. »Du sollst doch was werden!« beschwor sie mich, »eine geachtete Persönlichkeit!« Hämisch fragte ich sie, ob sie meine, daß man nur in einer tollen Kanzlei oder als Göttin in Weiß, die stolz durch ein Spital segelt, eine geachtete Persönlichkeit sei? »Man muß auf der Welt wer sein, um geachtet zu werden«, lautete ihre kategorische Antwort, »das Herumphilosophieren über die Welt bringt nichts.« An diesem Tag, es war Anfang September, genau gesagt der siebte September, und bereits ungewöhnlich kühl und regnerisch, hatte ich mich im Universitätsgebäude herumgetrieben, ohne zu einem Entschluß gekommen zu sein. In den Büros sagte man mir, ich sei ohnehin schon fast zu spät dran, warum ich mir's nicht früher überlegt hätte. Ja warum, fragte ich mich, als ich mit der Straßenbahn nach Hause fuhr, zwischen durchnäßten Menschen, die dicht gedrängt standen und den üblen Geruch dampfender Kleidung ausströmten. Weil meine Mutter etwas für mich will, was ich für mich nicht will. Ich grollte ihr. Mit diesem Groll betrat ich die Wohnung. Und da kam mir Herr Koranek entgegen, wortlos, das Gesicht entstellt vor Schmerz. »Was ist los?« fragte ich. Er hob die Hand und wies zu unserem Zimmer. Ich betrat es und sah meine Mutter auf ihrem Bett liegen. Ich sah sofort, daß sie tot war. Es gibt eine Blässe, die nur der Tod über ein Menschengesicht legen kann. Man hatte ihr bereits die Augen geschlossen, ihre Hände über die Brust gefaltet. Ich setzte mich an den Bettrand und starrte sie an. Sie war wieder schön. Diese letzte vollkommene Entspannung, die unsere entseelten Körper erfahren, hatte auch ihr Gesicht geglättet. Es sah weich aus, wie von Fesseln befreit. Und was ich nie gewagt hatte, tat ich jetzt. Ich streichelte ihr Gesicht. Lange und zärtlich streichelte ich ihr Gesicht. Es war still im Zimmer, ich weinte nicht und wußte noch nicht, was geschehen war und was ich fühlte. Ich wußte nur, daß ich sie jetzt streicheln mußte.

Irgendwann trat Herr Koranek neben mich und sagte mit tonloser Stimme: »Sie ist in der Küche umgefallen und war sofort tot. Aber sie ist heute nicht zum Bahnhof, sie hat gesagt, ihr sei nicht gut. Ich bin neben ihr gestanden, wie sie sich gerade einen Kamillentee gemacht hat. Ich hab noch niemanden gerufen, Magda, ich wollte auf dich warten. Ich hab sie nur auf ihr Bett getragen.«

Und so war ich also gefordert, der Reihe nach all das zu tun, was ein Todesfall nach sich zieht. Der Arzt kam und bestätigte Herzversagen. Später mußte ich zusehen, wie man meine Mutter in einen Blechsarg legte, ihn über ihrem Gesicht, ihrem Körper, schloß und davontrug. Dem zuzusehen ist so unerträglich, daß man es nur ertragen kann. Ich weiß, das klingt absurd, aber man übersteht es, weil man selbst dabei stirbt. Reglos erledigte ich alle Formalitäten und kümmerte mich um das Begräbnis, gläsern wie eine Tote. Herr Koranek half mir finanziell aus und war freundlich, aber die meiste Zeit blieb er in seinen Räumen. Wenn er herauskam, waren seine Augen rot vom Weinen. Nur wir beide gingen hinter ihrem Sarg her, als meine Mutter begraben wurde. Dieser Septembertag war wolkenlos und warm, die Bäume auf dem Friedhof rauschten in einem leichten Wind, das Laub begann gerade golden zu werden. Ich warf eine weiße Rose auf den Sarg hinunter und wandte mich dann rasch ab. Herr Koranek blieb länger am offenen Grab stehen, ich hörte ihn murmeln, und zuletzt deutlich und klar die Worte: »Bis bald, Ludovika.« Meine Mutter hieß Ludovika, ich glaube, das habe ich Ihnen nie gesagt. Dann trat er neben mich, schneuzte sich, und wir gingen in ein nahes Gasthaus. Wir saßen im Garten unter Kastanienbäumen und bestellten Naturschnitzel mit Reis. Wir schwiegen beim Essen, und ich trank zu viel Weißwein. Herr Koranek mußte ein Taxi nehmen und mich ins Zimmer und zu meinem Bett bringen, so betrunken war ich.

Seufzend sagte er: »Armes Mädel, schlaf jetzt.« Aber als er die Tür hinter sich geschlossen hatte, hob ich den Kopf ein wenig an und sah auf meinen Körper hinunter. Ich sah ihn im schwarzen Seidenkleid meiner Mutter daliegen. Ich hatte es zum Begräbnis angezogen, weil ich sonst nichts Schwarzes besaß. Und da begann ich zum ersten Mal zu weinen. Es brach aus mir heraus, ich weinte und schrie vor mich hin, bis ich schließlich übergangslos einschlief. Als ich nach Stunden erwachte, war mein Kissen immer noch feucht von den Tränen. Es war Nacht. Ich starrte durch die Dunkelheit zu den Lichtern im Hof und bewegte mich nicht. Aber ich wußte, daß ich mich ab nun anders durchs Leben würde bewegen müssen. Allein. Mir selbst überlassen. Ohne die rauhe Stimme und die Befehle meiner Mutter neben mir. Da weinte ich wieder, aber es waren stille Tränen, die mir wie von selbst aus den geöffneten Augen liefen. Dann zog ich mich aus, hängte das schwarze Seidenkleid sorgfältig auf einen Bügel, schlüpfte in mein Nachthemd, wusch mir im Badezimmer das Gesicht, überzog mein Kissen frisch und lag schlaflos, aber ruhig bis zum Morgen im Bett. Diese kleinen, alltäglichen Handlungen sind es, die zu Schritten ins Weiterleben werden. Die Routine des Lebens schiebt uns weiter, und eines Tages, wenn man nicht gestorben ist, lebt man plötzlich wieder. Am nächsten Tag bot Herr Koranek mir an, in der Wohnung zu bleiben, auch wenn ich keine Miete zahlen könne, und ich nahm es dankend an. Ich würde bei ihm putzen, sagte ich. »Das habe ich auch Ludovika nicht erlaubt«, sagte er, »ich war immer Junggeselle und hab allein für mich gesorgt. Was ist bei mir schon viel zu putzen.« Wir saßen am Küchentisch, und ich sah ihn an. Ein alter und trauriger Mann stocherte mit gesenkten Augen in dem Rührei auf seinem Teller herum. Er war mager geworden, das Gesicht an diesem Tag unrasiert und voller Bartstoppeln, die schütteren weißen Haare standen ihm wirr um den Kopf. Und was hatte meine Mutter an Gefahren bei ihm gewähnt, bei »diesem Kerl«, wie sie ihn immer nannte. Wie angstvoll hatte sie geglaubt, mich vor ihm schützen zu müssen, vor ihm, der jetzt bitter an ihrem Verlust litt und sich sogar bereit erklärte, mir ein Dach über dem Kopf zu geben. Wie uneinsichtig wir doch leben, dachte ich mir, und an so vielem vorbei. »Danke, Herr Koranek«, sagte ich. Und blieb also in seiner Wohnung, im selben Zimmer, neben dem leeren Bett der Mutter. Ich schrieb mich nicht an der Universität ein, weil ich ja Geld verdienen mußte. Herr Koranek steckte mir immer wieder etwas zu, aber das wollte ich nicht länger in Anspruch nehmen, sondern selbständig werden. Also fand ich die Anstellung beim Ölig-Versand. Ich begann dort als Mädchen für alles und arbeitete mich langsam hoch. Wenn ich nicht im Büro war, saß ich am Tisch in unserem Untermietzimmer und las Bücher. Ich sagte immer »unser Zimmer« und nie »mein Zimmer«. Auch Herr Koranek sprach von »eurem Zimmer«. Er bot mir manchmal von seinem Essen an, und ich schaute darauf, daß zumindest Bad und Küche ein wenig heller und sauberer wirkten, weil ich sie regelmäßig schrubbte. Ruhig und ohne viel Worte lebten wir in der Wohnung nebeneinander her. Zu den Schulkolleginnen hatte ich keine Verbindung mehr, die Angestellten im Ölig-Versand nahmen anfangs kaum Notiz von mir. Also war ich hauptsächlich allein und vertiefte mich in das, was Bücher mir erzählten.

Oder ich ließ mich von Filmen aufsaugen. Ja, jetzt, da meine Mutter mich nicht mehr davon abzuhalten versuchte, ging ich ständig ins Kino. Ich sparte, wo ich konnte, um genügend Geld für Kinokarten zu haben. Ich sah fast alles, was im »Weltbild« lief, und ging auch in andere Kinos. Zeitweise saß ich Abend für Abend vor irgendeinem Film, nachdem ich nach dem Büro daheim ein Brot gegessen und mich ein wenig erfrischt hatte. Ich saß zurückgelehnt im Kinosessel und konnte mich vergessen. Mich und mein Leben zu vergessen, indem ich miterlebte, was ich auf der Filmleinwand vor mir sah, wurde eines meiner dringlichsten Bedürfnisse. Ich wurde kinosüchtig in dieser Zeit. Es war eine Zeit, in der ich nicht vorkam, ich durchlebte sie, als wäre ich leblos.

Liebe Maria, es wird langsam Abend. Im Augenblick fühle ich mich leichter, obwohl ich Ihnen wieder viel Schweres erzählt habe. »So leben wir und nehmen immer Abschied«, sagt Rilke.

Aber jetzt nehme ich nur Abschied von Ihnen, Maria, weil ich den Brief abschließe.

Ich freue mich auf Ihre Antwort.

Magda

21. Juli

Liebe Frau Magda.

Heute nach meiner Arbeit war Ihr Fax gerade angekommen. Zwar ist es jetzt schon sehr spät in der Nacht, aber ich möchte antworten, weil Sie sich ja auf meine Antwort freuen. Dann kann ich gleich morgen früh damit lossausen. Der Lukas ist schon im Bett, und draußen ist der ewige Regen, der will gar nicht mehr aufhören bei uns. Und zu kalt für den Juli ist es auch geworden. Ich wünsche Ihnen, daß es auf der Insel so schön bleibt, daß Sie wieder viel schwimmen können nach der Grippe. Ich kenne das Meer nicht, aber ich glaube, daß es heilen kann. Auch Ihre traurigen Erinnerungen heilen kann. Dieser Satz von diesem Rilke ist schön, ich hab bei Ihren Büchern nachgesehen vorhin, war in der Wohnung und hab das Licht angedreht, und hab ihn bald gefunden und daß er Rainer Maria heißt, ein komischer Vorname. Weil ich erst nicht gewußt hab, wer Rilke ist. Also ja, sein Satz ist schön, er klingt einfach und schön. Aber wir nehmen doch nicht nur Abschied, Frau Magda, wir lernen uns doch auch kennen. So wie wir zwei zum Beispiel. Das Gegenteil von Abschied gibt es doch auch, also das Finden und Begrüßen, oder? Es gibt immer zwei Seiten von allem. Zum Beispiel der Herr Koranek, der mir am Anfang, so wie Sie es erzählt haben, nicht koscher war. Was heißt eigentlich koscher? Wir sagen das immer so, auch meine Mutter, und jetzt merke ich, daß ich nicht weiß, was es heißt. Nur was es für unsereinen bedeutet, weiß ich. Also der Herr Koranek zum Beispiel, der war mir nicht koscher. Und dann stellt sich heraus, er ist ein netter Mann. Sehen Sie, Frau Magda, so hat eben alles zwei Seiten. Und ich warte darauf, wenn Sie weitererzählen, daß eine andere Seite in Ihrem Leben auftaucht, in der Sie wenigstens eine Zeitlang vorgekommen sind und nicht leblos waren. Mein Gott, so ganz allein jetzt, die Mutter tot, und nicht auf der Universität, und damals schon in diesem Büro, wo ich jetzt die Faxe hole und hinbringe, es ist schon zum Haareraufen. Aber das war blöd von mir gesagt, ich meine blöd geschrieben. Wenn schon, dann müßten Sie sich die Haare raufen, nicht ich. Glauben Sie jetzt bitte nicht, ich möchte was Angenehmeres lesen. Ich hätte nur gern mehr Glück für Sie gehabt, aber ich weiß auch, daß man Glück nicht bestellen kann, für sich selbst nicht und für niemanden. Aber dorthin schauen, wo es heller ist, das kann man. Also von der Dunkelheit ein bißchen in die andere Richtung schauen, nicht immer nur ins Finstere. Damit will ich Sie um Gotteswillen nicht belehren, Frau Magda, aber eine Ermunterung soll es schon sein. Das Wort Ermunterung ist mir jetzt eingefallen, und es gefällt mir. Ich bin auch immer stolz, wenn mir Worte einfallen, die ich sonst nicht sage. Jetzt kann ich immer im DUDEN nachschauen, ob mir was Richtiges eingefallen ist.

Ich freue mich auch auf Ihre Antwort. Immer.

Von Herzen Ihre

Maria

PS. Ich weiß schon, was koscher ist. Den jüdischen Speisegesetzen gemäß, und wir benützen es für: einwandfrei. Schon komisch, daß man jiddische Worte sagt, hebr.-jidd. steht im DUDEN, alle Leute sagen sie, auch die, die immer über die Juden schimpfen, und überlegen sich das gar nicht. Das muß ich meiner Mutter erzählen. M.

22. Juli

Meine liebe Maria,

Sie müssen ja wirklich früh losgesaust sein, als ich am Vormittag auf Verdacht bei Malinja vorbeigesehen habe, lag Ihr Brief schon bereit. Und ich danke Ihnen für die Ermunterung, ich habe sie gebraucht. Meine Rückschau hat mir tatsächlich den Blick verdunkelt. Während ich Ihnen schrieb, konnten Sonne und Licht nicht mehr zu mir durchdringen. Als ich dann den Brief beendet hatte, bin ich ziemlich weit hinausgeschwommen und ließ mich vom Meer wiegen. Ich sah zum Ufer hin, sah es von der Abendsonne vergoldet, und sah plötzlich mich selbst hinter dem weißen Mäuerchen, am Tisch unter den Olivenbäumen, sah mich blind und dunkel über den Briefblock gebeugt, und wie ich keinen Blick dorthin verloren hatte, wo ich jetzt sanft in den tiefblauen Wogen schaukelte. Da wurde mir wieder einmal klar, wie es uns unentwegt fortreißt aus dem Gegenwärtigen, wie schwer es ist, das Hier und Heute zu wahren. Ich bin langsam und mit Genuß zurückgeschwommen, habe mir beim Duschen Zeit gelassen, habe mich eingecremt, mir ein helles Kleid angezogen, und danach habe ich ausführlich und ebenfalls mit Genuß zu Abend gegessen. Eine kleine Flasche Weißwein habe ich allein ausgetrunken und zum Abschluß eine Zigarette geraucht. Der ältere Mann am Nebentisch, der, der beim Essen immer liest, hat sein Buch weggelegt und mit mir zu plaudern begonnen. Schließlich hat er sich sogar zu mir herübergesetzt, und wir haben bei der Wirtin noch ein Fläschchen bestellt. Das Gespräch war nicht uninteressant, er ist Professor an einer deutschen Universität und unterrichtet Philosophie. Aber nur noch ein Jahr. »Dann gehe ich in den Ruhestand«, sagte er und lachte, »klingt ekelhaft, wie ewige Ruhe oder ruhe sanft, quasi in Vorwegnahme.« Er sah aber gut aus gestern abend, jedenfalls besser als bei seiner Ankunft, das Meer tut seine Wunder ohne Ansehen des Alters. Und Männer können ja alt so schön aussehen, wenn sie schlank geblieben sind, das Gesicht von der Sonne gegerbt ist und sie dann noch Haare am Kopf haben, die ihnen vom Meerwasser weiß gebleicht in die Stirne fallen. Warum Falten und mürbe Haut, wovon Frauen sich im Alter entstellt fühlen, bei Männern einfach nicht zählen, werde ich nie begreifen. Liegt es an den Frauen selbst, weil sie selbstquälerisch darunter leiden und sich dies auf den Betrachter überträgt? Oder erzeugt erst der abschätzige Blick der Umwelt dieses Leid, diese Unsicherheit bei ihnen? Sind alte Frauen häßlicher als alte Männer? Oder wird das Altern von Frauen darum sofort mit Häßlichwerden gleichgesetzt, weil es diese Fixierung gibt, daß sie schön, jung und gebärfähig zu sein haben?

Verzeihen Sie diesen unnötigen Exkurs, liebe Maria, das sind Gedanken, denen ich nicht oft nachgehe und die überhaupt nichts bringen. Ich sitze wieder im Schatten an der Steinmauer über dem Meer und werde heute versuchen, von der Dunkelheit »ein bißchen in die andere Richtung« zu schauen, wie Sie mich schön aufgefordert haben. Sie haben alles Recht, stolz zu sein, Maria. Ich glaube, es gibt keinen berechtigteren Stolz als den Ihren. Nämlich den auf Lernbereitschaft, Neugier und Sehnsucht. Ein wenig höre ich jetzt meine Mutter aus mir sprechen. Da ich aber Ihre Mutter sein könnte, ist das zulässig, finde ich.

Also weiter.

Dieses Dahinleben zwischen gleichförmiger Büroarbeit, die mich geistig nicht forderte, und den Phantasiewelten der Bücher und Filme hielt erstaunlich lange an. Heutzutage wäre ich wohl vor dem Fernsehapparat verkommen, hätte die Nächte davor zugebracht, aber damals stand so ein Gerät noch nicht in jedem Haushalt, und bei Herrn Koranek schon gar nicht. Aus seinen Räumen vernahm ich nur Radiogeräusche, Musik oder Nachrichten, laut aufgedreht, denn er hörte schlecht. Wie er diese Jahre tatsächlich hinbrachte, weiß ich nicht. Ein paarmal fragte er mich, warum ich denn keinen Freund hätte. Ich merkte, daß es ihn Überwindung kostete, diese Frage zu stellen, denn er wurde rot dabei. Er schien sich jedoch bemüßigt zu fühlen, meine für ihn unbegreifliche Askese anzusprechen, und es rührte mich, daß er sich wegen mir Gedanken machte. Aber ich antwortete ruhig, ich hätte keinen Freund, weil eben niemand mein Freund sei. »Das gibt's doch nicht!« widersprach er laut, »du bist eine hübsche Person und gescheit, da muß sich doch einer finden lassen!« Meist brach ich so ein Gespräch rasch ab, sagte nur, ich wolle ja keinen finden oder gar nach einem suchen, so etwas ergebe sich von selbst oder eben nicht, und außerdem käme ich ganz gut ohne Freund zurecht, mir fehle nichts. Ich sagte das, was man immer sagt, wenn einem etwas fehlt. Und irgendwie zurecht kam ich ja auch. Mehr aber nicht.

Im Lauf von etwa drei Jahren hatte ich im Ölig-Versand eine gesicherte Position erreicht, und man achtete mich. Dennoch kam es nie dazu, daß einer der anderen Angestellten sich für mich oder mein Privatleben interessierte. Es waren Leute, die heute alle nicht mehr dort arbeiten, Maria, auch Herr Kreuz kam erst viel später hinzu. Aber ich kann niemandem einen Vorwurf machen, auch ich wandte mich niemandem zu. Ich war viel zu verschlossen und abgekapselt, um irgendein Interesse zu wecken oder zulassen zu können.

An Wochenenden oder wenn ich Urlaubstage hatte, ging ich noch öfter ins Kino, las ich noch mehr. Und bei schönem Wetter fuhr ich manchmal mit der Straßenbahn ins Freie, an den großen Strom. Ich legte mich auf einer Decke an den Rand der Flußwiesen, möglichst dorthin, wo sie wild wucherten und wo wenig Menschen unterwegs waren, und lag dann für ein paar Stunden im dichten Gras. Bei Hitze schwamm ich sogar ab und zu, aber nur nahe dem Ufer, wo die Strömung sanft war. Und ich tat es ausschließlich, wenn ich allein war und mich niemand im

Badeanzug sehen konnte. Auch dort hatte ich immer ein Buch dabei, lag auf dem Bauch und las, ohne dem Silber des strömenden Wassers oder den wehenden Weiden rundum mehr als einen kurzen, beiläufigen Blick zu schenken. Wenn doch einmal Ausflügler auf Fahrrädern oder einsame Spaziergänger vorbeikamen, starrte ich besonders eindringlich auf die Buchseiten, um jeden Kontakt von vornherein auszuschalten. Erst wenn die Gefahr einer menschlichen Annäherung völlig gebannt war, konnte ich in Ruhe weiterlesen. Eigentlich ging ich nur an den Fluß, weil ich denn doch der Ansicht war, der Mensch brauche ein gewisses Maß an frischer Luft. Dieses teilte ich mir also zu, wie Essen, Trinken, die tägliche Toilette oder eine Dosis Aspirin, wenn ich erkältet war. Auch die Natur um mich herum, Wasserrauschen, Sonnenreflexe, Gras und Blätter, konnte mich bei der Flucht vor meinen eigenen natürlichen Bedürfnissen nicht aufhalten. Ich sah und fühlte nicht mehr, was mich umgab, und lebte nur noch im Erdachten. So vergingen etwa drei Jahre gleichförmig und ohne Störung.

Eines Tages im dritten Sommer jedoch, nach einem dieser Wochenendnachmittage am Fluß, kam ich sonnenmüde in die Wohnung zurück und hörte das Radio aus Herrn Koraneks Räumen schallen. Ihn selber sah ich nicht. Ich duschte, aß eine Kleinigkeit, und als ich zu einer Abendvorstellung ins Kino aufbrach, tönte immer noch Radiomusik hinter der geschlossenen Tür hervor. Komisch, dachte ich, sonst ißt er um diese Zeit sein Abendbrot, aber jedem das seine. Ich sah an diesem Abend »Doktor Schiwago«, bereits eine Reprise, aber ich sah den Film wieder mit Tränen, und alle zwei Teile. Es war spät, als ich heimkam. Ich schloß die Türe auf und hörte sofort, daß bei Herrn Koranek unverändert laut das Radio lief. Da wußte ich, daß etwas passiert war. Ohne zu klopfen betrat ich seine Zimmer. Und ich fand ihn neben seinem Bett am Boden liegend, den Arm ein wenig von sich gestreckt, als hätte er Hilfe gesucht. Aber er war tot. Wie meine Mutter war er einem Herzschlag erlegen, ebenso abrupt und ebenso endgültig. Ein Erschrecken lag noch über seinen Zügen, als ich ihm die Augen schloß. Oder war es nur schmerzliche Verwunderung, die der plötzliche Griff nach dem Herzen auf seinem Gesicht hinterlassen hatte. Ich hockte vor ihm nieder und sah ihn an. Ihr beide habt es gut, dachte ich. Du, Mutter, und Sie, Herr Koranek, ihr habt euch wunderbar aus dem Leben gestohlen, rasch und problemlos. Und mich habt ihr hier sitzen lassen.

Diesmal mußte ich mich wenig um Formalitäten kümmern. Eine entfernte Nichte von Herrn Koranek, die ich nur einmal bei ihm gesehen hatte, nahm alles in die Hand, unter anderem natürlich auch seine Wohnung und sein Geld. Ich weiß nicht, wie viel Geld er besaß und ob er tatsächlich vorhatte, mir eine Summe zu hinterlassen. »Das, was ich hab, reicht später auch noch für dich, wirst sehn«, hatte er jedenfalls einmal zu mir gesagt, als ich eine geringfügige finanzielle Zuwendung nicht annehmen wollte und er mich dazu überreden mußte. Nur als jetzt die Nichte mir gegenüber kein Wort von einem Testament oder einer Erbschaft verlauten ließ, wagte ich nicht, sie danach zu fragen. Sie würde es mich schon wissen lassen, redete ich mir ein, wenn es etwas für mich gäbe, würde sie es mich schon wissen lassen. Weil ich feige war, mich schämte und nicht als habgierige Person dastehen wollte, machte ich es der Nichte überaus leicht, mich schlichtweg nichts wissen zu lassen. Die korpulente, blondgefärbte Frau, ihr Mann und die zwei halbwüchsigen Kinder behandelten mich reserviert, aber höflich. Nach dem Begräbnis jedoch, das an einem wolkigen Sommertag kurz und seltsam schmerzlos an mir vorbeilief, sagte man mir ebenso reserviert, aber höflich, ich müsse so bald wie möglich aus der Wohnung, die werde nämlich demnächst verkauft. Sie sagten es mir bei der Jause, die wir nach Verlassen des Friedhofs in einem Café zu uns nahmen. Ich nickte gehorsam, vergaß jedoch vor Schreck zu kauen und verschluckte mich an einem Bissen von meinem Schinkensandwich. Mit Gesten des Bedauerns eilte ich zum Klo und mußte dort würgen und spucken, weil ich an dem Brocken fast erstickt wäre. Ich hätte diesen Hinauswurf vorhersehen müssen, dennoch erschreckte er mich wie etwas völlig Unvorhergesehenes. Ich hatte den Gedanken vor mir hergeschoben, daß irgend etwas mich je aus meiner sterilen, leblosen Ordnung, meinem sturen Dahinleben werfen könnte.

Nun aber war ich gezwungen, neu zu überlegen, mich neu zu orientieren, und diesmal fand ich auch erstaunlich rasch und problemlos eine neue Lösung. Als ich im Büro zögerlich fragte, ob vielleicht jemand eine Bleibe für mich wisse, irgendeine Wohngelegenheit, hob unsere erste Prokuristin, Frau Haslinger, den Kopf, sah mich an und rief aus, sie habe da eine Idee! Ihr Sohn sei erwachsen, fast nie zu Hause, mit dem könne ich mir ihre Wohnung teilen, sie selbst lebe zur Zeit bei ihrem Freund, der eine Villa im Grünen besäße, und ihr wäre es ganz recht, wenn jemand auf ihre Wohnung aufpasse, die wolle sie nicht aufgeben, und ihr Sohn sei so schlampig. Und er zahle ihr auch keinen Groschen, also käme ihr meine Miete sehr gelegen, und ob das nicht eine prima Idee sei? Natürlich sagte ich sofort, doch, die Idee sei prima, und sie holte sogar einen Piccolo-Sekt aus dem Kühlschrank, um mit mir darauf anzustoßen. Dies war der erste herzliche Kontakt, den ich im Büro je erlebt hatte. Die zu uns herlächelnden Gesichter an den anderen Schreibtischen erstaunten mich. Zum ersten Mal sah ich, daß mich in all der Zeit lebendige Menschen umgeben hatten und nicht nur funktionierendes Menschenmaterial.

So kam es also, daß ich eine Woche später unser Untermietzimmer in Herrn Koraneks Wohnung verließ. Mein Hab und Gut paßte immer noch in einen Koffer, nur hatte ich jetzt einen, der nicht aus Pappe war. Die wenigen Sachen meiner Mutter hatte ich schon längst weggegeben, nur die kleine Lampe über meinem Bett nahm ich mit, Bettzeug und Tischdecken, das füllte einen weiteren Karton. Als ich gehen mußte, blickte ich voll Trauer auf die unschönen Möbel, die graubraune Tapete mit dem Efeumuster, das stille Hoffenster zurück. In den anderen Räumen arbeiteten bereits Handwerker, Bad und Küche waren von Staub und Trümmern erfüllt. Im Vorzimmer hatte man den Glasschirm der Lampe zerbrochen, und ich stieg vorsichtig, fast zärtlich über die dunkelgrünen Scherben, als ich die Wohnung endgültig verließ. Als ich endgültig verließ, was über Jahre hinweg mein Leben umgeben hatte. Fassen wir nicht immer Zuneigung zu dem, was unseren Atem gefühlt hat durch lange Zeit? Ich blickte mit leisem Bedauern zurück, wie man sogar in ein Krankenzimmer oder in eine Gefängniszelle zurückblickt, auch wenn man dort gelitten hat und froh ist, entkommen zu sein. Dennoch bedauert man, ein Stück von sich selbst verlassen zu müssen.

Im Laufe des Nachmittags haben sich Wolken aufgetürmt, vorhin begann der Wind heftig zu wehen, ich mußte meine Briefblätter festhalten, sie wären um ein Haar davongeflogen. Das Meer ist jetzt wild bewegt und rauscht gegen den Pier, es sieht ganz so aus, als würde es bald zu regnen beginnen. Also vielleicht kein Abendessen unter den Olivenbäumen, sondern auf dem Zimmer.

Ich hoffe, Ihnen geht alles gut von der Hand und gut vom Herzen, Maria. Beeilen Sie sich nicht mit meinen Briefen und schlafen Sie genug. Oft habe ich ein schlechtes Gewissen, wenn ich bedenke, daß Sie zwischen all Ihrer Arbeit die Briefe lesen und meist nachts schreiben. Achten Sie bitte auf sich.

Ihre Magda

24. Juli

Ich sage Ihnen, Frau Magda, das war vielleicht eine Überraschung! Daß auch der Herr Koranek gestorben ist, und so rasch! Gerade hab ich mich gut an ihn gewöhnt, und bums ist er tot. Diese Nichte war eindeutig ein mieses Frauenzimmer, und Sie armes Hascherl haben keinen Mucks gemacht wegen der Erbschaft. Ich hab mich richtig aufgeregt. Entschuldigen Sie, Frau Magda, daß ich mich so aufführe, als würde ich im Kino sitzen, aber das kommt daher, daß ich Ihr Leben mitlebe, wenn Sie es mir erzählen. Und das tut man ja im Kino auch, wenn der Film so ist, daß man mitlebt, was er erzählt. Beim Tschinn-Bumm, wenn alle ermordet werden, da lebe ich nicht mit, da bin ich froh, daß ich nur im Kino sitze.

Ich habe viele Worte zum Nachschauen gehabt diesmal. Exkurs ist: Abschweifung oder Anhang. Eine rhetorische Frage ist eine, auf die keine Antwort erwartet wird, und Rhetorik ist die Redekunst. Diese Kunst würde ich gern können. So wie Sie, Frau Magda, Sie haben immer so schön gesprochen, fast so genau, als wäre es geschrieben, da habe ich immer so gern zugehört. Jetzt höre ich dafür Ihren Briefen zu, wirklich, man kann auch in einen Brief irgendwie hineinhören. Daß Sie einmal nicht allein waren beim Abendessen, das hat mich zum Beispiel echt gefreut, und noch dazu mit einem gescheiten Mann, nicht mit irgendwem, sondern mit einem Professor. Ich meine, nichts gegen den Fischer Pero, da war ich auch froh, daß der gut zu Ihren Tränen war, wirklich. Aber ein gescheites Gespräch ist für eine gescheite Frau wie Sie einfach etwas Wichtiges. Hoffentlich regnet es bei Ihnen auf der Insel nicht auch so lang wie bei uns, damit Sie weiter draußen sitzen können beim Abendessen, nicht allein im Zimmer, und weiterplaudern mit dem Herrn Professor. Bei uns ist erst heute wieder die Sonne hervorgekommen, und gleich wieder ist es so heiß, zum Umfallen. Gestern hab ich Ihren Brief erst spät geholt, er ist schon beim Portier gelegen, der Herr Kreuz hat mich sogar grüßen lassen.

Ich schau mir alles beim Ölig-Versand jetzt ganz anders an, mit anderen Augen, wie man so sagt. Daß Sie schon so lange dort arbeiten, das hätte ich nicht gedacht. Es ist ja alles sehr neu jetzt in den Bürozimmern, lauter Computer und moderne Möbel. Ich möchte Sie gern was fragen, und ich glaube schon, daß ich Sie das auch fragen darf, Frau Magda. Also, werden Sie dort wieder weiterarbeiten, wenn Sie sich erholt haben und zurückkommen? Der Herr Kreuz tut jedenfalls immer so, als wären Sie auf einem längeren Urlaub, zur Erholung eben, weil Sie krank waren. Wenn die Frau Bernsteiner zurückkommt, muß sie erst mal leise treten, obwohl wir alle schon sehr auf sie warten, hat er gesagt. So ist es doch, oder? Sie werden doch nicht auf der Insel bleiben wollen? Vielleicht gar Ihre Wohnung aufgeben? Der Gedanke ist mir unlängst gekommen, und er hat mich erschreckt, das gebe ich zu. Und deshalb frage ich Sie auch. Weil ich ehrlich traurig wäre, wenn Sie nicht zurückkommen würden. Sie haben ja nie etwas in der Art erwähnt, aber in mir war plötzlich so ein Gefühl. Sie werden es mir sagen, nicht wahr?

Weil Sie vom Fernsehen geschrieben haben, daß Sie beim Herrn Koranek sicher davor die Abende verbracht hätten, wenn damals jeder einen Fernseher gehabt hätte so wie heute. Wir haben ja auch einen kleinen Fernsehapparat in der Küche stehen. Aber wissen Sie, daß der Lukas und ich fast nie hineinschauen? Er sieht manchmal die Nachrichten, und wenn ich gerade bügeln muß, schau ich mit. Oder einen sehr schönen Film dreh ich auf, aber die sind meist spätnachts, die Filme, die ich mag, und da bin ich müde, oder ich schreibe Ihnen, was ich ja lieber tue. Und ich sehe Filme sowieso lieber im Kino, da denke ich nicht ans Geschirr und an die Wäsche, da ist es dunkel, und man ist weit weg von zu Hause. Also, ich verstehe gut, daß Sie damals so gern und oft ins Kino gegangen sind, wenn Sie schon vom normalen Leben nichts wissen wollten. Und das Bücherlesen verstehe ich auch gut, obwohl ich selber ja nicht dazu komme. Aber später einmal, denke ich mir immer, später einmal, irgendwann, werde ich Zeit zum Bücherlesen haben. Ich weiß zwar nicht, warum das später einmal gehen soll, warum ich später einmal weniger Arbeit haben soll, aber denken kann ich es ja, oder? Vielleicht, wenn man sich etwas sehr oft ausdenkt, geschieht es dann auch? Aber egal, sich etwas nur vorzustellen ist auch schön.

Heute ist es wieder sehr spät, aber keine Angst, ich passe schon auf mich auf. Ich hab viel Energie, sagt der Lukas immer, er mag halt dieses Wort, Energie, das liest man jetzt oft in der

Zeitung. Ich weiß nicht genau, wie ich das nennen soll, was ich hab, aber jedenfalls geht sich alles gut aus bei mir, ich schlafe immer gut, auch wenn ich wenig schlafe, und ich kann kräftig arbeiten, auch wenn ich müde bin. Sein Sie unbesorgt, liebe Frau Magda.

Ihre Maria

26. Juli

Was denken Sie, liebe Maria, natürlich will ich nicht für immer hier bleiben, ich werde sicher in meine Wohnung und zu meiner Arbeit zurückkehren. Jedenfalls habe ich das unumstößlich vor, glauben Sie mir! So schön es hier meist ist und obwohl mir alles immer vertrauter wird, ich weiß trotzdem, daß ich mein Leben dort weiterführen muß, wo es für mich vor etwa einem Jahr so gut wie aufgehört hat. Nur wenn ich zurückkomme, kann ich eine Fortsetzung finden. Hier lebe ich außerhalb der Zeit, verstehen Sie? Außerhalb meiner Lebenszeit. Und das, obwohl ich alles sehr intensiv wahrnehme mittlerweile und Schönes manchmal schon richtig genießen kann. Aber noch nicht durchwegs, ich stürze immer wieder ab. Die letzten Tage waren verregnet, ich blieb viel auf meinem Zimmer und sah das Meer als graue Unendlichkeit auf mich zurollen, die mich verschlingen wollte. Auch das Rauschen der Wogen, diese unendliche Wiederholung, griff mich an. Ich stöpselte mir die Ohren zu und nahm Beruhigungstabletten, dann versuchte ich zu lesen, schlief aber hauptsächlich. Es gibt eine Art von Schlaf, die nichts als Flucht ist. Der Professor, den Sie ein wenig überbewerten, liebe Maria, wollte mich dazu animieren, mit ihm durch das Innere der Insel zu wandern. Er sah mit Gummistiefeln, Anorak und Regenkapuze wie ein Expeditionsteilnehmer aus und schwärmte mir vor, wie herrlich die Vegetation sei, sowohl in den Tälern als auch auf den unwirtlicheren Bergkämmen, und bei Hitze sehe man sich das ja nie an. Aber ich lehnte höflich ab und sagte, daß ich lieber bei Sonne mit ihm wandern würde und Hitze gut vertrüge. Schade, sagte er, dann muß ich also wieder alleine los, und ich sah ihn den Pfad aufwärtssteigen und hinter den nassen Olivenbäumen verschwinden.

Eigentlich hätte ich gern weitergeschrieben, Ihnen weitererzählt, aber eine dunkle Lethargie hatte sich in mir ausgebreitet, die mich lähmte. Die Lethargie der Lebensunlust, wissen Sie. Nein, Maria, Sie wissen es nicht. Sie kennen diese Unlust nicht, und auch nicht das Verharren und Verstummen, den seelischen Verfall. Gottseidank kennen Sie das nicht, ich preise Ihren guten Schlaf und Ihre Lebenskraft, meinethalben auch Ihre Energie, wie immer wir es nennen wollen, und lege den Göttern ans Herz, Ihnen all das zu bewahren.

Heute jedoch erhob sich wieder ein strahlender, wie frischgewaschener Tag, das tiefblaue Meer ist so sanft, daß man den Wellenschlag kaum vernimmt. Am Morgen, als ich Ihr Fax abholen ging, sah ich scharenweise Falter über den Weg wirbeln, anscheinend haben sie sich während der Regentage wild vermehrt. Da gab es welche mit zitronengelben Flügeln, dotterfarben gerändert, andere waren violett gepunktet, auf zimtrotem Grund, dazu lavendelblaue, weiße, malvenfarbene, es war, als flögen Blumen um mich her. Malinja bestätigte mir, daß es heute besonders viele Schmetterlinge gibt, sie flatterte mit den Armen und sagte: »Wieder Sonne, wieder fliegen, das Leben kurz – müssen benutzen was ist.« Das habe ich mir zu Herzen genommen, Maria. Wieder Sonne, wieder fliegen, nutzen, was ist, nicht wahr?

Ich sitze heute am Pier, auf warmem Stein, den Briefblock auf den Knien, das durchscheinend klare Wasser unter mir. Ich sehe jeden Seeigel an der Hafenmauer, jedes Fischlein, das vorbeischwimmt. Die anderen Gäste sind bislang nicht aufgetaucht, ich nutze die Ruhe und Kühle des frühen Tages, des noch stillen Dorfes und Hafens, um hier meinen Bericht an Sie fortzusetzen. Die blauen Fischerboote schlingern leise, sonst herrscht köstliche Stille. In der Ferne zieht ein weißes Segel geruhsam über das Meer.

Als ich ein Taxi zur Wohnung von Frau Haslinger nahm, wußte ich nicht, was mich erwarten würde, hatte ich doch das Angebot, bei ihr einzuziehen, sofort angenommen, ohne mir vorher etwas anderes anzusehen. Ich fuhr also ins Stadtzentrum und gelangte dort in eine der stilleren Seitengassen. Irgendwie hatte ich das erwartet, als Frau Haslinger mir die Adresse nannte. Fliegengasse. Ich stellte mir darunter eine kleine, schmale Gasse vor, und so war es dann auch. Frau Haslinger erwartete mich vor dem Haus, einem mehrstöckigen, dunkelgrauen Jahrhundertwende-Bau. »Gehört endlich mal frisch verputzt«, seufzte sie, als sie mir den Karton abnahm und vorausging, »mir war es hier immer zu düster, ich bin froh, daß ich jetzt beim Schorschi lebe und den Garten hab. Der Michael sagt, ihm kann es nicht dunkel genug sein, er wäre nämlich ein Höhlenmensch. Sein Glück, würde ich sagen.« Es gab keinen Lift, und Frau Haslinger stapfte vor mir die Treppen hoch, bis in den dritten Stock. »Sie sind jung, da geht das noch«, keuchte sie, »aber ich hasse das Treppensteigen. Der Michael nimmt immer zwei Stiegen auf einmal und lacht mich aus, weil ich schnaufe.« Dieser Michael also, Höhlenmensch und zwei-Stiegen-nehmender Treppenbezwinger, war ihr Sohn, mit dem ich die Wohnung teilen sollte. Er lehnte in der offenen Türe, als wir hinaufkamen. Ich schleppte meinen Koffer und eine schwere Umhängetasche, seine Mutter meinen vollgestopften Karton, aber er sah uns nur lächelnd entgegen und rührte keinen Finger. »Da nahen sie also«, sagte er, »die Damen vom Ölig-Versand!« »Und dir, mein Lieber, naht sehr bald noch etwas anderes«, Frau Haslinger ging schweratmend an ihm vorbei, »wenn du die Frau Magda Bernsteiner nicht sofort höflich begrüßt.« »Die – Frau – Magda – Bernsteiner –«, wiederholte er, jedes Wort spöttisch auskostend, und reichte mir die Hand. Er musterte mich mit seltsam hellen, schimmernden Augen, die aussahen, als stünden sie voll Tränen, was seinem Spott verwirrend widersprach. Sie schienen einem entgegenzustürzen, diese Augen, wie Quellen. Ich wurde ratlos unter seinem Blick. Auch die Wärme und der entschiedene Druck seiner Hand wurde mir unbehaglich, und rasch entzog ich ihm die meine wieder. »Guten Tag«, sagte ich nur. Ich war froh, daß Frau Haslinger nach mir rief, und folgte ihr eilig in die mir zugedachten Räume. Die Wohnung war riesig, wie in allen alten Herrschaftshäusern, in denen einst mehrere Dienstboten tätig gewesen waren. Also hatte ich zu meiner Freude zwei kleinere, nebeneinanderliegende Zimmer zur Verfügung und sogar ein eigenes kleines Bad. »Früher waren das meine Gästezimmer«, erklärte Frau Haslinger, »ich selbst hab ja die Wohnung von meinen Großeltern geerbt, und bis zu unserer Scheidung haben mein Mann und ich ein großes Haus geführt. Das führt er jetzt woanders, mit einer Jüngeren. Das übliche, Sie wissen. Ich gehe arbeiten, Gott segne den Ölig-Versand, über den mein Sohn gern spottet, und habe wenigstens meinen Schorschi und den Garten. Nur der Michael verwahrlost mir hier, ich bin froh, daß Sie jetzt da sind.« »Was arbeitet – was tut er denn, der Michael?« fragte ich. »Er sollte was tun.« Frau Haslinger setzte sich mit einem matten Seufzer auf das Bett, das künftig meines sein würde. »Er sollte endlich seinen Doktor machen, schließlich studiert er schon ewig lang Jus. Aber er hat keine Freude dran, er jobbt, kellnert, alles mögliche. Mein Ex-Mann ist Rechtsanwalt, der Michael könnte die Kanzlei übernehmen, aber er will nicht. Ein Jammer ist das.« Der Sohn war jetzt unsichtbar, wohl in seinem Teil der Wohnung verschwunden. Die große, gut ausgerüstete Küche müßten wir uns teilen, das Eßzimmer und eine Art Salon mit einigen Sofas und Fauteuils seien ebenfalls gemeinsames Areal. »Ihr solltet euch besprechen und ausmachen, wer, wann, was und wo«, schloß Frau Haslinger, küßte mich auf beide Wangen und sagte noch: »Machen Sie's gut, bis morgen im Büro.« Ich stammelte meinen Dank, und sie ging.

Liebe Maria, ich sitze jetzt im Schatten, am Tisch unter den Olivenbäumen. Es wurde sehr heiß am Pier. Außerdem erschien das Sommergäste-Ehepaar, zwar freundlich lächelnd und mir mit beschwichtigenden Gesten versichernd, sie würden mich nicht stören, aber mit bunten Badetüchern, einem Schirm und Sonnenöl ausgestattet und mit der Absicht, neben mir ins Wasser zu springen und Badefreuden zu huldigen, wozu sie schließlich alles Recht haben. Also lächelte ich ebenso freundlich zurück und verzog mich. Und hier läßt es sich gut weiterschreiben, ich hab mir bei der Hauswirtin außerdem einen Krug kalter Zitronenlimonade geholt, zur Erfrischung. Also.

Als Frau Haslinger verschwunden war, packte ich meine Sachen aus und räumte sie in Schränke und Schubladen, die für meine Begriffe in luxuriöser Anzahl vorhanden waren. Dieser Michael mit seinen seltsamen Augen blieb für den Rest dieses Tages verschwunden, Gottseidank, dachte ich, denn der junge Mann hatte mir gar nicht gefallen, mich nur irritiert. Ich war froh, daß er nicht auftauchte, und genoß es, in der ruhigen Wohnung allein zu sein, äußerst zufrieden mit dem, was sich mir hier bot. Ein eigenes Badezimmer! Und gleich zwei Zimmer, mit einer Türe dazwischen, zwei Zimmer, durch die ich hin und her gehen konnte!

So begann also meine Zeit in der Fliegengasse. Sie begann so gut, Maria, mein Leben schien sich allmählich zu verändern. Ich lebte jetzt in der Innenstadt, nicht mehr in den öden Straßen des Randbezirks. Wenn ich vor die Türe ging und die stille, schmale Fliegengasse hinter mir ließ, umgab mich lebendiges, pulsierendes Großstadtleben. Ich sah Menschen, die in einer anderen Welt beheimatet zu sein schienen als ich, die lachten, Drinks bestellten, lässig gute Kleidung trugen, aus feinen Läden oder Restaurants kamen, so beiläufig, als wären sie dort zu Hause. Auch wenn mir alles fremd war und ich es nur bestaunte, ohne daran teilzunehmen, belebte es mich. Im Büro trug meine Verbindung mit Frau Haslinger Früchte, sie plauderte nahezu verwandtschaftlich mit mir, und da ich ihr gegenüber immer unbefangener wurde, lernten auch die anderen Angestellten mich als normalen Menschen kennen. Ich sei früher dagesessen wie ein Stock, still und stumm, hätte auf nichts reagiert, man sei ratlos gewesen mit mir, und sie hätten schließlich resigniert, erfuhr ich jetzt. Die Bernsteiner ist scheintot, hieß es offenbar, sie weilt zwar unter uns, aber wirklich da ist sie nicht. »Gut, daß du aufgewacht bist und jetzt lebendig wie der berühmte Fisch im Wasser«, meinte Frau Haslinger. Sie duzte mich bald und war immer sehr nett zu mir. Auch ich mochte diese Frau mehr und mehr, samt ihrem tizianrot gefärbten Haar und ihrem immer noch tollen Busen, den sie mit sichtlichem Stolz vor sich hertrug. Sie war über fünfzig und mußte früher sehr schön gewesen sein. Ihr lebhafter Humor hatte diese Schönheit jedoch nicht ganz verblühen lassen, auf eine leicht ordinäre Weise, die durchaus ihren Reiz hatte, sah sie immer noch gut aus. »Ja, ja, immer noch!« stöhnte sie, als wir einmal im Vorraum der Toilette gemeinsam vor dem Spiegel standen und ich ihr ein Kompliment dieser Art gemacht hatte, »mit diesem noch kann man mich auf die Palme bringen, liebe Magda, wir werden ja sehen, wie lange mein Schorschi noch auf mich steht, ja, ja, noch leben wir, und hurra, bums, ist dann alles vorbei!« Gleich darauf lachte sie jedoch fröhlich auf, zwickte mich in die Wange und fügte hinzu: »Jetzt schau mal, daß du richtig gut aussiehst. Der Michael sagt, du läufst herum wie eine Schreckschraube. Blödsinn, du bist doch eine hübsche Person!«

Schreckschraube. Da hatte ich es wieder, das Thema Michael. Sehr bald wurde er zum Wermutstropfen in meinem neuen Leben, das mir ansonsten erstaunlich gut zu schmecken begann. Wir beide liefen einander in der großen Wohnung ja äußerst selten über den Weg, aber wenn das geschah, brachte er es mit ein paar kurzen Sätzen fertig, daß ich mich verspottet, ausgelacht und unsicher fühlte. Ich versuchte ständig, auch in unseren gemeinsamen Räumen Ordnung zu halten, aber mir schien, daß er mutwillig eine Wüste hinterließ, wenn er die Küche benutzt oder im Salon einen Abend vor dem Fernsehapparat verbracht hatte. Es war, als ob er mich ärgern und verstören wollte, unablässig und konsequent. Wenn seine Mutter mich fragte, wie wir denn miteinander auskämen, sagte ich natürlich immer: »Bestens!« Sie war damit zufrieden und kümmerte sich wenig um die Wohnung und um ihren Sohn. »Das machst jetzt du!« rief sie. »Juhu, ich bin es endlich los!« Und so, wie ihr Sohn sich benahm, verstand ich ihr Juhu.

Aber trotzdem ließ mich die Bemerkung, ich liefe wie eine Schreckschraube herum, nicht los, sie hatte sich in mir festgehakt. Ich begann, mir Modesalons, Boutiquen und exquisite Schuhläden näher anzusehen, hörte auf, sie nur aus der Ferne zu betrachten, als gingen sie mich nichts an. Ich verglich die Preise, erwog gründlich und kaufte mir schließlich ein paar gute, teure Sachen. Als ich sie Frau Haslinger im Büro vorführte, erntete ich Begeisterung. »Bitte, wer sagt es denn!« rief sie, »so eine hübsche junge Frau, Kleider machen eben wirklich Leute, das ist nicht nur so ein Spruch, das stimmt!« Sie drehte mich in meinem sandfarbenen Kostüm und auf den hochhackigen Schuhen aus feinem, braunem Leder im Kreis, bestaunte den Rollkragenpullover aus Kaschmir, fand mein Haar offen viel besser als im Nacken gebunden und rief zuletzt: »So mußt du dich dem Michael aber vorführen!« Zu meinem Entsetzen merkte ich, daß ich bei dieser Bemerkung rot wurde. Mit heißem Gesicht lief ich zur Toilette und betrachtete mich im Spiegel. Warum nur war ich jetzt knallrot geworden? Warum hatte ich viel Geld ausgegeben und trug Kleidung, die mich tatsächlich hübscher aussehen ließ? Warum war es mir so wichtig geworden, hübscher auszusehen? Da stand ich, starrte mich im Spiegel an und wußte plötzlich glasklar die Antwort auf all meine Fragen. Sie sicher auch, Maria, nicht wahr? Oder Sie haben ohnehin bereits alles vorausgeahnt. Ja, es konnte wohl gar nicht anders sein, als daß ich mich in diesen jungen, unhöflichen Mann, mit dem ich die Wohnung teilte, verliebte. Manches stößt einem so unweigerlich zu, daß man es vom ersten Moment an weiß, und dann muß man viel Kraft aufwenden, dieses Wissen nicht zuzulassen. Seine Augen, seine Hände hatten sofort Abwehr in mir erzeugt, weil ich sie sofort liebte. Und jetzt, in der Toilette des Ölig-Versands, gestand ich es mir ein. Mir wurde übel. Als ich herauskam, lachte Frau Haslinger. »Du bist ja ganz blaß auf einmal, Magda, edle Blässe gut und schön, aber so edel mußt du auch wieder nicht werden, trotz der schönen Sachen.« Ich grinste mühsam, zog mich wieder um und arbeitete weiter. Abends trug ich die großen, noblen Papiertüten heimwärts als schwere Last. Wie sollte ich mich weiterhin verhalten?

Und mit dieser Frage höre ich für heute auf, liebe Maria.

Innige Grüße.

Magda

28. Juli

Meine liebe Frau Magda.
Leider hab ich den Brief erst gestern abholen können, am Abend davor waren der Lukas und ich ausnahmsweise einmal wo eingeladen, zum Grillen, im Garten von einem Kollegen aus seiner Werkstatt. Einmal jeden Sommer ist dieses Grillfest, und ich muß natürlich immer mitgehen, weil alle Ehefrauen mitkommen. Nur mag ich diese halbverbrannten Würstel und Fleischbrocken eigentlich nicht, und alle trinken so viel Bier und so rasch, daß sie schnell betrunken sind, auch die Frauen, und dann lachen sie so laut, mit hoher Stimme, mir tun die Ohren weh

dabei. Manchmal haut einem ein Kind den Ball auf den Schädel und entschuldigt sich nicht einmal. Also, ich hab keine große Freude an so einem Grillfest, außerdem liegt der Garten von dem Kollegen neben der Autobahn, nur Gestrüpp und eine Holzwand dazwischen, das dröhnt die ganze Zeit so, daß man sein Wort nicht versteht, nur das Gelächter, wenn sie besoffen sind, ist noch lauter. Der Griller hat außerdem sehr gequalmt, mir war nachher fast schlecht, weil ich so viel Rauch eingeatmet hab. Aber ich hab dem Lukas nichts gesagt, er ist so stolz darauf, wenn er mich wohin ausführen kann. Ausführen nennt er das, wenn ich mal rauskomme aus dem Haus und aus der Wohnung, zwar klingt das so, als wäre ich ein Hunderl, aber ich weiß, er meint es gut. Also hab ich gesagt: das war ein netter Abend, bevor ich todmüd eingeschlafen bin. Jetzt sitze ich friedlich am Küchentisch, ich trinke den kalten Kaffee, der vom Frühstück übergeblieben ist, es ist heiß draußen, kaum einer geht in der Nachmittagssonne am Fenster vorbei, die Straße ist wie ausgestorben. Bin ich froh, Frau Magda, daß Sie zurückkommen wollen! Ihre Wohnung ist gut im Schuß, glauben Sie mir, alle Pflanzen sind gewachsen, keine ist eingegangen, und alles blitzt und blinkt, Sie würden Ihre Freude haben. Sogar ich hab immer eine Freude, wenn ich in Ihrer Wohnung putze, weil die so hübsch ist. Ich hab den Lukas gefragt, wo die Fliegengasse ist, und er hat am Stadtplan nachgeschaut, ich würde dort gern mal hinschauen. Wo Sie so glücklich waren über Ihre zwei Kabinette und das eigene Bad. Aber natürlich habe ich mir beim Lesen gleich gedacht: wenn der solche Augen hat wie zwei Quellen, dieser Michael, na, ob da nicht was passiert! Dann haben Sie ihn andererseits so beschrieben, als wäre er ein eher ekelhafter Bursche. Zum Schluß aber hab ich wiederum recht bekommen, daß Sie sich also in ihn verliebt haben. Ich bin sehr neugierig, können Sie sich vorstellen. Wie es weitergegangen ist und ob das was Gutes geworden ist für Sie, zumindest eine Zeitlang. Es ist nicht so einfach, sich in einen Menschen zu verlieben, der einen gern ausspottet und sagt, man wäre eine Schreckschraube. Ich weiß nicht, liebe Frau Magda, ob ich da nicht rasch davongelaufen wäre, weit weg, wenn mir das klar geworden wäre. Aber Sie haben ja die Zimmer gebraucht und gern dort gewohnt. Also, ich höre jetzt lieber auf zu spintisieren und warte auf das, was Sie erzählen werden. Hoffentlich weiter bei schöner Sonne und ohne Regentage. Bitte nehmen Sie nicht viele Pulver zur Beruhigung, wenn Sie abstürzen, wie Sie das genannt haben. Ich weiß schon, daß das Ihre Sache ist, aber seit ich Sie so kaputt erlebt habe von diesen Pulvern, ist es ein bißchen auch meine Sache, ich hoffe, Sie sind mir nicht böse, daß ich das so sehe. Ich möchte Sie ehrlich gesagt nicht wieder so erleben, und ich glaube, Sie sich selber auch nicht, hab ich recht? Ein Mensch, der so was nimmt oder zuviel trinkt oder was auch immer, geht einem verloren, als wäre er tot. Man erreicht ihn nicht mehr. Und ich möchte Sie immer gut erreichen, Frau Magda. Und vor allem wünsche ich mir, daß Sie alles um sich herum gut sehen und erreichen können, nämlich so, wie es ist, und daß Ihnen das keinen Schrecken mehr macht und Sie keine Pulver mehr brauchen. Das wäre ein großes Geschenk für mich.

Was macht denn der Herr Professor? Sind Sie jetzt mal mit ihm durch die Vegetation gewandert? Vegetation heißt Pflanzenwelt oder Pflanzenwuchs, ich hab nachgeschaut, und ich kann mir Sie und den Professor gut vorstellen in der Vegetation, ich sehe richtig ein Bild vor mir mit Palmen und Blumen und vielen Blüten und Blättern und dazwischen Sie und der sonnenbraune

Professor auf einer Forschungsreise, was Expedition ja heißt, im DUDEN. Das Bild, das ich sehe, ist schön, glauben Sie mir.

Jetzt ist der Lukas von der Arbeit heimgekommen, und er hätte gern, daß ich ihm Spaghetti mache. Auch das hab ich schnell nachgeschaut, sonst hätte ich sicher Spageti geschrieben! Der Lukas sagt, ich soll nicht nachschauen, wie man sie schreibt, sondern ich soll dazuschauen, daß ich sie koche. Sie sehen, Frau Magda, meine Pflicht ruft. Als ob das so schwer wäre, die Nudeln ins heiße Wasser zu geben. Aber die Männer tun so, als hätten sie zu schwache oder eben ungeeignete Hände für so was, ich glaube, sie glauben es sogar wirklich. Ob man ihnen das je wird ausreden können? Ich mache mir diese Mühe jedenfalls heute nicht und koche dem Lukas jetzt lieber seine Spaghetti mit Tomaten und Käse, er sagt, das paßt, weil wir es heute so heiß haben wie in Italien. Er hat sich gerade ein kaltes Bier aus dem Kühlschrank genommen und laßt Sie sehr schön grüßen, ich soll das jetzt unbedingt schreiben, sagt er. Und ich grüße Sie auch, aber leider in Eile wegen der Kocherei.

Verzeihen Sie die schlechte Schrift.

Ihre Maria

29. Juli

Liebe Maria,

heute war Ihr Brief endlich da, gestern war ich zweimal umsonst bei Malinja und schon richtig ungeduldig. Das muß ich mir abgewöhnen. Wenn ich dann lese, wie Sie oft Mühe haben, in Ruhe zu schreiben, und schließlich Ihr Familienleben führen müssen, und auch wollen natürlich, dann werde ich böse auf mich selbst und auf meine Ungeduld. Ich muß mir das viel bewußter machen, wie luxuriös ich hier mit meiner Zeit umgehen, mich jederzeit zum Schreiben hinsetzen kann, wie nichts mich treibt oder antreibt, ich selbstbestimmt meinen Tagesablauf wählen kann. Wir nehmen bevorzugte Lebensbedingungen gar schnell als Selbstverständlichkeit hin und fühlen uns durch sie kaum noch beschenkt. Wenn wir sie haben, die guten Bedingungen, sind wir sofort der Meinung, sie stünden uns eben zu. Kostbar wird erst das, was uns abhanden kommt oder fehlt. Ich möchte gern versuchen, diesem Sog der menschlichen Natur mein menschliches Bewußtsein entgegenzusetzen. Genau jetzt, in diesem Moment, Maria, nehme ich mir das ernsthaft vor.

Und ich bitte Sie, keine Angst zu haben, ich könnte wieder tablettenabhängig werden. Ja, ich habe noch Valium hier bei mir, und unlängst mußte ich welches nehmen. Aber schon daß ich Ihnen davon schrieb, beweist, wie klar ich dosiere, ganz so, als wäre ich mein eigener Arzt, glauben Sie mir. Da mache ich weder Ihnen noch mir selbst etwas vor, ich verspreche es Ihnen. Und wenn die Tage so sind wie der heutige, finde ich alles, was ich vor Augen habe, viel zu schön, um mich mit irgendwelchen Pillen zu benebeln, statt zu schauen. Ich schreibe auf dem Balkon vor meinem Zimmer. In der späten Nachmittagssonne leuchtet alles auf, das Meer tiefblau, die Kaimauer blendend weiß, die waldigen Hänge olivgrün, das Felsufer ockerfarben, die fernen Gebirgszüge des Festlandes zartlila wie frischer Flieder. Eine Welle nach der anderen rauscht sanft in den Hafen, die Boote schaukeln leise vor sich hin und berühren einander ab und zu, als würden sie miteinander spielen. Der Professor sitzt unten am Pier, mit dunkler Badehose und sonnverbranntem Körper auf einem einfachen weißen Badetuch, und liest. Eben hat er zu mir heraufgesehen und die Hand gehoben, und ich habe zurückgewinkt. Ihr Expeditionsbild von uns beiden gefiel mir, es hat mich stark an ein Bild von Rousseau erinnert, aber gemeinsam gewandert sind wir bislang noch nicht, liebe Maria, hegen Sie bitte keine falschen Hoffnungen. Mit mir selbst und ganz alleine muß ich ins reine kommen, auf dem Weg dorthin kann niemand mich begleiten, auch ein gescheiter, recht gut aussehender Professor nicht.

Ich habe in der Zeit, bis ich Ihre Antwort erhielt, immer wieder weitererzählt und mehrere Bögen vollgeschrieben, ich konnte einfach nicht zuwarten, habe also den Brief-Wechsel wieder einmal ein wenig durchbrochen. Und Sie, Maria, haben wieder sehr viel zu lesen, bitte lassen Sie sich alle Zeit der Welt und kümmern Sie sich nicht um meine Ungeduld.

Und ich lasse den Lukas ebenfalls sehr schön grüßen, ihm aber auch sagen, daß wissen zu wollen, wie man Spaghetti schreibt, auf andere Weise ebenso nährt wie sie zu essen.

Ach Maria, manchmal in letzter Zeit fehlt mir, daß ich Sie nicht sehen und mit Ihnen sprechen kann, deshalb versuche ich mich genau an Sie zu erinnern. Tragen Sie Ihre Haare immer noch zum Zopf gebunden, wenn Sie arbeiten? Ich weiß, er hing Ihnen immer schwer neben der erhitzten Wange über die Schulter, sobald Sie sich bückten, und im Aufrichten warfen Sie ihn mit energischem Kopfschwung wieder zurück. Eigentlich weiß ich aber gar nicht, wie Sie aussehen, wenn Sie nicht an der Arbeit sind. Wenn Lukas Sie zum Beispiel ausführt, stecken Sie die Haare dann hoch? Oder tragen Sie sie offen?

Verzeihen Sie die Neugier, die da so plötzlich über mich gekommen ist, aber ich habe Sie mir gerade eindringlich vorgestellt, Sie vor mir gehabt.

Jetzt schließe ich jedoch und werde am Pier noch einmal ins Wasser steigen. Der Professor mit seinem Buch ist bereits verschwunden, liebe Maria, nur zur Information!

Sein Sie von Herzen gegrüßt,

stets Ihre Magda

(PS. Es folgt also, was ich inzwischen geschrieben habe.)

An dem Abend, als ich mit meinen Kleidertüten heimkam, war die Wohnung leer, und ich stieß einen Seufzer der Dankbarkeit aus. Ich hätte Michael jetzt nicht begegnen können, meine Verwirrung wäre ihm aufgefallen. Ich saß ein wenig vor dem Fernsehapparat im Salon, verzehrte ein kaltes Nachtmahl, dann zog ich mich schleunigst in meine Zimmer zurück, um ihm ja nicht über den Weg zu laufen, wenn er später heimkäme. Er kam jedoch nicht heim. Er käme eine Woche lang nicht heim, sei mit einer Freundin in der Toskana, sagte Frau Haslinger mir tags darauf. »Hat er dir das gar nicht gesagt?« fragte sie erstaunt. Ich verneinte, ohne mir etwas anmerken zu lassen, aber das zu erfahren, gerade jetzt, versetzte mir einen Stich. Wie kam es, daß ich überhaupt nichts von einer Freundin gewußt hatte? Wo war diese Freundin in all der Zeit gewesen, fragte ich mich, immerhin teilten wir nun schon monatelang die Wohnung. Nun gut, ich hatte nie gestört, wenn der Fernsehapparat lief, war möglichst nie in die Küche gegangen, wenn von dorther Kochgeräusche oder Essensgerüche kamen. Meist verkroch ich mich wie ein Mäuschen in meinen Räumen, wenn ich nicht sicher sein konnte, daß Michael außer Haus war oder sich zurückgezogen hatte. Oft kaufte ich mir abends auf dem Heimweg eine Pizza oder chinesisches Essen, brachte es gleich in meine Zimmer und aß auf dem Bett oder am Fenstersims. Ich schaute auf das Stück Himmel über dem engen Lichthof, hörte Radio oder las, hatte meine Türe versperrt und fühlte mich angenehm sicher so. Aber daß ich niemals eine weibliche Stimme vernommen oder die Spuren einer Frau wahrgenommen hatte, kam mir doch seltsam vor. Als könne sie meine Gedanken lesen, schaute Frau Haslinger von ihrem Schreibtisch prüfend zu mir her. Ich tippte gerade Listen ab und schlug auf die Tasten der Schreibmaschine ein, als hätten sie mir etwas angetan. »Kennst du seine Freundin gar nicht?« fragte Frau Haslinger. Ich schüttelte nur den Kopf und klapperte weiter auf der Maschine. »He, hör jetzt mal auf!« rief sie. Als es still war und ich zu ihr hinsah, fuhr sie leiser fort: »Er kennt sie erst seit ein paar Tagen, weißt du, aber eigenartigerweise hat er sie mir vorgestellt, vor zwei Tagen hat er mich nach dem Büro abgepaßt, mit ihr im Schlepptau. Sie heißt Jasmine, und ich bin ja froh, daß er endlich mal eine Freundin hat, obwohl sie mir nicht sehr gefällt. Sie sieht aus, als wäre sie gerade aus irgendeinem Bett gekrochen, es gibt so Frauen, die scheinen ständig im Sperma zu schwimmen, verzeih, aber so kommen sie mir vor – die Blicke, das Lächeln, immer zweideutig, so eine ist diese Jasmine, aber gut, genau das scheint er eben jetzt zu brauchen. Deshalb auch gleich diese Lustreise.« »Nein, ich habe sie noch nicht kennengelernt«, konnte ich nur dürr erwidern und wandte mich wieder meiner Arbeit zu. »Na ja, nichts versäumt«, sagte Frau Haslinger und hob ihr Telephon ab, das gerade zu läuten begonnen hatte.

Sie können sich sicher vorstellen, Maria, wie mir zumute war. Wie zum Hohn erfuhr ich all dies, nachdem ich mir meine

Verliebtheit, die ich so lange nicht hatte wahrhaben wollen, endlich eingestanden hatte. Wieder überkam mich das Gefühl, ich sei auf der Welt, um Prügel zu beziehen. Als ich abends die leere Wohnung betrat, schrie ich erst mal laut vor mich hin, ja, ich gab einen langen, wilden Schrei von mir, wie ein Tier. Dann begann ich zu weinen, heulte und flennte, ließ mich widerstandslos gehen und brüllte immer wieder meine Enttäuschung und Demütigung heraus. Später kugelte ich mit mehreren Flaschen Wein, die ich in der Küche entdeckt hatte, in einem der großen Fauteuils vor dem Fernsehapparat herum, den ich dröhnend laut laufen ließ, ohne hinzusehen. Ich fraß eine riesige Tüte Kartoffelchips leer und betrank mich. Ich lärmte, tobte und torkelte durch die Wohnung. Schließlich zog ich mir die neuen, teuren Klamotten an, alle irgendwie übereinander, bemalte mein Gesicht, löste die Haare auf, ließ auch das Radio ohrenbetäubend laut laufen, umschlang mich selbst, tanzte und wiegte mich zu schnulziger Nachtmusik. Tränen und verschmierte Schminke liefen mir über die Wangen. Schließlich sang Frank Sinatra »Strangers in the Night« und ich grölte lauthals mit. Genau zu diesem Zeitpunkt öffnete sich die Wohnungstüre. Sie öffnete sich, als ich gerade die Zeile »until the night is thrououough –« röhrte und dabei durch das Vorzimmer torkelte. Also stand Michael direkt vor mir, als er die Wohnung betrat. »Was ist denn hier los?« fragte er. Unsere Blicke trafen sich, seiner verdutzt, meiner verstört. »Was ist denn bitte mit Ihnen los, Frau Magda Bernsteiner?« Ich glotzte ihn an, erstarrt, verschmiert und verheult. Wie verrenkt stand ich da, die Arme um den Körper gepreßt, und brachte kein Wort heraus. Fernsehapparat und Radio dröhnten. Er schloß die Wohnungstür, stellte seine Reisetasche ab, ging an mir vorbei und drehte die

Geräte ab. Plötzlich war es in der Wohnung totenstill. Langsam kam er zu mir zurück, ich hörte seine Schritte über den Parkettboden näher kommen, aber noch immer konnte ich mich nicht bewegen. Ich wußte nur, daß ich mich schämte wie noch nie in meinem Leben. Sogar als man mich mit Johann Eipeldauer am Straßenrand kopulierend entdeckt hatte, war meine Scham milder gewesen, weil ich noch ein Kind war. Hier aber stand ich windschief, betrunken, aufgelöst, eine erwachsene Frau, die sicher ekelerregend aussah, und der Mann, der mich jetzt grübelnd betrachtete, war der, in den ich mich gerade verliebt hatte. Vor allem in seine Augen hatte ich mich verliebt, und was sahen sie jetzt, diese Augen? Ein haltloses, besoffenes Weib. Ich preßte beide Handflächen auf mein Gesicht und wäre gern gestorben. Einfach vom Erdboden verschwunden, aufgelöst zu Staub oder Luft, still hinweggetragen. Plötzlich aber hörte ich schallendes Gelächter. Zögernd ließ ich meine Hände sinken und sah einen vergnügten Menschen vor mir, der mich anlachte. Ja, mich anlachte, nicht auslachte. »Machen Sie das immer so, wenn Sie allein in der Wohnung sind?« fragte Michael, »erstaunlich, ich hätte nie angenommen, daß Sie derart außer Rand und Band geraten können.« »Ich war nur –«, wollte ich zu erklären beginnen, er nahm mich jedoch energisch um die Schultern und schob mich in die Richtung meines Badezimmers. »Bringen Sie Ihr Gesicht in Ordnung und duschen Sie mal kalt«, sagte er, »ich koche inzwischen Kaffee.«

Ja, Maria, und so kam es, daß wir beide uns in den frühen Morgenstunden, als es auf der Fliegengasse zart zu dämmern begann, am Küchentisch gegenübersaßen und Kaffee tranken. Ich trug jetzt einfache Jeans und ein Baumwollhemd, hatte alle Schminke und Tränen weggewaschen, und mein Kopf war wieder einigermaßen klar. Aber es verwirrte mich, ihm gegenüberzusitzen, ich wagte kaum, ihn anzusehen, und mir fiel einfach kein Gesprächsstoff ein. Er hatte den Kaffee eingegossen, mir Zucker und Milch angeboten, und sogar ein paar Schinkenbrote standen auf dem Tisch. Ich hielt die Tasse mit beiden Händen umklammert, als könnte ich mich an ihr festhalten, und trank in kleinen Schlucken. »Darf ich Sie duzen?« fragte er plötzlich in die Stille hinein, die uns umgab. Ich sah ihn überrascht an und stotterte viel zu eilfertig: »Aber ja doch, natürlich.« Er lächelte mich an. »Das hätten wir längst tun können, uns duzen«, sagte er dann. Ich nickte und versuchte ihn ebenfalls anzulächeln. »Ich glaube, wir hätten einiges längst tun können«, fügte er wie nebenbei hinzu, aber trotzdem sagte er es so, daß mir heiß wurde. Wo ist diese Jasmine? fragte ich mich plötzlich, bis jetzt hatte ich darüber nicht nachgedacht. Nicht darüber nachgedacht, wieso er so früh und mitten in der Nacht von seiner Lustreise, wie Frau Haslinger es genannt hatte, zurückgekehrt war. »Eigentlich bist du sehr hübsch, Magda«, er sah mich wieder lächelnd an, »aber es fällt mir erst jetzt auf. Als du vorhin völlig aufgelöst vor mir gestanden bist, warst du irgendwie schön, weißt du das? Ein wunderschöner, trauriger Clown.« Mir fiel keine Antwort ein, und sein Lächeln verwirrte mich, also stellte ich eine Frage, die ich um alles in der Welt nicht hatte stellen wollen. »Warum sind – warum bist du denn so früh zurückgekommen?« fragte ich ihn. Er hörte auf zu lächeln. »Meine Mutter hat berichtet, stimmt's?« sagte er. »Ich weiß nicht, was in mich gefahren ist, sie in diese Sache mit einzubeziehen. War doch klar, daß sie dann bei dir den Mund nicht halten kann, bei eurem Frauengeschwätz.« »Sie ist aber sehr froh darüber«, sagte ich kläglich. »Worüber bitte ist sie froh?« »Daß – daß du eine

Freundin hast.« Ich konnte nicht anders, ich mußte das sagen, ich mußte diese Jasmine irgendwie erwähnen, Frau Haslingers opulente Schilderung einer im Sperma schwimmenden Frau hatte ein zu wildes Bild in mir ausgelöst. Michael schwieg und sah mich an. Ich wußte nicht, ob jetzt wirklich Tränen in seinen Augen standen oder ob es nur deren üblicher feuchter Schimmer war. »Ich hab keine Freundin«, sagte er dann, und seine Stimme klang trocken und sachlich, »ich hab nur kurz geglaubt, ich hätte eine. Ein paar Tage und Nächte zu zweit in einem kleinen Hotelzimmer klären vieles, wenn du es nach dem Ficken plötzlich nicht mehr aushältst, ist es besser, du verschwindest.« »Verstehe«, erwiderte ich möglichst unbeeindruckt, aber meine rauhe Stimme verriet mich. »Glaub ich nicht«, sagte er. »Was glaubst du nicht?« »Daß du vom Ficken was verstehst.« Ich spürte, daß ich rot wurde, aber plötzlich setzte ich mich zur Wehr. »Mag sein«, sagte ich, »aber dieses Wort kann ich so wenig leiden, daß ich auch gar nichts davon verstehen möchte.« Er beugte sich über den Tisch zu mir her, mit seinen feuchten und eindringlichen Augen, die mich erregten. »Wie würdest du nennen, was du gut leiden kannst? Also was du gern hättest?« »Wie – ?« stammelte ich. »Statt Ficken, welches Wort?« Wir sahen uns an. »Vögeln?« fragte er. »Ist schöner.« Ich sprach atemlos, als wäre ich schnell gelaufen. » Einander herzen?« »Ja«, sagte ich kaum hörbar, »das klingt am schönsten.« Er nahm mir die Kaffeetasse, die ich immer noch umklammert hielt, aus der Hand, und zog mich an sich. Ich war seinem Gesicht ganz nahe und fühlte seinen Atem. »Darf ich dich jetzt herzen, Magda?« fragte er leise. Ich weiß nicht, ob ich noch in der Lage war zu nicken, denn ich fühlte, wie ich schmolz und überfloß. Ach Maria, meine so lange zurückgedrängte körperliche Sehnsucht, mein unbeachtetes Frausein, die herangereiften sexuellen Wünsche, die ich mir nicht bewußt hatte machen wollen, all das wurde jetzt in meinem Körper lebendig, er explodierte förmlich unter diesem Ansturm. Als wir uns küßten, fühlte Michael rasch, wie sehr ich mich hingab, fast hatten wir Mühe, in sein Zimmer und auf sein großes Bett zu gelangen, so weich und aufgeregt war ich bereits. Er drang sofort in mich ein, und ich war offen und naß. Ob das nun Ficken oder Vögeln oder Herzen war, irgendwie war es alles zusammen und noch mehr, und wir taten es über Stunden. Ich war unersättlich, ich konnte nicht genug bekommen, und auch er schien sich, von meiner Leidenschaft angesteckt, auf eine ungewöhnlich leidenschaftliche Reise in die Lust einzulassen.

Ich habe meine Schreiberei an dieser Stelle unterbrochen, Ihr Antwortfax kam noch nicht, eine Nacht ging darüber hin, und jetzt bin ich unsicher, liebste Maria. Ich weiß nicht, ob ich Ihnen die Schilderung dieser sexuellen Begegnung und all die Worte, die dabei gefallen sind, zumuten kann. Ich weiß, Sie sind eine erwachsene Frau, die Körperlichkeit mag und nicht zimperlich ist. Nur sind Sie stets würdevoll verhalten, wenn Sie das Thema Intimität berühren, und das entspricht schön Ihrem Wesen. Ich jedoch muß in diesem Fall so drastisch sein, wenn ich Ihnen gegenüber ehrlich bleiben will. Es riß mich damals mit Wucht in eine sinnlich-sexuelle Eroberung, in der ich mich nahezu auflöste. Ich kann es Ihnen nur so beschreiben. Also werde ich kein Briefblatt zerreißen, sondern Ihnen alles genau so schicken. Und ich hoffe Sie damit nicht zu schockieren.

Ein wenig werde ich auch noch weitererzählen, ich bin seltsam begierig, alles aufzuschreiben.

Da Wochenende war, mußte ich nicht an das Büro denken, und wir blieben beisammen. Ab und zu schliefen wir ein, um dann erfrischt wieder zueinander und ineinander zu finden. Irgendwann duschten wir, irgendwann kochten und aßen wir, immer wieder lachten wir miteinander und erzählten einander, was uns gerade einfiel, und es war vor allem mein erfüllter Körper, der mich jeden Augenblick als reines Glück empfinden ließ. Dieses Glück geglückter Gegenwart, das uns so selten geschenkt wird. Wenn es so ist, als brauche man nur locker den Arm zu heben und könne die Sterne ergreifen, mühelos. Zwei Tage und Nächte vergingen so, und mir kam keine Sekunde der Gedanke, daß Michael bei so viel Intimität es nicht mehr mit mir aushalten und lieber verschwinden würde, wie er es angeblich auf der Reise mit der Freundin getan hatte. Ich fühlte, daß er gerne bei mir und in mir blieb. Und obwohl ich mich dessen ein wenig schämte, empfand ich einen wilden, persönlichen Triumph über diese Jasmine, die ich ja gar nicht kannte, mir aber als Inbegriff der Verführerin vorstellte. Und damit triumphierte ich zugleich über all die vielen anderen siegesgewissen Frauen, die sich unablässig von Männern begehrt fühlen. Ich hatte endlich gesiegt. Ja, meine Weiblichkeit, die so lange brachgelegen hatte, triumphierte.

Als ich mich am Montagmorgen dann doch aus Michaels Armen löste, der nur leise aufseufzte und weiterschlief, und eine Stunde später pünktlich an meinem Schreibtisch im Büro des Ölig-Versands saß, schien mir dort seltsamerweise keiner irgend etwas anzumerken. Auch Frau Haslinger sagte nur: »Ich hoffe, du hattest ein gutes Wochenende, Magda.« Und als ich geheimnisvoll zur Antwort gab: »Ein seeeehr gutes!«, sah sie mich nur kurz an und wandte sich dann mit einem freundlichen

»Ach ja?« ihrer Arbeit zu. Obwohl ich mich tatsächlich vor kurzem aus dem Bett eines verausgabten Mannes erhoben hatte und mit Sicherheit eine Menge Sperma an mich verschwendet worden war, kam Frau Haslinger bei mir offensichtlich gar nicht auf diese Idee, und das kränkte mich fast. Gern hätte ich ihr alles erzählt, mich durchdrang ein Mitteilungsbedürfnis, das ich sonst an mir nicht kannte, aber daß dieser Mann ihr Sohn war, hielt mich in Schranken. Ich glaubte, ein völlig verwandelter Mensch zu sein und das auszustrahlen, als brenne in mir ein Licht, aber alle um mich herum behandelten mich wie die Magda von ehedem. Ich konnte zu niemandem von meiner weiblichen Erfüllung sprechen, trug sie jedoch in mir herum wie einen geheimen Altar, auf den ich die Gedanken an Michael hinbreitete wie Blumen. Ich sah ihn vor mir, wie er im Geruch von uns beiden weiterschlief, ich dachte an das von unseren Säften getränkte Bett, in dem ich ihn abends wiederfinden würde, und mein Körper wurde warm vor Sehnsucht, während ich kühl und gefaßt meiner Arbeit nachging.

Als ich am Abend in die Wohnung kam, war Michael nicht zu Hause. Alles sah so aus, wie ich es verlassen hatte, auch das zerwühlte Bett. Die Küche war ein einziges Durcheinander. Ich wusch, putzte, ordnete und wartete. Ich wartete vergeblich. Schließlich legte ich mich in mein eigenes Bett und weinte.

Michael kam erst nach einigen Tagen wieder. Er sei nochmals in die Toskana gefahren, nachdem er lange mit Jasmine telephoniert habe. Die Erfahrung mit mir habe ihn dazu angeregt, es mit ihr nochmals zu versuchen, schließlich sei er ja sehr verliebt in sie gewesen, aber trotzdem wäre nichts Rechtes draus geworden. Wie es mir ergangen sei in der Zeit? Er habe viel an unsere herrliche Fickerei zurückgedacht, auch oder gerade neben Jasmine, das sei vielleicht ein Wochenende gewesen mit uns beiden! Geschwächt von Tagen des Leids stand ich da und hörte mir das alles an. »Komm, gehen wir was essen«, sagte er. Widerspruchslos zog ich mir eine Jacke an und folgte ihm in eine kleine Pizzeria, gleich unten in der Fliegengasse. Er plauderte, als wäre nichts geschehen, aber mir waren die Sterne verglommen, der Altar meines kurzen Glücks lag verwüstet hinter mir, ich gab zwar irgendwelche Antworten und beklagte mich nicht, aber mir war elend zumute. Das sinnlose, tagelange Warten und das hemmungslose Weinen, sobald ich alleine gewesen war, hatten mich tödlich erschöpft. Auch als er später oben in der Wohnung mit mir schlafen wollte, verweigerte ich es nicht und legte mich zu ihm, aber ich war zu traurig für die Lust. Irgendwann setzte er sich auf und sah mich an, mit seinen feucht schimmernden Augen, in deren Tiefe eine seltsame Härte lag. »Ich brauche meine Freiheit, immer«, sagte er. »Ich habe dir nichts versprochen, und es wäre schlimm, wenn du dir von mir etwas erwartet hättest.« Ich schwieg. »Hast du?« fragte er, und ich schüttelte den Kopf. Wie hätte ich ihm jetzt noch sagen können, daß ich sehr wohl etwas von ihm erwartet hatte. Liebe.

1.August

Liebe Frau Magda.
Meine Güte, habe ich gelesen und gelesen. Aber es ist nicht so schnell gegangen, wie ich gern gehabt hätte. Jetzt ist schon August, ist mir aufgefallen, wie ich im Kalender das Datum gesucht habe. An die drei Monate sind Sie weg, so lange schon. Bald ist Herbst, wie rasch das alles geht.

Es war eben doch so, leider, wie ich es mir gedacht habe, mit diesem Michael. Sie müssen nicht besorgt sein, Frau Magda, wegen meiner Würde und so, ich kann schon was vertragen, und alle diese Wörter sind mir nicht fremd. Nur machen der Lukas und ich keine Worte, und das ist mir auch lieber so. Aber bei seinen Kollegen, beim Grillen zum Beispiel, mit all den kreischenden Frauen, da kann man mehr Worte hören, als einem lieb ist, sag ich Ihnen. Wie Sie es aufschreiben, Frau Magda, das ist immer appetitlich, auch wenn Sie sagen, es ist drastisch. Das heißt im DUDEN: sehr deutlich, derb. Aber Sie schreiben nicht derb. Deutlich schon, aber das ist gut. Bloß dieser Michael ist nicht gut, der ist kein guter Mensch, glaube ich, wenn er gleich wieder abhaut zu seiner Freundin, nachdem es ihm mit Ihnen gefallen hat, um dort mit ihr weiterzumachen. Auf Ideen kommen diese Männer, nicht zu glauben. Es war ja schön zu lesen, was Sie von Ihrer weiblichen Erfüllung geschrieben haben, zum Aufatmen war das, na endlich! hab ich laut gesagt beim Lesen. Aber dann gleich wieder das Leid. Sie haben mir gleich wieder so leid getan, warum das bei Ihnen kein Ende genommen hat, kann man nicht verstehen. Aber meine Mutter sagt immer, wenn wir wüßten, warum wir so viel erleiden müssen, dann wären wir keine Menschen, es gehört eben dazu. Aber man soll sich doch auch wehren! hab ich ihr einmal geantwortet, und ich war ziemlich laut dabei, aber da hat sie mich nur still angeschaut und gesagt: Versuchs halt, Maria, vielleicht gelingt es dir. Da hab ich sie gleich wieder umarmen müssen, weil ich ja weiß, wie wehrlos sie gewesen ist. Und das waren Sie halt auch, Frau Magda, so wehrlos. Weil Sie auch keine Erfahrung gehabt haben mit Männern, außer sie waren grauslich wie Ihr Vater, ein kindischer Jungmädeltraum wie der Eipeldauer, oder alt wie der

Herr Koranek. Dieser Michael war also Ihre erste Erfahrung, wie alt waren Sie da eigentlich? Warten Sie, ich rechne nach. Gymnasium bis zum Schluß, also achtzehn, dann der Tod Ihrer Mutter, dann drei Jahre Ölig-Versand, bis Herr Koranek gestorben ist, und ein Jahr in der Fliegengasse, wenn ich mir alles richtig gemerkt habe, waren Sie also so um die fünfundzwanzig. An sich ein gutes Alter, um lieben zu lernen. Man muß es ja lernen als Frau, ich hab auch einen Blödsinn gemacht, bevor ich den Lukas kennengelernt habe, einen Riesenblödsinn sogar. Der Mann war verheiratet und viel älter. Wie meine Freundin Lolli nach Kanada davon ist, hat er sich in der Kantine an mich herangemacht, er war ein Angestellter bei Opel, und weil ich so traurig war ohne Lolli, bin ich halt mit ihm mitgegangen. Aber das hat nicht lang gedauert, er ist mir immer mehr unappetitlich geworden, und dann war er auch noch eifersüchtig, obwohl verheiratet. Nein, mich schüttelt es jetzt noch, wenn ich daran denke, und ich kann mich selber nicht verstehen. Das war eine echte Verzweiflungstat, so sagt man doch, oder? Gottseidank ist mir dann bald der Lukas über den Weg gelaufen, und wir haben geheiratet. Obwohl er, wie gesagt, kein großes Licht ist, ich meine, nicht arg gescheit oder was Besonderes, hab ich bei ihm lieben lernen können, so in aller Stille. Er ist ein guter Mann. Aber warum erzähle ich jetzt von mir, und noch dazu, was gut bei mir ist, verzeihen Sie, Frau Magda. Daß wir Menschen doch immer an uns selber denken müssen, wenn wir was von anderen erfahren, ich kann das richtig an mir beobachten. Eine scheußliche Eigenschaft, finde ich, und ich mag mich gar nicht leiden, wenn ich sie bei mir entdecke. Ich schicke den Brief heute noch weg, damit ich bald erfahren kann, wie es weitergegangen ist, oder nicht weitergegangen. Wenn ich nur wüßte, daß Sie jetzt ohne Leid sind, ich hab das Jetzt unterstrichen, weil es mir so wichtig ist für Sie. Weil Sie von Ihrer Vergangenheit erzählen und man die nicht mehr reparieren kann. Aber vielleicht das, was jetzt ist. Ich hoffe es von Herzen.

Ihre Maria

2. August

Jetzt ist mein Herz ruhig, liebe Maria, und das will mir als das Wichtigste erscheinen. Wenn ich sagen kann: mein Herz ist ruhig, dann weiß ich auch, daß ich weiterleben kann. Trotz aller Verluste. Und wenn Sie mir Gutes, Geglücktes von sich selbst erzählen, tut es mir so wohl, bitte, verbieten Sie sich das nie.

Ich bin reichlich geschwommen und in der Sonne gelegen in der Zwischenzeit, eines Abends sogar mit dem Professor gewandert, es war wirklich wie auf Ihrem Bild à la Rousseau, eine Menge Vegetation um uns herum. Heute ist es sehr schwül, der Himmel dunkelgrau bedeckt, und das Meer wiegt sich schwer wie olivgrünes Öl, seine flachen, glatten, glänzenden Wellen scheinen sich kaum zu bewegen.

Es fällt mir nicht leicht weiterzuerzählen. Aber was schwer fällt, muß überwunden werden, je rascher um so besser, nicht wahr? Ja, ich hatte mein Frausein zu lange unterdrückt, hatte vermieden, mich zu verlieben, und als mein Körper endlich befriedigt wurde, tat ich das gleiche wie als Halbwüchsige: ich verwechselte. Damals hatte ich meine pubertären Vorstellungen mit Liebe verwechselt, jetzt verwechselte ich Befriedigung mit Liebe. Ich hatte angenommen, daß der Mann, der mir körperliches Glück geschenkt hatte, mich auch lieben müsse. Einen sehnsüchtigen Tag lang hatte ich es angenommen. Sein Verschwinden, das Warten und die Art und Weise seiner Rückkehr, all dies verdichtete sich zu einer grausamen Belehrung. Dieser Mann liebte mich nicht. Er hatte mit mir gefickt und mich dazwischen ganz nett gefunden. Jetzt teilte er die Wohnung mit einer Frau, der anzusehen war, daß sie litt, und die ihm keinen Spaß mehr machte. Vorerst bemühte ich mich, ihm wieder fröhlicher und unbeschwerter zu begegnen, mich nicht aufzudrängen, aber zur Stelle zu sein, wenn er Lust auf mich hatte, und dabei meine eigene Lust wieder zu erwecken. Aber das geschah immer seltener, wir schliefen noch ein paarmal miteinander, und er tat es mehr und mehr halbherzig. Schließlich erkannte ich messerscharf, daß er mich nicht mehr begehrte, ich ihn vielleicht sogar abstieß, und dieses Wissen empfand ich tatsächlich wie ein kaltes Messer, das mich spaltete. Ich zog mich körperlich zurück, was sonst hätte ich tun können, um mir noch einen Rest Würde zu bewahren. Anfänglich aßen wir immerhin ab und zu gemeinsam zu Abend und plauderten, aber auch das geschah schließlich kaum noch. Bald lebte ich wie zuvor neben ihm in der großen Wohnung, verkroch mich in meine Zimmerchen, verbarg meinen Schmerz und hatte Angst, ihm zu begegnen.

Eines Abends nahm ich wahr, daß er jemanden in der Wohnung empfing. Ich hörte seine Stimme und das Zwitschern einer Frau aus der Küche, dann aus seinen Räumen, dann war es still, und mir brach das Herz. Diese Nacht über lag ich kerzengerade auf meinem Bett, ohne zu schlafen, und es tat so weh, daß ich gern gestorben wäre. »Jasmine wird mich jetzt öfter besuchen kommen«, sagte er am nächsten Tag, als ich aus dem Büro kam und er mich im Vorzimmer abfing, »sie ist aus Italien zurück, nur daß du Bescheid weißt, Magda.«

Also wußte ich Bescheid. Aber das schützte mich nicht davor, daß ich umzusinken meinte vor Überraschung und Scham, als ich Jasmine zum ersten Mal in der Wohnung begegnete. Sie war so schön. Sie war ganz und gar nicht so, wie Frau Haslinger sie beschrieben und wie ich sie mir vorgestellt hatte. Sie war weich und lieblich von Kopf bis Fuß. Lächelnd sagte sie: »Hallo, Magda, ich bin Jasmine, es freut mich ja so sehr, daß wir uns endlich treffen.« »Mich auch«, antwortete ich, aber mit so schwacher, zitternder Stimme, daß Jasmines große blaue Augen um eine Schattierung dunkler wurden. Sie neigte sich mir zu und fragte besorgt: »Was ist, Magda, ist dir nicht gut?« »Ich bin nur müde, ein langer Bürotag, weißt du.« Blütenfrisch und freundlich sah Jasmine mich an. »Ja, Michael hat mir erzählt, daß du eine Kollegin seiner Mutter bist und deshalb hier wohnst. Ich bewundere berufstätige Frauen.« »Und was machst du?« fragte ich, um auch ein wenig zu dem Gespräch beizutragen. Da lachte sie glockenhell auf. »Ich mache gar nichts, weißt du. Mein Vater ist reich und hat sich nie um mich gekümmert, also lebe ich von seinem schlechten Gewissen. Von seinen monatlichen Schecks, besser gesagt. Ich reise viel. Michael und ich waren zusammen in der Toskana, ehe ich zu meiner Tante nach Rom bin. Wir hatten ein paar wilde Tage.« »Ich weiß«, stieß ich mühsam hervor. »Aber jetzt bleibe ich eine Weile hier.« Schelmisch zwinkerte sie mir zu. »Es geht so erstaunlich gut mit uns beiden, wir wissen gar nicht, was daraus noch alles wird. Willst du nicht mit uns essen? Michael brät uns gerade ein Hühnchen, riechst du, wie es duftet?« Ein mühsames Lächeln verzerrte mir das Gesicht. »Danke, ich habe keinen Hunger, schönen Abend noch«, und blöde winkend stolperte ich davon. Meine Türe versperrte ich so hektisch hinter mir, als müßte ich den Teufel abwehren. Sie würde hierbleiben, vielleicht auf immer. Wie sollte ich das nur aushalten? Wäre es nicht besser, ich zöge aus, und zwar so schnell wie möglich? Ich nahm ein heißes Bad, um mich ein wenig zu beruhigen, und beschloß, eine andere Wohnmöglichkeit zu suchen. Zwar wußte ich nicht, welche Gründe ich Frau Haslinger nennen würde, aber daran sollte mein Entschluß nicht scheitern. Ich mußte raus aus dieser Wohnung. Das stand für mich fest, als ich aus der Wanne stieg, mich nur flüchtig abfrottierte und in mein Bett fallen ließ. Damals, Maria, hatte ich begonnen, ab und zu Valium zu nehmen, an diesem Abend tat ich es exzessiv. Ich schlief rasch ein, obwohl das Brathühnchen bis in mein Zimmer duftete.

An dieser Stelle wurde ich hungrig, liebe Maria, und ich habe unter den Olivenbäumen zu Mittag gegessen. Lustigerweise gab es heute ebenfalls Brathuhn, ich mußte dem Professor erklären, warum ich lachte, als man es uns servierte. Meist sitzt der Professor jetzt an meinem Tisch, und ungefähr weiß er auch, woran ich ständig schreibe. Da er mich so oft und anhaltend über den Briefblock gebeugt sieht, habe ich ihm etwas von einem Briefwechsel gesagt, aber ohne nähere Hinweise. »Daß Sie diese verlorengegangene Kultur wieder aufleben lassen, ist ein achtbares Unterfangen«, sagte er auf seine ironisch professorale Art. »Würden Sie wohl auch mit einem zugegebenermaßen Unwürdigen wie mir Briefe wechseln, wenn unsere Wege sich wieder trennen?« Er ist recht nett, muß ich sagen, und ich finde es angenehm, nicht allein beim Essen zu sitzen.

Hinter der Steinmauer liegt immer noch diese ölig glatte Meeresfläche, die Luft ist heiß, das Gewölk wird schwefelgelb, eine seltsame Stimmung herrscht, die sich wohl in einem Gewitter entladen wird. Deshalb habe ich mich jetzt wieder auf mein Zimmer zurückgezogen.

Frau Haslinger nahm mich aufgeregt zur Seite, als ich am nächsten Tag ins Büro kam. »Sie will jetzt bei ihm leben! Stell dir vor, Magda, diese Jasmine hat sich ihn geschnappt, meinen freiheitslüsternen Sohn, der noch nie für irgendwas Verantwortung übernehmen wollte!« Die Menge an Beruhigungsmitteln, die ich am Abend davor eingenommen hatte, erfüllte mich immer noch mit Lethargie, wie abwesend gab ich zur Antwort: »Das habe ich mitbekommen.« »Aber du bleibst unbedingt in der Wohnung!« Beschwörend sah Frau Haslinger mich an. »Auf keinen Fall ziehst du aus, nur weil diese Dame vielleicht einzieht. Es wird ohnehin nicht lange dauern.« »Aber sie ist nett«, sagte ich matt. »Sie ist ein Luder«, erwiderte Frau Haslinger in einem Ton, der jeden Widerspruch ausschloß. Ich dachte an das, was ich gestern in der Badewanne beschlossen hatte, und trotz meiner Müdigkeit zwang ich mich, es anzusprechen. »Vielleicht wäre es aber besser, wenn ich doch –« »Du ziehst nicht aus!!« unterbrach Frau Haslinger mich jedoch sofort, und sie rief es so laut, daß die übrigen Angestellten zu uns hersahen. »Bitte keinen Ehekrach«, sagte jemand, und alle anderen lachten. Abends, beim Heimkommen, hörte ich wieder Jasmines jubilierendes Stimmchen, sie zwitscherte unablässig wie ein Vögelchen, von Michael vernahm ich keine Silbe. Ich floh in meine Räume, aß dort mitgebrachte Wurstsemmeln, trank eine Flasche Apfelsaft und ließ mich nicht blicken. Und so auch am nächsten Tag, und am übernächsten, alles pendelte sich irgendwie ein, und ich hatte keine Kraft, mich zu widersetzen. Irgendwann aß ich sogar mit den beiden zu Abend, Michael briet Steaks, und ich bestaunte seine Kochkünste, von denen ich nichts gewußt hatte. »Mein Süßer kann alles«, zwitscherte Jasmine, und ich sah zu ihm hin. Unsere Blicke trafen sich, und er wurde rot. Daß er zumindest verlegen wurde, weil zwischen uns beiden so ein Satz undenkbar gewesen wäre, schenkte mir eine kleine Genugtuung. Aber diese verflog, als die beiden sich eng umschlungen zum Fernsehapparat begaben und es mir überlassen blieb, die Küche in Ordnung zu bringen. »Danke, Liebste«, flötete Jasmine, noch bevor ich mich dazu tatsächlich bereit erklärt hatte, sie warf mir eine aufmunternde Kußhand zu, ihr Köpfchen an Michaels Schulter geschmiegt, der geflissentlich nicht zu mir hersah, und beide verschwanden. Und so ging es weiter, Tag für Tag, ein Abend folgte dem nächsten, man kann sich ja an die seltsamsten Lebensumstände gewöhnen, wie wir alle wissen. Nur ich hatte nicht gewußt, daß ich dieses Nebeneinander würde ertragen können. Ich ertrug es wohl nur, weil ich mich tot stellte, mir befahl, nichts mehr zu fühlen. »Du bist komisch in letzter Zeit«, sagte Frau Haslinger und betrachtete mich. »Wie denn?« fragte ich leichthin. »Ich weiß nicht. Irgendwie leblos, als ginge dich alles nichts an. Werde nur ja nicht wieder die scheintote Bernsteiner, ich bitte dich!« Ich lächelte, aber gleichzeitig wurden plötzlich meine Augen feucht. »Ist dir etwas passiert?« fragte Frau Haslinger leise. Als ich nur heftig den Kopf schütteln konnte, weil mir die Tränen in der Kehle steckten, stellte sie jedoch keine weitere Frage mehr und strich mir nur über das Haar, ehe sie sich abwandte. »Scheißleben«, murmelte sie, als sie wieder an ihren Platz ging.

Ich weiß nicht, wieso Frau Haslinger trotz ihrem Schorschi und dessen Villa im Grünen, trotz der engen und tief ausgeschnittenen Pullover, die sie gern trug, trotz ihres bereitwilligen

Lachens, ihrer gutgeschminkten kirschroten Lippen, trotz der Unbekümmertheit, die sie ausstrahlte, mich und mein »Scheißleben« jetzt so ohne jede Erklärung blitzartig durchschaut und verstanden hatte. Es gibt Frauen, die eine intuitive Klugheit besitzen und ein weites, aufnahmebereites Herz, Frauen, die man gerne unterschätzt, mit denen Männer sich verbinden, ohne sie allzu ernst zu nehmen, und deren belächelter Verstand dennoch dem eines Mannes in vielen Fragen haushoch überlegen ist, ohne sich je wichtig zu machen. Sicher wissen Sie, Maria, welche Sorte Frau ich meine. Und Frau Haslinger gehörte dazu. Ich sah zu ihr hinüber und hätte ihr gerne alles erzählt. Aber ich tat es nicht.

Jeden weiteren Tag zu bewältigen machte mir Mühe, aber trotzdem gelang mir allmählich, mein Leben wieder zu beatmen, ohne ständig das Pärchen neben mir zu bedenken. Ich zog die guten Sachen an, die ich gekauft und dann liegen gelassen hatte, jeden Morgen achtete ich darauf, möglichst hübsch auszusehen. Ich ließ mir in einem Frisiersalon, der gerade en vogue war, eine leichte, aber raffinierte Dauerwelle legen. Abends spazierte ich manchmal durch die Stadt, setzte mich in irgendein Café, trank Campari-Soda und beobachtete Menschen. Einmal ging ich sogar mit einem Bürokollegen aus. Ich glaube, daß Frau Haslinger den jungen Mann gedrängt hatte, mich einzuladen, ich wiederum mußte mich dazu zwingen, diese Einladung halbwegs erfreut anzunehmen. Jonathan Breul war an die Dreißig, hochaufgeschossen, mit semmelblondem Haar. Wir gingen ins Kino und anschließend in eine Weinstube. Im Kino ging die Sache ja noch halbwegs, weil der Film lief und wir schweigen konnten. Aber beim Essen wurde es peinlich, uns fiel kein Gesprächsstoff ein, wir retteten uns in dumme

Floskeln, lachten immer wieder blöde und lustlos auf, und beide waren wir froh, als wir uns in der Fliegengasse vor meiner Haustüre verabschieden konnten. »Ich glaube, das lassen wir in Zukunft lieber, Jonathan«, sagte ich. »Ja, ich glaube auch, Magda, nicht böse sein«, gab er erleichtert zur Antwort. Als Frau Haslinger am nächsten Morgen fragte: »Na, meine Hübschen, hat es gefunkt?«, riefen wir beide wie aus einem Munde: »Nein, Funkstille war!« und lachten uns schief. Von da an waren wir uns zugetan und freundeten uns sogar an. Und seltsamerweise tratschten und plauderten gerade wir zwei im Büro jetzt ständig miteinander, »wie die Wasserfälle«, sagten die anderen und schüttelten belustigt über uns den Kopf.

Wie gesagt, ich erholte mich ein wenig. Ich verbot mir, mich an den Michael zu erinnern, den ich hätte lieben können, der frei und frech gewesen war, mit Augen wie Quellen und mit erobernden Händen. Ich versuchte, in ihm nur den Schwächling zu sehen, der in die Fänge eines reichen Mädchens geraten war, der brav Hühnchen briet, abends zu Hause blieb und sich herumdirigieren ließ. Ich versuchte ihn zu verachten.

Maria, meine Liebe, inzwischen hat es heftig gewittert, aber ich nahm es beim Schreiben kaum wahr. Jetzt ist die Abendsonne hervorgekommen, alles schimmert in der Nässe, das Meer hat wieder seine tiefe Bläue, die ich so liebe. Ich werde zum Postamt wandern, ehe es schließt, und der Professor will mich begleiten. Er steht schon wartend unten am Hafen, in Gummistiefeln und mit Sportmütze. Sein Sie auf das innigste gegrüßt.

Magda

3. August

Liebe Frau Magda,
ich will den Herrn Professor nicht überbewerten und mache mir auch keine falschen Hoffnungen. Sicher war für Sie wichtig, mir beides zu schreiben, sonst hätten Sie es ja nicht geschrieben. Aber ich freue mich, daß er nett ist, der Professor, und mit Ihnen wandert und Sie zum Postamt begleitet. Jetzt kann ich mir immer denken, wenn ich an Sie denke: gottseidank ist die Frau Magda weniger allein und hat manchmal Gesellschaft. Es macht doch nichts, wenn ich das denke, oder? Ich hoffe jedenfalls, der Herr Professor hat noch lange Urlaub und bleibt noch lange auf Ihrer Insel.

Ich habe schon beim letzten Mal fragen wollen, wer Rousseau ist und ob das vielleicht ein Maler ist, und es vergessen. Dann habe ich den Lukas gefragt, der es natürlich auch nicht gewußt hat, aber er hat mir am nächsten Tag ein Taschenlexikon in 24 Bänden gekauft, stellen Sie sich vor! Der Lukas und ein Lexikon, mir war fast zum Weinen, wie er mir das Paket mit den vielen Taschenbüchern angeschleppt hat, so gerührt war ich! Und das, obwohl er immer geschimpft hat, daß wir so wenig Platz haben für Firlefanz. Sogar, wie ich nur ein paar Merian-Hefte gekauft habe über Italien und Schottland und Paris undsoweiter, weil ich gerne die Bilder anschaue und etwas darüber lese, wenn ich schon nicht hinfahren kann, hat er gemurmelt: wohin dann mit dem Zeug? Und jetzt stehen die 24 Bände oben auf unserer Küchenkredenz, und er schaut fast genau so stolz hinauf wie ich. Jetzt habe ich alles lernen können über den Maler Henri Rousseau, »der Zöllner« hat er geheißen, ein einfacher Beamter, der ohne Vorbildung, so steht es im Lexikon, zu malen begonnen hat, und jetzt sieht man in ihm den Begründer der europäischen naiven Kunst, Sie, Frau Magda, wissen das natürlich sowieso alles. Aber mir hat gut gefallen, daß man als einfacher Zollbeamter ein Künstler werden kann, auch wenn die Kunst dann naiv ist. Wie ich alles dem Lukas erzählt habe, hat er gesagt: du bist naiv, wenn du glaubst, das geht. So steht es aber im Lexikon, habe ich gleich gebrüllt, wir haben dann fast gestritten. Da kann ich ja auch ein Künstler werden, hat er zurückgebrüllt, und ich habe gesagt: wenn du ein Künstler bist, kannst natürlich auch du einer werden, aber ich glaube, du bist keiner. Das hat er dann eingesehen, und wir haben uns wieder beruhigt.

Sie sind also doch in der Wohnung geblieben, mitsamt der Freundin von dem Michael, das hätte ich nicht gedacht. Wie Sie in der Badewanne beschlossen haben auszuziehen, habe ich fest daran geglaubt, aber dann war es doch nicht so. Ich bin sehr gespannt, wie das weitergeht. Weil ich mir nicht vorstellen kann, daß man so was gut lebt. Ich meine, das ist doch ständig eine Wunde, und eine, die nicht heilen kann. Manchmal haben Sie aber auch wirklich schlecht auf sich aufgepaßt, nicht böse sein, daß ich das sage. Sie haben immer wieder Sachen ausgehalten und sich überhaupt nicht gefragt, ob es unbedingt sein muß. Ich weiß schon, wie das ist, wenn man gezwungen ist, etwas zu erdulden, aber ein bißchen sollte man doch seines Glückes Schmied sein, wie man so sagt. Es gibt wenig Glück und wenig zu schmieden, das ist mir schon klar. Aber davonlaufen hätten Sie schon können, und die Frau Haslinger hätte es sicher verstanden, so wie sie ist, eine gute Frau nämlich. Und besser für Sie wäre gewesen, ihm und dieser Jasmine nicht die Küche hinterherzuputzen, sondern die beiden lieber nie mehr zu treffen. Aus den Augen, aus dem Sinn, das hätte Ihnen gut getan.

Aber jetzt muß ich einen neuen Absatz anfangen, weil ich mich so ärgere über meine guten Ratschläge, die viel zu spät kommen und gar nichts nützen. Als ob ich immer meines Glückes Schmied gewesen wäre, ha, da lache ich nur. Ich wollte schon die Seite wegwerfen, aber weil ich noch nie etwas weggeworfen habe, sondern Ihnen immer alles so schicke, wie ich es schreibe, tu ich es diesmal auch. Ich bitte Sie, Frau Magda, mir zu verzeihen. Heute ist es spät geworden, draußen schüttet es wieder einmal, und ich werde mich jetzt neben den Lukas ins Bett legen, er liegt schon längst drinnen und sicher im Tiefschlaf. Aber morgen noch vor der Arbeit bringe ich den Brief weg. Fast fürchte ich mich vor dem, was Sie weiter erzählen werden, Frau Magda, ich weiß nicht warum.

Ich hoffe, Sie schlafen gerade gut.

Ihre Maria

4. August

Liebe Maria,
ich fürchte mich auch vor dem, was ich weiter erzählen werde, und im Gegensatz zu Ihnen weiß ich auch, warum. Deshalb zögere ich es noch ein wenig hinaus.

Vorerst möchte ich mich mit Ihnen darüber freuen, daß Ihnen von Lukas ein so einsichtiges, einfühlsames Geschenk gemacht wurde. Er ist wirklich ein guter Mann, und das nicht nur in der einen Hinsicht, ich habe mittlerweile große Achtung vor ihm. Und über euren Rousseau-Streit habe ich herzlich gelacht. Ich war sogar so frei, diese Briefpassage dem von Ihnen hochgeschätzten Professor heute am Mittagstisch vorzulesen, ich hoffe nur, das macht Ihnen nichts aus, Maria? Er war ebenfalls amüsiert, aber auch davon angetan, wie lebendig eine eheliche Zweisamkeit sich entwickeln kann. Jedenfalls hat er das so formuliert. Er sei unverheiratet geblieben, weil er stets diese tödliche Leblosigkeit wahrgenommen habe, die im Schlepptau jeder Eheschließung unvermeidlich zu sein scheine. Besonders habe ihn dies bei der Paarung sogenannter Intellektueller angeweht. Diese Beobachtung habe ihn abgeschreckt, lieber habe er die Frische von Liebesbeziehungen so lange genossen, bis auch darin ihm ein abgestandener Geschmack alles weitere verdorben habe. »Sie glauben also, daß jede Liebesbeziehung unweigerlich ihr Verfallsdatum hat, wie Milch oder Frischobst?« fragte ich ihn. »Ich habe es bis jetzt geglaubt«, antwortete er. Dabei lächelte er und sah mich auf eine Weise an, daß ich das Thema gewechselt habe.

Ich schreibe Ihnen das, liebste Maria, um Ihnen nichts zu verhehlen. Natürlich kann ich seinen Blick einordnen, und mir ist klar, daß er mit mir flirtet. Mir ist aber auch klar, daß er es tut, weil er im Urlaub ist und ich hier trotz meines Alters die einzige weibliche Flirt-Möglichkeit für ihn bin. Und vor allem ist mir klar, daß ich zwar auch ein wenig mit ihm herumschäkere, mich aber nie im Leben in ihn verlieben könnte. Das wiederum schreibe ich Ihnen so entschieden, weil ich fühle, daß Sie gerne eine anregende Verliebtheit für mich erahnen würden, habe ich recht? Nur würde das nichts bringen. Sich zu verlieben rettet vor nichts. Im Gegenteil, wenn man selbst auf schwachen Beinen im Leben steht, wirft es einen meist um. Einer Verliebtheit standzuhalten, ohne sie überzubewerten und mit falschen Ansprüchen zu befrachten, braucht viel Kraft und seelische Standfestigkeit. Ich bin mir sicher, daß mich die emotionale Hinwendung zu einem Mann derzeit aus der Bahn werfen würde. Zu mühsam habe ich diese »Bahn« überhaupt gefunden, und nach jedem meiner Abstürze muß ich sie mir ohnehin immer wieder neu erkämpfen. Ich dürfte mich gar nicht verlieben, ich bin zu alt und zu müde, und ich liebe mich selbst viel zu wenig, es wäre eine Katastrophe, glauben Sie mir, Maria.

Aber ich habe »größere Sorgen«, wie man zu sagen pflegt. Im Moment ist es die Sorge, meinen Lebensbericht weiter zu bewältigen. So überaus wichtig ist mir geworden, Ihnen alles zu berichten, Maria, ich fühle mittlerweile, daß nur dies mich für ein halbwegs menschenwürdiges Weiterexistieren retten kann. Aber lassen Sie sich bitte hiervon nicht in eine Verantwortung drängen, die Sie bedrücken könnte. Wenn Sie mir nur weiterhin Ihre Aufmerksamkeit und Ihre Briefe schenken, bin ich Ihnen von Herzen dankbar. Für sich verantwortlich ist immer nur man selbst, das immerhin hat mein Leben mich gelehrt. Sie haben völlig recht, Maria. Natürlich muß der Mensch versuchen, seines Glückes Schmied zu sein. Wobei ich unter Glück einen richtigen Weg verstehe, einen Weg in die richtige Richtung. Und diesen auch zu erkennen und einzuschlagen ist im übertragenen Sinne vielleicht die Schmiedearbeit. Schließlich gilt es, all die falschen Vorstellungen und Grundmuster, die man in sich trägt, im Feuer des Schmerzes zu schmelzen, zu läutern und zu verwandeln.

Wenn Sie mich jetzt sehen könnten, sähen Sie mich den Kopf schütteln, Maria. Ständig gebe ich hochtrabende Theorien von mir, und in der Praxis versage ich. Wissen schützt vor Torheit nicht, hat der Professor unlängst gesagt, und recht hat er.

Es ist sehr heiß geworden, die tiefstehende Sonne färbt das Meer schwarzblau, und blaßrosa schweben die Gebirge des

Festlands über den Ufern. Ich bin unter den Olivenbäumen sitzen geblieben, als der Professor sich mit einem freundlichen »Bis später, liebste Magda!« vom Mittagstisch erhoben und zu seinem Schläfchen begeben hatte. Und seither habe ich zwar weiter an Sie geschrieben, aber nicht weitererzählt. Die Wirtin, eine füllige, dunkelhaarige Frau, die stets in losen Kleidern und abgetragenen Turnschuhen ohne Hast ihrer Arbeit nachgeht, hat mir vorhin einen Teller mit Wassermelonenstückchen neben den Briefblock gestellt. Ihren fächelnden Gebärden war die Frage abzulesen, ob mir nicht zu heiß sei. Nein, mir sei nicht zu heiß, ich lächelte ihr zu und schob genüßlich ein gekühltes Stück Melone in den Mund. Es schmeckte köstlich. Die Wirtin nickte zufrieden und verließ mich wieder. Und jetzt, Maria, erzähle ich weiter.

Eines Morgens, als ich die Wohnung verlassen wollte, wurde mir plötzlich speiübel, und ich mußte eilig umkehren. Die Hände vor den Mund gepreßt lief ich in mein Badezimmer und erbrach. Das sind die Nerven, dachte ich. Aber in der Straßenbahn, auf dem Weg zum Ölig-Versand, wurde mir wieder schlecht. Sicher habe ich etwas Verdorbenes gegessen, überlegte ich, nur wann und wo? Blieb doch mein Speiseplan stets unverändert und glich einer faden Diät. Als ich ins Büro kam, mußte ich auch dort sofort die Toilette aufsuchen und mich wieder übergeben. »Was ist denn mit dir los?« fragte Frau Haslinger, als sie mich ansah. »Dein Gesicht ist grün wie Erbsenpüree, weißt du das?« »Mir ist nur ein bißchen schlecht«, gab ich zur Antwort, »irgendwas hat mir den Magen verdorben.« »Irgendwas? Und weißt du auch was?« »Keine Ahnung«, antwortete ich tonlos. Ihr Blick wurde forschend. »Na ja«, sagte sie dann, »was immer es war, hoffentlich hat es dir nur den Magen verdorben.« Sie tätschelte leicht meine Schulter und ging an ihren Schreibtisch zurück. Was meinte sie? Was hieß nur den Magen verdorben? Ich sah ihr nach, schüttelte aber den Kopf und versuchte mich trotz der Übelkeit auf meine Arbeit zu konzentrieren. Ach Maria, während Sie das lesen, wissen Sie natürlich längst Bescheid, nicht wahr? Nur ich blieb damals so lange begriffsstutzig. Ein paar Tage lang trank ich nur Kamillentee, ernährte ich mich von Zwieback und Haferbrei und dachte schon an Magenkrebs, weil ich dennoch immer wieder erbrach. Ich stellte es mir gar nicht so schlimm vor, jetzt Magenkrebs zu bekommen und dieser Welt jung zu entfliehen, meine Jugend hatte mir bereits genug Mühe gemacht, fand ich, es reichte eigentlich für dieses Leben.

Als aber Michael eines Morgens schlaftrunken zur Küche schlurfte, bekam er mit, daß ich an der Wohnungstüre meine Umhängetasche von mir warf, mir wieder einmal den Mund mit beiden Händen zuhielt und stöhnend ins Bad zurückstürzte. Ich übergab mich und wusch mein Gesicht. Als ich zurückkam, fand ich Michael noch am selben Platz im Vorraum stehen, er hatte meine Tasche aufgehoben und auf mich gewartet. »Was fehlt dir?« fragte er. Ich hatte ihn lange nicht mehr von nahem gesehen, er trug nur eine halblange Unterhose, und sein Körper, den ich kurze Zeit so heftig geliebt hatte, war mir in seiner Nähe und Nacktheit noch schmerzlich vertraut. Er roch nach warmem Bett und Frau. »Hast du vorhin gekotzt?« fragte Michael weiter. »Ja, warum nicht?« gab ich ruppig zur Antwort und griff nach meiner Tasche, »ich kann schließlich kotzen, wann ich will, oder?« »Nicht, wenn du von mir schwanger sein solltest«, sagte er. Meine Hände blieben irgendwo in der Luft hängen, ich selbst blieb irgendwo hängen, schien mir, an einem Haken, der sich mit Wucht in mein Bewußtsein bohrte. Schwanger. Von ihm schwanger. Warum nur hatte ich daran noch nicht gedacht? Meine Regel war zweimal ausgeblieben, aber da meine Regel immer wieder einmal ausgeblieben war, grundlos, hatte ich auch das nicht bedacht. Wieviel Zeit war vergangen, seit wir miteinander geschlafen hatten? Konnte das überhaupt sein? Nein, es war unmöglich. Es mußte unmöglich sein. »Das hätte ich schon früher merken müssen«, sagte ich, »laß mich jetzt, ich muß ins Büro.« Wieder griff ich nach der Tasche, die er immer noch festhielt, aber er gab sie nicht frei. »Was heißt früher?« schrie er jetzt, »hast du deine Tage bekommen, ja oder nein?« »Nein, aber das sagt bei mir nichts!« »Ach, das sagt bei dir nichts? Auch wenn du gleichzeitig kotzt wie ein Reiher? In welchem Traumland lebst du eigentlich?« »Ich will von dir nicht schwanger sein!« Mein Schrei erfüllte das Vorzimmer, die Welt, den Himmelsraum. »Ja, glaubst du, ich will das?!« brüllte er zurück. Und dann verstummten wir beide und starrten uns an. Ich sah Angst in seinen Augen, etwas, das ich bei ihm noch nie wahrgenommen hatte. »Geh rasch zum Arzt«, sagte er leise. Ich nickte. Er drückte mir meine Tasche in die Hand, und wir wandten uns voneinander ab, er wollte zur Küche, ich zur Wohnungstür. Da hielt ein schrecklicher Schrei uns beide auf. Dieser Schrei drang aus Jasmines Kehle, und er verwandelte sich in das Jaulen eines Tieres, als sie unsere erschrockenen Blicke auf sich gerichtet sah. Splitternackt stand sie in der offenen Türe zu Michaels Räumen, ihr Körper wand sich, als hätte man ihn eben durchbohrt. Michael lief zu ihr hin und versuchte sie zu umarmen, aber Jasmine stieß ihn von sich, mit gellenden Schreien, die sie nur ab und zu unterbrach, um ihn anzuspucken. Die sanfte

Lieblichkeit und das Gezwitscher waren dahin, eine Tragödie antiken Ausmaßes schien sich dieses ebenmäßigen Frauenkörpers bemächtigt zu haben und ihn in den einer Wölfin zu verwandeln. Jasmine sah plötzlich nicht mehr schön aus, sondern furchterregend. »Du – hast – mit – ihr – geschlafen –«, diese Worte stieß sie so anklagend hervor, als hätte sie einen ihr geltenden Mordversuch aufgedeckt. Regungslos stand ich an der Eingangstüre und betrachtete überrascht dieses gewaltige Schauspiel. Michael versuchte, sie auf den Boden zu zwingen, anfänglich wehrte sie sich wild, sie wand sich und biß ihn, aber allmählich ergab sie sich unter Stöhnen. Sanft redete er auf sie ein. »Ja, Schäfchen – ich gebs ja zu – wir haben miteinander geschlafen – aber doch nur ein paarmal – und nur kurze Zeit – Magda war eben hier, als ich nach unserem Krach zurückkam – und mich so verzweifelt allein gefühlt habe – ich habe es dir nicht gesagt, weil es nicht wichtig war – beruhige dich bitte, Schäfchen – komm, steh jetzt auf – zieh dir etwas an – wir bereden alles in Ruhe, ja?«

Das mußte ich mir also anhören, Maria. Gerade als ich begriffen hatte, daß ich mit großer Wahrscheinlichkeit von diesem Mann schwanger geworden war, mußte ich mir das anhören. Während er das Schäfchen in seinen Armen wiegte. Und da raunte ihm diese ermattete Frau plötzlich flink und sachlich zu: »Das Kind läßt sich die Magda aber wegnehmen, nicht wahr?« Michael sah auf und unsere Blicke trafen sich. Ich wußte nicht, ob er sich schämte. Ich wußte nur, daß mir jetzt auf andere Weise zum Kotzen war und daß ich gehen mußte. Die Wohnungstüre schlug laut hinter mir ins Schloß.

Für heute werde ich aufhören, liebe Maria. Es dämmert bereits, die Glühbirnen unter den Olivenbäumen sind angedreht, man möchte die Tische für das Abendessen richten. Das Meer vor mir leuchtet im letzten Schein des Tages, und ich habe Hunger. Der Professor sitzt bereits mit einem Glas Wein auf der Steinbrüstung und lächelt zu mir her. Vielleicht begleitet er mich nach dem Essen noch durch die Dunkelheit zu Malinja hinauf. Jetzt Schluß, um mich herum klappern Teller und Gläser, seien Sie umarmt

von Ihrer Magda

5. August

Liebe Frau Magda.

Ach du meine Güte, jetzt sind Sie schwanger! Ich weiß gar nicht, was ich dazu sagen soll. Da sitze ich jetzt in der Küche, es ist Mitternacht, und ich bin so aufgeregt von Ihrem Brief, daß ich doch angefangen hab zu schreiben. Davor waren wir im Gasthaus, der Lukas und ich, weil er heute Geburtstag hat. Vierzig ist er geworden, da hat er mich ausgeführt. Ja, weil Sie das einmal gefragt haben: wenn ich weggehe zum Essen oder ins Kino oder zum Grillen, da hab ich so eine Spange für meine Haare, dann sind sie hinten am Kopf zusammengehalten. Offene Haare mag der Lukas nicht, das heißt, die mag er nur für sich allein, sagt er. Sei nicht wie ein Pascha, hab ich gleich geschimpft, für dich allein ist gar nix. Aber ich mache ihm halt doch die Freude, weil es mir egal ist, ob ich mit langen offenen Haaren herumspaziere oder nicht. Am liebsten mag ich meinen Zopf, den für alle Tage. Aber was ich Ihnen da auf einmal für unwichtige Sachen erzähle, mitten in der Nacht, obwohl ich ganz etwas anderes schreiben wollte. Vor allem wollte ich Ihnen schreiben, daß ich Ihnen immer meine Aufmerksamkeit und meine Briefe schenken werde, für alle Zeit und mit aller Freude, die man haben kann. Ihr Lebensbericht drängt mich in keine Verantwortung, die mich bedrückt, ich benütze jetzt die Worte aus Ihrem Brief, sonst könnte ich es so nicht sagen.

Zu dem anderen, zu dieser Jasmine, die aber wirklich kein Schäfchen ist, fehlen mir total die Worte, vor allem jetzt, weil ich sehr müde bin. Mein beduselter Lukas schnarcht laut, ich werde trotzdem gut einschlafen neben ihm, wir haben zwei Flaschen Weißwein getrunken, ich selber auch nicht schlecht. Liebe Frau Magda, schreiben Sie rasch alles auf. Je schneller, um so besser, glaube ich. Eine gute Nacht wünscht Ihnen Ihre Maria

6. August

Liebste Maria,
je schneller, um so besser, Sie haben vollkommen recht. Und schon heute vormittag war auch Ihre Antwort da, obwohl Sie gestern Geburtstag gefeiert und Wein getrunken haben. Ich bewundere immer wieder, wie Sie mit so wenigen Stunden Schlaf auskommen können. Übrigens möchte ich Lukas einen herzlichen Glückwunsch übermitteln, tun Sie das für mich, Maria? Auf halbem Weg zum Postamt kam mir heute Malinjas Bruder entgegengefahren und übergab mir Ihr Fax, und genau an der Stelle, wo er anhielt, standen am Wegrand büschelweise wilde Orchideen. Ich las sofort im Stehen Ihren Brief, und dann hätte ich gern einen Strauß gepflückt und ihn dem Lukas

geschenkt, so schön waren diese lila und weißen Blüten. Also, im Geiste geschah es zumindest, sagen Sie ihm das?

Jetzt sitze ich auf dem Balkon und schaue in einen klaren, leuchtenden Tag hinaus, es ist heiß, aber nicht zu heiß. Das Meer rauscht mit gleichmäßigen, ruhigen Wellen in das Hafenbecken herein, warme Luft streicht mir über das Gesicht. Ich schreibe Ihnen das Kommende also rasch auf, Maria.

Ich ging zum Arzt. Ich war in meinem ganzen Leben noch nie bei einem Gynäkologen gewesen. Ja, ich wurde sechsundzwanzig Jahre alt, ohne je einen beansprucht zu haben. Also mußte ich Frau Haslinger fragen, wohin ich mich wenden könne, mir einfach einen Arzt aus dem Telephonbuch heraussuchen wollte ich nicht, das alles war mir viel zu unheimlich. Sie sah mich an und wußte Bescheid. »Wer war es?« fragte sie sofort. Ich wurde rot und schwieg. Auch auf ihr »Kenne ich ihn?« gab ich keine Antwort. Sie ließ mich eine Weile nicht aus den Augen, und mir schien, daß sich ihrem prüfenden Blick alles enthüllte, was ich ihr nicht sagen wollte. Schließlich seufzte sie auf und gab mir Adresse und Telefonnummer ihres Arztes. »Diese ewigen Scherereien«, sagte sie dann, »daß wir Frauen doch wieder und wieder ins Messer rennen. Geliebt wollen wir werden und handeln uns nur Unliebsames ein.« Da lächelte sie mich plötzlich an. »Schau, Magda, ein Wortspiel! Gar nicht so blöd!« Sie war ganz und gar nicht blöd, die Frau Haslinger, und ich rechnete ihr hoch an, daß sie nicht weiterforschte und mich mit Fragen bombardierte. Zwei Tage später hatte ich einen Termin beim Frauenarzt, und der stellte rasch fest, daß ich im dritten Monat schwanger und alles in Ordnung sei. Ja, »alles in bester Ordnung«, sagte er, und ich schlich heimwärts und wußte nicht, wie ich die Unordnung, das Chaos meines Lebens bewältigen sollte. Michael erwartete mich. Als er mein Gesicht sah, fragte er nur: »Welcher Monat?« »Dritter natürlich, was sonst«, sagte ich. »Also war ich es.« »Natürlich warst du es.« »In deinem Fall glaub ich's sogar«, sagte er, »wir lassen es also wegmachen, ich helfe dir dabei.«

Ich konnte nichts dazu sagen, Maria. Ich konnte ihn nur anstarren. Seine Augen, die auf mich gerichtet waren, schimmerten feucht, wie sie es immer taten, aber ich sah in ihnen nur den knallharten Wunsch, mich und dieses Problem so rasch wie möglich loszuwerden. »Ich weiß eine Ärztin, die das macht«, fuhr er fort, als ich nicht widersprochen hatte, »ich organisiere uns den Termin, möglichst noch in dieser Woche.« Ich schwieg immer noch und starrte ihn an. »In Ordnung, Magda?« Und da tat ich das, was ich nicht hätte tun sollen. Ich nickte. Dieses Nicken, Maria, war der größte Fehler meines Lebens. Ich hätte dieses Kind behalten sollen. Ich weiß, Frau Haslinger hätte mir geholfen, so daß ich es auch ohne Vater hätte großziehen können, daß ich es schließlich so geliebt hätte, daß kein Mann mich je wieder aus der Bahn hätte werfen können. Aber ich weiß auch, wie sinnlos es ist, einem »Hätte« nachzutrauern. Ich habe genickt und mich somit einverstanden erklärt. Ich habe Michael gehorcht, weil er mich nicht liebte. Mich ohne seine Liebe zu diesem Kind zu bekennen war mir unmöglich. Die Mutterschaft traf mich so unvorbereitet, daß ich selbst wie ein Kind reagierte, das sich schlecht benommen hat. Ich ließ den Schwangerschaftsabbruch zu, ließ ihn zu wie ein Gebot, ohne mich dagegen aufzulehnen. »Brav, daß du alles einsiehst«, sagte Michael und legte den Arm um mich, meine Willfährigkeit hatte ihn sanft gestimmt, »es wäre der größte Blödsinn gewesen, vor allem jetzt. Ich werde Jasmine heiraten, weißt du. Sie ist jetzt bei ihrem Vater und kommt erst zurück, wenn alles geregelt ist.« Auch dazu schwieg ich, Maria, obwohl mir war, als müsse ich sofort wieder erbrechen. Ich streifte nur seinen Arm von meiner Schulter und ging. Ohne mich auszuziehen, legte ich mich ins Bett, und da ich reichlich Valium genommen hatte, schlief ich rasch ein. Am nächsten Tag meldete ich mich krank und rührte mich nicht mehr aus dem Haus, ich blieb unter der Bettdecke liegen, als könnte ich mich dort vor allem Zukünftigen verbergen, im Nirgendwo verschwinden. Irgendwann klopfte Michael an meine Tür, streckte den Kopf herein und nannte mir den Termin bei der Ärztin. »In zwei Tagen«, sagte er. Ich nahm es stumm zur Kenntnis und schluckte eine weitere Ladung Valium. Ab und zu zerrte Michael mich in die Küche und zwang mich, einen Teller Suppe zu essen. Er war besorgt um mich und angeödet von mir, die Situation rieb ihn auf, aber er bemühte sich offensichtlich, alles möglichst sachlich hinter sich zu bringen. Vor allem nervte ihn wohl mein Schweigen, obwohl ich ihn damit keineswegs verärgern wollte. Mir war wirklich so, als hätte ich die Stimme verloren, ich brachte einfach kein Wort mehr heraus. »Also gut, wie du willst«, sagte er schließlich achselzuckend, »erledigen wir die Sache eben stumm.«

Und wir erledigten die Sache stumm, Maria. Es ging ja anscheinend nur darum, die Sache zu erledigen, wie er es nannte, und schließlich wollte ich selbst auch nichts anderes mehr. Ich war froh, als die zwei Tage Wartezeit vorbei waren und Michael mich endlich im Taxi wegbrachte. Die Ärztin war eine ältere, grauhaarige Frau mit eigenartig gelber Gesichtshaut und schlechten Zähnen, aber in ihren Augen lag ein freundliches Bedauern. Als sie mich fragte, ob ich wirklich bereit sei, mir das Kind nehmen zu lassen, nickte ich wieder wortlos, wie ich es bei Michael getan hatte, und kletterte dann eilfertig auf den Operationstisch, der sich in einem Hinterzimmer ihrer Ordination befand. Operationstisch ist vielleicht ein zu pompöses Wort für das, was darauf schlecht und recht verübt wurde, aber damals waren Abtreibungen noch nicht erlaubt, man nahm deshalb auch kläglichste Bedingungen in Kauf. Ich schloß die Augen und ließ alles ohne einen Laut über mich ergehen. Es tat mir entsetzlich weh, aber dieser Schmerz sollte sein, fand ich. Die, mit der ich nichts zu tun haben wollte, sollte ruhig Schmerzen haben. Ja, ich wollte nichts mit mir zu tun haben, als ich mit gespreizten Beinen dalag und es geschehen ließ. Ich ließ mir ein Kind aus dem Körper reißen, als wäre dieser Körper nicht der meine.

Es wäre ein Mädchen gewesen. Ich weiß es.

Magda

8. August

Man kann eine Wut kriegen auf das Leben, liebe Frau Magda. Ich war sehr traurig über Ihren letzten Brief, aber eben auch wütend. Dabei kann das Leben vielleicht gar nichts dafür, die Menschen sind es, die alles kaputtmachen. Und sie machen viel kaputt, wenn sie nicht lieben können, glaube ich. Ich habe meine Mutter besucht mit dieser Wut im Bauch, und sie hat es gleich gemerkt, während sie mir einen Kaffee gekocht hat. Du schaust aus wie zehn Tage Regenwetter, hat sie gesagt, was hast du denn. Da hab ich ihr wieder einmal von Ihnen erzählt, Frau Magda,

Sie haben mir ja erlaubt, daß ich das darf bei meiner Mutter, nicht wahr? Und da hat sie mir zum ersten Mal gesagt, daß sie mich auch fast abgetrieben hätte, damals. Nur wäre das eine so fürchterliche Frau gewesen, die das hätte tun wollen, irgendeine Hebamme aus der Vorstadt, in einem schmutzigen Hinterzimmer ist meine Mutter schon auf einem alten Sofa gelegen und hat gesehen, wie die Frau irgendwelche Nadeln und Zangen hervorgeholt hat, und die haben auch alle schmutzig und blutig ausgesehen, jedenfalls hat sie mir das so schauerlich geschildert, und in letzter Sekunde ist sie aufgesprungen und davongelaufen, meine Mutter, und hat mich dann doch gekriegt. So hängt alles an einem Faden, ob man auf diese Welt kommt oder nicht, und alles andere dann auch.

Wir haben sehr schöne Sommertage hier, und ich sitze manchmal auf der Bank unter den Kastanien, wenn ich ein bißchen Pause habe, und dabei denke ich dann fast immer an Sie, liebe Frau Magda. Weil ich Sie immer hier sitzen sehe, mit Ihrem blassen Gesicht. Aber das haben Sie ja jetzt nicht mehr auf Ihrer schönen Insel, gottseidank. Lukas dankt für die Geburtstagswünsche und auch für die Orchideen im Geiste, ich soll das unbedingt schreiben, hat er mir aufgetragen. Und ich erwarte Ihren nächsten Brief so, wie man den nächsten Tag erwartet. Auch wenn man weiß, er kommt, wartet man trotzdem.

Viele Grüße von Ihrer
Maria

9. August

Ja, Maria,

auch hier ist ein Tag schöner als der andere, es herrscht keine lähmende Augusthitze, Himmel und Meer sind frisch und blau wie im Frühsommer. Und nachdem ich Ihr Brieflein erhalten und gelesen habe, sitze ich jetzt hier vor meinem Briefblock und erzähle Ihnen ohne Umschweife weiter. Wie froh ich bin, daß Sie zur Welt gekommen sind, liebste Maria. Wie dankbar, daß Ihre Mutter Sie zur Welt kommen ließ. Meine kleine Tochter verlor ich für immer.

Ich lag danach einige Tage zu Bett, anfangs hatte ich noch Schmerzen und blutete ein wenig, aber alles schien normal zu verlaufen. Michael sah ich kaum, aber ich fand in der Küche Vorräte, die er besorgt hatte, und konnte mich ernähren, ohne die Wohnung zu verlassen. Weiterhin nahm ich Valium und schlief viel. Und an einem Montag begann ich wieder zu arbeiten. Ich kleidete mich sorgfältig an, schminkte mich ein wenig und zwang mich, mit heiterer Miene im Büro zu erscheinen. Endlich hätte ich die blöde Grippe hinter mich gebracht, sagte ich. »Das muß aber ein ziemlich scheußlicher Infekt gewesen sein«, meinte Jonathan Breul und sah mich besorgt an, »ich hab schon gedacht, du tauchst nie mehr auf.« »Sicher war es das«, antwortete Frau Haslinger statt meiner, »sicher war's ein ziemlich scheußlicher Infekt.« Unsere Blicke trafen sich, und wieder wußte ich, daß sie alles wußte. Aber keine von uns beiden sagte ein Wort, jetzt nicht, und auch später nicht. Es blieb ein unausgesprochenes Wissen zwischen uns, das unseren Umgang miteinander jedoch nicht veränderte. Ich mochte diese Frau und fühlte, daß auch sie mich mochte. Trotzdem beließen wir es dabei, daß nur die Bürostunden uns verbanden, keine von uns schlug je ein privates Treffen vor. Auch die Wohnung in der Fliegengasse betrat Frau Haslinger nicht mehr, nachdem sie mich dort einquartiert hatte, sie ließ sich von mir nur ab und zu berichten, ob dort alles in Ordnung sei. Und ich tat mein Möglichstes, die Wohnung weitgehend in Ordnung zu halten.

Ja, Maria, ob Sie es glauben oder nicht, ich blieb in dieser Wohnung. Ich blieb noch viele Jahre in dieser Wohnung. Michael heiratete Jasmine, die Hochzeit fand in Rom statt, und Frau Haslinger nahm ein paar Tage Urlaub, um dort hinzureisen und dabeizusein. Als sie ins Büro zurückkam, wurde sie mit Fragen bestürmt, wie es denn gewesen sei, ob die Braut hübsch, ob ihr Sohn glücklich sei, und wie ihr Rom gefallen habe. Man stand um sie herum, nur ich blieb an meinem Schreibtisch sitzen und arbeitete weiter. »War alles so weit okay«, sagte Frau Haslinger und blieb auch nach dieser wenig erschöpfenden Auskunft erstaunlich wortkarg. Als wieder Ruhe eingekehrt war, schaute sie zu mir her. Ich hob den Kopf. »Eine widerliche Tussi«, sagte sie leise, »leider ist mein Sohn ein Trottel.« Wir sahen einander ruhig in die Augen und wandten uns dann wieder wortlos der Arbeit zu. Und mehr wurde nie dazu gesagt, Maria. Ich weiß nicht, wie Frau Haslingers Verhältnis zu Sohn und Schwiegertochter sich entwickelte, mit mir sprach sie nicht darüber. Die beiden blieben zwar die meiste Zeit im Ausland, verbrachten aber immer wieder ein, zwei Wochen in der Fliegengasse. Und ich ertrug es, Maria. Ich ertrug, daß Jasmine grußlos an mir vorbeischwebte, als wäre ich Luft, und daß Michael nur mit mir sprach, wenn sie nicht dabei war. Und daß er mich dann behandelte, als wäre ich ein Hausfaktotum, das man wegen schmutziger Bettwäsche oder kaputter Steckdosen befragen könne. Daß ich je ein Kind von ihm in meinem Leib getragen hatte, schien so endgültig aus seinen Gedanken herausgeschnitten wie dieses Kind aus mir. Ich war die Untermieterin Magda, die sich um seine leerstehende Wohnung zu kümmern hatte, wenn er nicht da war. Und ich ließ mir diese Rolle gefallen. Wenn die beiden da waren, blieb ich unsichtbar, so gut es ging, betrat die Küche nur, wenn ich sicher war, dort niemanden anzutreffen, und aß abends oft auswärts. Jonathan Breul war mir ein guter Freund geworden, jetzt auch außerhalb des Ölig-Versands, wir gingen miteinander aus. Da wir uns unverkrampft und vertrauensvoll verhalten konnten, mochte ich seine Gesellschaft. Und wenn wir im Kino gewesen waren oder in einem Restaurant zu Abend gegessen hatten, verabschiedeten wir uns danach stets ohne unterdrückte erotische Wünsche. Jedenfalls hatte ich diesen Eindruck. Die fröhliche Sachlichkeit, mit der wir »bis bald« oder »bis morgen« riefen, ersparte mir jede Peinlichkeit, und ich war Jonathan dankbar dafür. Er half mir anfänglich, die Zeiten der Anwesenheit von Michael und Jasmine besser zu überstehen. Und sobald die beiden abgereist waren, genoß ich es sofort, die Wohnung wieder für mich allein zu haben. Ich betrat Michaels Zimmer nur, um dort aufzuräumen, schloß dann die Türe ab und tat, als gäbe es diesen Bereich der Wohnung überhaupt nicht. Der Salon wurde wieder mein Eigentum, ich lag oft bis spät auf einem der weichen Sofas und las. Manchmal kochte ich, obwohl ich keine sehr gute Köchin war, und lud Jonathan zum Essen ein. Ich tat es, um auch die Küche ganz für mich zu erobern und Michaels gebratenes Hühnchen, seine von Jasmine gepriesene Kochkunst mit dem Duft meiner eigenen Speisen zu übertrumpfen. Es war meine Küche, in der ich werkelte, sie gehörte mir, wenn die beiden anderen nicht da waren. Auch eine neu hinzugekommene Angestellte aus dem Büro besuchte mich ab und zu, sie hieß Katja Löwel, und wir hatten uns angefreundet. Nach der so kurzen Freundschaft mit Magdalena hatte es für mich nur den freundschaftlichen Umgang mit Frau Haslinger gegeben, und erst bei Katja konnte ich zum ersten Mal wieder, wenn auch zögernd, von einer Freundin sprechen. Meine Freundin Katja, sagte ich beim Frisör, als ich sie dort für einen Haarschnitt anmeldete. Sie war ein wenig älter als ich, schon dreißig, hatte eine mißglückte Ehe hinter sich und nach ihrer Scheidung die Stelle bei Ölig angenommen. Ihr großflächiges Gesicht war schön geschnitten, sie hatte dunkles Haar und einen dunklen Teint. Zigeunerblut sei in ihr, sagte sie, mit einem Stolz, den ich anfänglich übertrieben fand. »Mein Vater war zur Hälfte Zigeuner, weißt du, und hat seinen eigenen Vater, also meinen Großvater, einen waschechten Roma, im KZ verloren. Der war schon uralt, fast neunzig, als man ihn dorthin verschleppt hat, und ist rasch gestorben. Meine Großmutter und meine Mutter haben meinen Vater bis zum Kriegsende in einer Besenkammer versteckt.« Nachdem sie dies alles in fast heiterem Ton berichtet hatte, fand ich ihren Stolz nicht mehr übertrieben. Ich verstand rasch, daß sie ihn brauchte, weil er sie davor bewahrte, ihre Herkunft zu verschweigen oder zu verleugnen. Sogar ich hatte, außer dieses eine einzige Mal bei Magdalena, zu niemandem mehr über das Dorf, aus dem ich kam, oder über meinen Vater gesprochen, weil mich allein der Gedanke daran noch immer mit Abwehr und Verlegenheit erfüllte. Da Katja sich mir aber sofort als Zigeunerin präsentierte, nur weil ich ihre schöne braune Haut bewundert hatte, da sie mir ohne Umschweife ihre Familiengeschichte klarlegte, obwohl sie gar nicht darüber hätte sprechen müssen, erzählte ich auch von mir. Anfänglich tat ich es mit

Überwindung. Sie aber hörte mir aufmerksam und ruhig zu, ohne jede Überraschung, und da kam mir plötzlich selbst nicht mehr so schlimm vor, was ich an Schlimmem erlebt zu haben meinte. Das tat mir gut. Ich verlor eine Portion Selbstmitleid und gewann ein wenig mehr Selbstsicherheit. Katja und Jonathan Breul waren einander auch gewogen, und so ergab es sich, daß wir manchmal zu dritt ausgingen oder sie beide zum Essen zu mir kamen. Sie aßen, was ich kochte, auch wenn es scheußlich schmeckte, und brachten immer einige Flaschen Wein mit. Damit wir ordentlich nachspülen können, sagten sie fröhlich. Unser Gelächter erfüllte die Wohnung und schien auch all das Leidvolle, das ich hier hatte erleben müssen, hinwegzuspülen. Ich erholte mich, weil ich mich nicht einsam fühlte und doch vor Verliebtheit gefeit war. Davor hatte ich panische Angst. Je wieder zu lieben, oder mir je wieder zu wünschen, geliebt zu werden. Das darf dir nicht nochmals passieren, sagte ich mir. Lange Zeit hindurch konnte ich dies auch beherzigen und schien nichts zu entbehren. Nur wenn Michael kam, fiel sekundenschnell sein Schatten über mich und verdunkelte mir die Welt. Wenn er nach Monaten plötzlich wieder auftauchte, die mich kaltblütig ignorierende, aber weiterhin lieblich schöne Ehefrau an seiner Seite, dann konnte allein sein Anblick mir die Fassung rauben. Wenn er in der Wohnung war, litt ich. Ich vermied, ihn anzusehen, um in seinen Augen nicht diesen feuchten Schimmer wahrzunehmen, den ich ehemals mit einem Gefühl für mich verwechselt hatte. Ich mußte Valium schlucken, um bei seiner Anwesenheit, die ich durch alle Zimmer hindurch körperlich zu fühlen meinte, nicht die ganze Nacht wachzuliegen. Um den Gedanken an unser beider Kind, das wir getötet hatten, abzutöten.

Aber ich lernte. Ich lernte mehr und mehr, mich bewußt abzulenken, gezielt die nötige Dosis mich beruhigender Drogen zu nehmen und in meiner Arbeit und bei meinen Freunden Schutz zu finden. Und sobald ich in der Wohnung wieder für mich sein konnte, kehrte auch wieder Ruhe in mir ein. Ja, die nächsten Jahre verliefen zum größten Teil ruhig, Maria. Damals machte ich beim Ölig-Versand so etwas wie Karriere und gewann dort eine geachtete Position. Ihr verdanke ich, daß Herr Kreuz mich heute geduldig zurückerwartet und die Firma mich trotz meines langen Krankseins nicht hinauswerfen möchte. Ich wurde zu der unentbehrlichen Kraft, die es in jedem Unternehmen gibt, in deren Händen alles zu ruhen scheint, obwohl sie nur Bürokraft ist. Und meist ist ein solches Exemplar eine Frau, wie wir wissen. Der Chef selbst verläßt sich auf sie, und wenn es drauf ankommt, ist er der Mann der Stunde. Aber mir genügte, was ich erreicht hatte, ohnehin war ein Versandhaus nicht das Ziel meiner Lebenswünsche gewesen, mein Ehrgeiz hielt sich in Grenzen. Ich wollte nur unangefochten und mit einiger Würde mein Geld verdienen. Mehr und mehr übernahm ich Frau Haslingers Aufgaben, die sie mir auch gern überließ. »Jetzt laschier ich noch ein bisserl herum«, sagte sie, »bis zu meiner Pension dauert es sowieso nicht mehr lang, mach du nur weiter, Magda. Ich lehn mich gern zurück und schau dir zu.« Manchmal erzählte sie mir von ihrem Schorschi, und ihre Stimme klang immer zärtlicher, wenn sie von ihm sprach. Das Leben mit diesem Mann, der um einiges jünger war als sie, schien sie immer mehr auszufüllen. »Der hat mich alte Schachtel anscheinend wirklich gern«, sagte sie einmal, als wir in der kleinen Küche des Büros saßen, bei Thunfischbrötchen und dem von Frau Haslinger geschätzten Piccolo-Sekt. Die Brötchen, mit täglich anderem Belag, Ei, Schinken oder Salami, ließen wir uns vom Lehrmädchen aus einem Delikatessladen heraufholen, der Bürokühlschrank wurde von Frau Haslinger regelmäßig mit kleinen Sektflaschen aufgefüllt. Fast immer verbrachten wir so plaudernd unsere Mittagspausen, die Beine auf ein und demselben Schemel hochgelagert. Meist ließ man uns beide in dem kleinen Raum allein, die anderen Angestellten gingen gern ein wenig hinaus, schauten in Auslagen und aßen lieber bei Mc Donald's. Sogar Jonathan und Katja schüttelten ihre Köpfe und nannten uns Stubenhocker. »Daß ihr nicht raus wollt aus dem Büromief, zwischendurch«, wunderte sich immer wieder jemand, der um die Mittagszeit seinen Mantel anzog und uns in der Küche verschwinden sah. Aber wir hatten dieses ruhige Stündchen gern für uns, auch Frau Haslinger, das fühlte ich. Es war und blieb die einzige Zeit unserer Vertrautheit. Nie kamen wir auf die Idee, ich könnte sie vielleicht ebenfalls duzen. Es dauerte sogar ziemlich lange, bis ich durch Zufall erfuhr, daß sie mit Vornamen Clotilde hieß, und darüber mußte ich lachen. »Lach nur«, sie lachte selbst, »stell dir vor, der Schorschi nennt mich sogar Clo, noch besser, was?« Ja, und von diesem Schorschi hatte sie begonnen, mir zu erzählen. Daß er schließlich über zehn Jahre jünger sei als sie, sie selbst aber nicht jünger würde und ihn das überhaupt nicht störe. »Ein Wunder, der Mann!« sagte sie und biß versonnen in ihr Thunfischbrötchen. »Seine Liebe ist das Wunder«, gab ich zur Antwort. Da sah sie mich an. »Ja«, sie beugte sich herüber und strich mir plötzlich über die Wange, »die Liebe ist immer ein Wunder, wenn's wirklich eine ist.« Es war einer dieser Sätze, die mir ganz nebenbei verrieten, wie wissend und mitfühlend sie war. Wenn ich aber von der Anwesenheit des jungen Paares in der Wohnung sprach, was oft unumgänglich wurde, weil ich sie über Dinge, die ihre Wohnung betrafen, informieren mußte, fielen Frau Haslingers Antworten und Kommentare äußerst karg aus. Sie vermied es, mit mir über ihren Sohn zu sprechen. Und über die Schwiegertochter fiel nach ihrem Urteilsspruch »Tussi« kaum noch ein Wort. Sie schien sich aus dem Leben der beiden weitgehend herauszuhalten und sich mehr und mehr auf die Liebe zu ihrem Schorschi einzulassen.

Liebe Maria, ich muß für heute schließen. Die Sonne ist untergegangen, der Himmel und das Meer glühen rot, an den Nebentischen ist schon für das Abendessen gedeckt.

Geht alles gut bei Ihnen?

Ein viel zu schneller Gruß jetzt, aber von Herzen.

Magda

10. August

Liebe Frau Magda,
auch ich werde Ihnen heute sicher einen viel zu schnellen Gruß schicken, weil ich den Brief jetzt schon viel zu schnell schreiben muß. Aber alles geht gut bei mir, sehr gut sogar. Ich fahre nämlich mit Lukas über das Wochenende weg, noch heute abend. Er hat einen weit entfernten Onkel, der lebt am Land, wir fahren ungefähr drei Stunden mit der Bahn dorthin. Ich habe diesen Onkel noch nie kennengelernt, er ist schon ziemlich alt, und der will dem Lukas auf einmal sein Haus vererben, stellen Sie sich das vor, Frau Magda!!!! Ich mache so viele Rufzeichen, weil ich so aufgeregt bin. Wir sollen schnell kommen, ich glaube er ist

krank, der Onkel, und er möchte den Lukas sehen und ihm gleich alles überschreiben. Der Lukas selber ist aus allen Wolken gefallen. Daß mich der Onkel Willi überhaupt noch kennt, hat er gesagt, ich war das letzte Mal bei ihm, da war ich vierzehn Jahre alt. Wie das Leben halt so spielt, hab ich recht obergescheit geantwortet, ein besserer Satz ist mir nicht eingefallen. Aber das Leben spielt wirklich mit uns herum, ich denk das so oft bei dem, was Sie mir erzählen. Ich werde Ihren letzten Brief in der Eisenbahn noch einmal lesen, heute bin ich nur darübergeflogen. Aber bitte erzählen Sie weiter, auch wenn ich erst in drei Tagen antworten kann. Aber dann finde ich ja alle Ihre Briefe beim Portier und werde mich beeilen. Die Frau Haslinger habe ich auch sehr gern, aber auch den Jonathan und die neue Freundin Katja. Im Moment klingt ja alles recht gut, aber wie gesagt, das Leben spielt, und bei Ihnen kommen sicher noch ein paar wilde Spiele, weil Sie doch so traurig und krank geworden sind. Ich hab auch einmal eine Zigeunerin gekannt, die hat mir aus der Hand gelesen. Mit meiner Freundin Lolli war ich bei ihr, in einer Baracke beim Schuttabladeplatz hinter dem Opelwerk hat die Wanda Kunden gehabt, die die Zukunft wissen wollten. Die Wanda war eine richtige Zigeunerin, wissen Sie, mit langen Röcken, gleich ein paar übereinander, rot und gelb und lila, und mit langen, schwarzen Haaren und großen goldenen Ringen an den Ohren, halt so, wie man sich eine Zigeunerin vorstellt. Sie war aber eine liebe Person, und bei meiner Hand hat sie gelacht und gesagt, spar dir dein Geld, da ist nur dein gutes Herz zu sehen, alles in Ordnung. Die Lolli war direkt beleidigt, hab ich vielleicht kein gutes Herz? hat sie gefragt. Du wirst ins Ausland gehen, hat die Wanda auf einmal ganz ruhig gesagt. Und das hat ja dann gestimmt. Wir haben die Wanda noch ein paarmal besucht, nur so, und einen komischen Tee aus irgendwelchen Blumen getrunken, es war gemütlich in ihrer kleinen Baracke, innen waren alle möglichen bunten Stoffe an die Wand genagelt und die Matratzen waren auch bunt, man ist nur auf Matratzen gesessen. Eines Tages war sie verschwunden, die Wanda, jemand soll sie ermordet haben, hat man uns erzählt, aber wer weiß, ob das stimmt. Ich habe das Gefühl gehabt, die Leute wären zufrieden gewesen, wenn man sie ermordet hätte, deshalb haben sie das erzählt. Aber weg war sie, ganz plötzlich, über Nacht. Und die Baracke ist abgerissen worden, weil dort ein Einkaufszentrum gebaut werden sollte, aber da war ich schon nicht mehr bei Opel. Mein Gott, was erzähle ich da vor mich hin, statt meinen Koffer zu packen, der Lukas schimpft gerade wie ein Rohrspatz, und diesmal hat er recht. Trotzdem hilft er mir und bringt jetzt rasch den Brief für mich zu Ölig, damit wir rechtzeitig zum Bahnhof kommen. Ganz herzliche Grüße schickt Ihnen

Ihre Maria

11. August

Liebe Maria,
das ist ja eine wunderbare Nachricht, ein Haus auf dem Land für Sie beide! Ich bin schon neugierig, was Sie mir von dieser Reise erzählen werden, wie das Haus aussieht, was für ein Mensch dieser Onkel ist, ob es eine hübsche Gegend ist, in der er lebt.

Und ich werde weitererzählen, Maria, das ganze Wochenende über, jedenfalls habe ich das vor. Es ist wieder stiller geworden hier, das Ehepaar ist abgereist, und auch der Professor fährt morgen früh. Er muß zu einer Fernsehdiskussion, die er nicht absagen kann, obwohl er es gern täte, hat er gesagt. Es geht in dieser Sendung um die Philosophie des Alltags, also darum, inwieweit Menschen auf schlichte Weise philosophisch reagieren, um ihr alltägliches Leben zu bewältigen, und sei es in Form von Sprichwörtern, wie »Kommt Zeit, kommt Rat«, oder »Aller Anfang ist schwer«. Wir haben dann viele solcher Sätze und Floskeln zusammengesucht. Zuletzt hat er mich angeschaut und gesagt: »Sei allem Abschied voran, als läge er hinter dir.« Das ist Rilke, habe ich eingewandt. Warum nicht Rilke, Alltagsphilosophie par excellence und geht gleichzeitig darüber hinaus, meinte er. Er wird mir fehlen, der Professor, ich gebe es zu. Die Gespräche mit ihm werden mir fehlen. Heute werden wir noch gemeinsam zu Abend essen, die Wirtin brät irgendeinen besonderen Fisch, den er liebt. Von meinem Balkon aus sehe ich, daß er sein Badetuch auf der Hafenmauer verlassen hat und hinausgeschwommen ist. Ziemlich weit hinaus, sein Kopf ist ein kleiner dunkler Punkt in der Bläue, manchmal verschwindet er hinter einer Woge. Er schwimmt langsam, und ich glaube, daß er das Dorf und die Felswände vom Meer her betrachtet und sich alles einprägen will. Ich glaube, er läßt sich von den Wellen wiegen und nimmt mit den Augen Abschied.

Ich habe heute keine Lust zu schwimmen.

Ich möchte meine Erzählung fortsetzen und denke deshalb jetzt an Frau Haslinger zurück und wie sehr sie zu lieben begann. Ja, sie begann zu lieben. Unsere Mittagsgespräche, ihr Gesicht und ihre Augen, ein weicherer Ausdruck plötzlich, auch das Schlichtere ihrer Kleidung und ihrer Bewegungen, so, als hätte sie es nicht mehr nötig, auf sich aufmerksam zu machen, all dies erzählte mir davon. Von einem Neubeginn in einer bereits länger währenden Beziehung. Ich fand das schön. Wenn wir unsere Mittagsbrote verzehrten, versuchte ich ein wenig nachzufragen, aber sie gab kaum Auskünfte. Auch ihre Verhaltenheit war neu, etwas Scheues, das ich bei ihr nie angenommen hätte, kam plötzlich zum Vorschein, manchmal sah sie mich an wie ein Kind. »Frag mich nicht, Magda«, sagte sie einmal, »aber vielleicht muß man älter werden, um einen anderen Menschen wirklich lieben zu können.« Und das sagte sie mit diesen Kinderaugen. Ich hörte auf, ihr Fragen zu stellen, konnte jedoch nicht vermeiden, daß ich sie ein wenig beneidete. Vielleicht muß eben auch ich älter werden, sagte ich mir schließlich, vielleicht kann ich eben noch nicht wirklich lieben und mache alles falsch, und deshalb lasse ich es vorläufig besser sein. Dieser Gedanke hatte etwas Tröstliches, und ich hielt mich an ihn. Michael und seine Jasmine kamen im Lauf der nächsten Jahre immer seltener, und wenn sie da waren, wurden sie mehr und mehr zu Gästen in einer Wohnung, die meine zu sein schien. Irgendwann, als mein Gehalt bei Ölig tüchtig gestiegen war, bat ich Frau Haslinger, ihr auch ganz allein die volle Miete zahlen zu dürfen. Sie wehrte es vorerst ab. »Wieso, Magda? Die beiden haben Geld, mein Sohn hat reich geheiratet, wie du weißt, ich sehe nicht ein, warum wir ihnen das abnehmen sollen.« »Es täte mir einfach gut«, sagte ich. Da sah sie mich aufmerksam an. »In Ordnung«, meinte sie dann, »wenn es dir gut tut, bist du die Mieterin. Es ist deine Wohnung.« Sie muß das später auch mit Michael besprochen haben, denn die Besuche aus Rom, wo er und Jasmine sich niedergelassen hatten, wurden fast ganz eingestellt. Und eines Tages, als sich Frau Haslinger wie jeden Morgen hinter ihren Schreibtisch setzte, sagte sie beiläufig und ohne zu mir herzusehen: »Ich werde Großmutter, Magda, was sagst du dazu.« Ich sagte nichts dazu, und Frau Haslinger schien es auch nicht wirklich zu erwarten. Vielleicht wußte sie, daß Tränen meine Augen füllten, Tränen, die ich haßte und die ich nicht mehr verstehen wollte. Sie nahm sich jedenfalls sofort die auf sie wartende Arbeit vor und beugte sich über ihre Unterlagen, bis ich mich wieder gefangen hatte. Erst dann sah sie zu mir her. »Heute mittag wär's mir nach ganz lausigen Würsteln mit Senf, dir auch, Magda?« Ich nickte. Da lächelte sie mir zu. »Gut. Die Emmi soll uns heute Würstel heraufbringen, und Bier.« Ich nickte wieder. Und dann konnte ich mich auf einmal nicht beherrschen, ich fragte: »Bub oder Mädel?« »Was?« Frau Haslinger tat, als verstünde sie mich nicht. »Wird Ihr Enkelkind ein Bub oder ein Mädchen?« fragte ich jetzt laut und deutlich. Da verglomm Frau Haslingers Lächeln, und sie sah mich traurig an. »Ein Mädchen«, sagte sie dann, »es wird ein Mädchen, Magda.« Jetzt beugte ich mich rasch über meine Arbeit und hob sehr lange den Kopf nicht mehr von ihr hoch. Wir schwiegen beide, arbeiteten stumm bis zur Mittagspause. Erst als wir bei den Würsteln saßen und krachend hineinbissen, gelang mir die Bemerkung: »Lausig, aber gut.« Frau Haslinger sah mich erleichtert an. »Wie das Leben«, sagte sie dann, wir stießen mit unseren Bierdosen an und rülpsten laut wie zwei Bauarbeiter, nachdem wir getrunken hatten.

In den Monaten von Jasmines Schwangerschaft gab es keinen einzigen Besuch des Paares in der Fliegengasse, und ich habe Frau Haslinger nie wieder nach diesem Kind gefragt. Als sie eines Tages Urlaub nahm, um kurz nach Rom zu fliegen, war mir klar, weshalb. Den anderen Kollegen hatte sie nichts vom Grund ihrer Reise gesagt, und als sie ins Büro zurückkehrte, tat sie es kommentarlos. Auf Jonathan Breuls Frage: »War schönes Wetter in Rom?« nickte sie nur. Wir zwei saßen nach unserer Begrüßung wieder schweigsam nebeneinander an den Schreibtischen, eine Last schien sich zwischen uns aufzutürmen. Bis Frau Haslinger ihren Drehsessel in meine Richtung wandte, sich zu mir herüberbeugte und mit leiser Stimme sagte: »Ich kann es dir nicht für immer verschweigen, Magda, daß ich jetzt eine Enkeltochter habe, die Mariella heißt und ganz entzückend ist. Irgendwann wird Michael wohl mit Frau und Kind zu Besuch kommen, und du wirst sie sehen und kennenlernen müssen. Geht das für dich?« Ich nickte stumm. »Gut«, sagte Frau Haslinger, drehte sich wieder ihrer Arbeit zu, und wir sprachen kein Wort mehr über diese Angelegenheit. Obwohl ich sicher bin, daß sie ihre Enkelin trotz aller Aversion gegen die Schwiegertochter zu lieben begonnen hatte. Ihre Kurzurlaube Richtung Rom nahmen zu, und vielleicht hätte sie mir gern von Mariella erzählt. Aber sie schwieg und zeigte mir auch niemals ein Foto von dem Kind. Es dauerte ziemlich lange, bis ich das kleine Mädchen sah, da konnte es schon laufen. Es torkelte, die Hände ausgestreckt, im großen Vorzimmer der Wohnung auf mich zu und lächelte mich ebenso bezaubernd an, wie es zu Beginn seine Mutter getan hatte. Ich hob Mariella hoch und lächelte ebenfalls, ihr kleines pausbackiges Gesicht ganz nah dem meinen. Michael kam aus seinem Zimmer und starrte uns beide an, es war, als zöge ein Hauch von betretener Erinnerung durch seine Augen. Dann aber tauchte Jasmine hinter ihm auf, er rief: »Komm Mariella, Schatz, das Bettchen ruft!«, nahm mir das Kind rasch aus den Armen, und die Familie zog sich hastig zurück.

Maria, meine Liebe, ich schreibe morgen weiter. Jetzt dämmert es und ich werde mich für das letzte Abendessen mit dem Professor – na ja, sagen wir halt: hübsch machen.

Nächster Tag.

Es ist absolut still über dem kleinen Hafen vor mir, ich schreibe wieder auf meinem Balkon, da es auch heute nicht zu heiß ist. Der Strohhut, den ich dann stets aufsetze, gibt mir genügend Schatten, und vom Meer her weht eine leichte Brise. Auf dem Pier liegt heute niemand mehr, kein Badetuch, kein Sonnenschirm zu sehen, ich könnte völlig ungestört schwimmen und mich sonnen, als wäre das Hafenbecken mein Eigentum. Auch die Boote schlingern sonntäglich unbenützt vor sich hin, keiner der Fischer macht sich an ihnen zu schaffen. Aber seltsamerweise fehlt mir heute die Lust hinunterzugehen. Ich schreibe lieber weiter an Sie, Maria. Wie es Ihnen wohl im Hause des Onkels ergeht? frage ich mich und erwarte neugierig Ihren Bericht.

Ich bin heute außerdem ein wenig müde und verkatert, das Essen mit dem Professor mündete in unzähligen Gläsern vom weißen Hauswein, die Wirtin brachte und brachte, einen Krug nach dem anderen tischte sie auf, sie muß selbst viel zu spät ins Bett gekommen sein. Wir saßen unter der Glühbirne, die aus den Olivenbäumen herab unseren Tisch erleuchtete, und rundum lag die Nacht mit ihrem Sternenhimmel und den silbernen Wogenkämmen, die über das schwarze Meer rauschten. Wir haben uns sehr gut unterhalten, der Professor und ich, komischerweise an diesem letzten Abend besser denn je. Jetzt ist er weg. Als er früh am Morgen davonfuhr, schlief ich wohl noch, denn ich habe nichts davon mitbekommen. Nun ja. Alles nimmt einmal ein Ende.

Aber weiter in meinem Lebensbericht, den Ihnen zu liefern ich mir mittlerweile so auferlegt habe, als ginge es um mein Leben. Ja, meine liebe Maria, trotz der Geburt der kleinen

Mariella, trotz der seltenen und meist kurzfristigen Aufenthalte von Vater, Mutter, Kind in der Wohnung und trotz des Schmerzes, der mich dabei immer noch überfallen konnte, eine Zeitlang »klang wirklich alles recht gut«, wie Sie in Ihrem letzten Brief bemerkten. Meist wohnte ich ja allein und ungestört in der Fliegengasse, konnte Gäste empfangen oder mich mit meinen Büchern zurückziehen, ganz nach Belieben. Ich kaufte mir einen eigenen Fernsehapparat, der allen damaligen technischen Möglichkeiten entsprach und von meinen Freunden als »toll« eingestuft wurde. Damals veränderte sich vieles, die Errungenschaften der Technik, die einander in rasantem Tempo folgten, begannen auch den normalen Sterblichen in Besitz zu nehmen, etwas, das heutzutage ja gang und gäbe ist. Laptops und Handys regieren mittlerweile die Welt, nur wir beide, Maria, verhalten uns völlig anachronistisch, wie schon festgestellt, und betreiben unseren altmodischen Faxbrief-Wechsel, gottlob, möchte ich sagen. Aber im Büro des Ölig-Versands wurde sehr früh ein Faxgerät installiert, anfänglich für uns alle ein Wunderwerk. Es dauerte jedoch nicht lange, und der erste Computer tauchte bei uns auf, damals noch ein wuchtiges Ungetüm, von allen so mißtrauisch beäugt, als hätte Satan selbst zwischen unseren arglosen Schreibtischen sein Zelt aufgeschlagen. Ich aber blieb furchtlos und war eine der ersten, die einen Kurs besuchte, um damit umgehen zu lernen. Seltsamerweise hatte ich Geschick für technische Neuerungen jeglicher Art, was mich zwar nicht daran hindert, bis heute ohne Handy und Laptop durchs Leben zu gehen, was aber damals meine Position bei Ölig erneut aufwertete. Mein Gehalt wurde kräftig aufgebessert, und da ich allein lebte und nur für mich zu sorgen hatte, hatte ich plötzlich Geld. Meine Bibliothek wuchs, ich interessierte mich noch mehr für Literatur, besuchte Konzerte, ging in die Oper, ins Theater und so oft in gute Restaurants, daß ich mich mehr und mehr zum Feinschmecker entwickelte. Ich kleidete mich erlesen und führte durch lange Jahre das Leben eines wohlbestallten »Single«, um einmal – und nie wieder, ich verspreche es – dieses Wort zu benutzen, das damals in Mode kam. Katja, die Zigeunerin, blieb meine engste Freundin, wir unternahmen vieles gemeinsam und verstanden uns gut, ohne viele Worte zu machen und ohne jeden Zwist. Es war keine jener Frauenfreundschaften, bei denen das Innerste ausgepackt und dann oft bis zum Äußersten gestritten wird. Immer wieder waren wir auch zu dritt, weil Jonathan Breul sich uns gerne anschloß. »Trio infernal« nannten wir uns dann, nicht sonderlich originell zugegebenermaßen, aber wir kamen uns gut vor, wenn wir uns so bezeichneten. Obwohl unseren Vergnügungen nichts Infernalisches anhaftete, wir waren auf brave Weise kunstinteressiert, widmeten uns dem, was eine große Stadt kulturell zu bieten hat, gingen gern gut essen und tranken ab und zu ein wenig zu viel Alkohol, das war alles. Bis Katja Löwel plötzlich eigenartig wenig Zeit für uns hatte, auch mich allein kaum noch traf, nach Büroschluß oft geheimnisvoll lächelnd davonstob und uns eines Tages mit der Nachricht überraschte, sie werde demnächst heiraten. Ich starrte sie so entgeistert an, als hätte sie mir einen Mord gestanden. »Wen um Gottes willen willst du denn schon wieder heiraten?« fragte ich. Katja lachte. »Was heißt um Gottes willen, Magda! Ich heirate eben wieder. Diesmal ist es anders. Ich heirate meinen Frauenarzt, es war Liebe auf den ersten Blick.« »Natürlich«, sagte Jonathan, »diesem Blick entgeht schließlich nichts.« »Du bist ein Arsch«, meinte Katja, »aber ihr müßt unbedingt bei meiner Hochzeit dabeisein. Und bitte meine Freunde bleiben, ich hör nämlich auf, bei Ölig zu arbeiten.« Beides taten wir, oder versuchten es zu tun. Wir kamen brav zu ihrer Hochzeit, langweilten uns bei Champagner und mehrstöckiger Torte, sagten ihr, sie sehe hinreißend aus in ihrem weißen Seidenkostüm und mit der weißen Rose hinter dem Ohr, begrüßten den Frauenarzt, der ein fescher graumelierter Mann war, und bemühten uns sehr, ihre Freunde zu bleiben. Das begann schon damit, daß wir sie nicht vor der fürchterlichen Mutter warnten, die hinter ihrem feschen, graumelierten Frauenarzt drohte. Diese nach schwerem Parfum duftende, ständig grell schwatzende Frau drängte sich unaufhörlich an die Seite des Paares und ließ ihre flinken Blicke nicht vom Sohn, als der in Katjas Armen über die Tanzfläche schwebte. Jonathan und ich sahen uns an. »Das wird was«, sagte er leise, und ich nickte. Ich war traurig, Katja wieder verloren zu haben. Sie heiratete offensichtlich ein Muttersöhnchen und würde mit Sicherheit bald in die Fänge einer bösen, besitzergreifenden, alten Frau geraten. Meine schöne stolze Freundin, wohin hatte ihr Zigeunerblut sich da verirrt. »Arme Katja«, sagte ich. Jonathan sah mich ruhig an. »Höchstwahrscheinlich haben wir meist etwas davon, wenn die anderen glauben, daß wir nur ins Messer laufen. Etwas, wovon die anderen nichts wissen, sonst täten wir's ja nicht«, antwortete er.

Schon drei, vier Wochen später rief Katja an, ob sie mich besuchen könne. Und als sie abends bei mir klingelte und ich die Wohnungstür öffnete, war ihr Gesicht naß von Tränen, und sie umarmte mich, als wäre mein Körper der Rettungsring und sie die Ertrinkende. Ich führte sie in den Salon, zu einem kleinen Imbiß und einer Flasche Wein, und dann brach aus ihr hervor, was wir vorausgesehen hatten. Die Mutter ihres Mannes mache ihr das Leben zur Hölle, und er sei unfähig, sich zu wehren, sei wie paralysiert, stünde nicht zu ihr, seiner Frau, und käme ihr nicht zur Hilfe. Im Gegenteil, er beschuldige stets sie und verteidige seine Mutter. »Also?« fragte ich, nachdem sie sich ausgeweint hatte. »Was also?« fragte sie verdutzt. »Nimmst du den Kampf auf oder gehst du?« Sie schaute vor sich hin. Dann hob sie den Kopf und sah mich an. »Wenn ich gehe, darf ich dann zu dir kommen?« fragte sie. »Natürlich«, antwortete ich. »Dann bleibe ich noch und kämpfe«, sagte sie. Es wurde ein lebenslanger Kampf, Katja blieb verheiratet. Sie blieb und kam nie zu mir. Irgendwann starb die Mutter des Frauenarztes an Krebs, und irgendwann, nachdem sie diese noch bis zu ihrem Tode betreut hatte, ohne daß ihr Gatte auch nur einen Finger rührte, da er angeblich das Leid der Mutter nicht mit ansehen konnte, blieb Katja Siegerin. Eine erschöpfte, freudlose Siegerin, die letztlich nichts anderes als den längeren Atem gehabt hatte. Nicht die Liebe hatte gesiegt, sondern die Zeit.

Wir trafen einander immer wieder in diesen Jahren, aber unsere Freundschaft hatte an Glanz verloren, weil die Trübsal ihrer Ehe sich auf uns übertrug. Sie benützte unsere Begegnungen, um unaufhörlich über ihre unerfüllte, abhängige Situation als Frau zu klagen. Als ich ihre endlosen Klagen und Anklagen irgendwann nicht mehr ertrug und ungeduldig sagte: »Dann trenn dich doch endlich von ihm, Katja, und geh weg!«, sah sie mich nur verstört an. Sie wollte so etwas gar nicht hören. Sie wollte jammern und klagen, und ich sollte Klagemauer sein.

Katjas Verwandlung in eine unglückliche Ehefrau hatte auch unser »Trio infernal« verblühen lassen, und wenn wir doch noch einmal zu dritt ausgingen, war Jonathan anzumerken, daß er diesen Frauenjammer verabscheute, und meist verabschiedete er sich bald. Aber mit mir allein war er nach wie vor gern unterwegs, er blieb aus Gründen, denen ich nicht hinterherdachte, unverheiratet, hatte also immer Zeit, wenn ich irgendeine Unternehmung vorschlug, und für viele galten wir wohl als Paar, da man uns ständig beisammen sah. Wir wurden gemeinsam zu Partys eingeladen, und wie selbstverständlich erwartete man bald nur noch »Magda und Jonathan«, als wäre ein Name und eine Person allein nicht mehr denkbar. Ich ließ es mir gern gefallen, denn mein gesellschaftliches Leben war im Doppelpack leichter zu bewältigen, eine Frau allein galt nichts. Ich frage mich, ob das heutzutage immer noch so ist, ich bin in den letzten Jahren kaum in Gesellschaft gegangen. Damals jedenfalls war ich heilfroh, daß Jonathan sich mir als »ständiger Begleiter« zur Verfügung stellte. Aber, Maria, einmal geschah es denn doch. Einmal schlief ich mit ihm. Es geschah, nachdem ich mich bei der Geburtstagsfeier einer Kollegin sinnlos betrunken hatte und Jonathan sich verpflichtet fühlte, mich nach Hause zu bringen. Wir lachten, als er mich, die nicht mehr grade stehen konnte, das Treppenhaus hinaufschleppte und in der Wohnung schließlich auf eines der Sofas im Salon fallen ließ. Aber als ich dann so vor ihm lag, aufgelöst und immer noch glucksend, hörte er plötzlich auf zu lachen, und seine Augen blickten anders als sonst. Nicht mehr die Augen meines Freundes Jonathan Breul sahen mich an, sondern Männeraugen. Traurige Männeraugen, wie mir schien. Das Begehren, das ich in ihnen wahrnahm, erweckte mein Mitleid, so sehr, daß ich die Beine breit machte. Natürlich, ich war total besoffen und hatte lange mit keinem mehr geschlafen. Vor allem aber öffnete ich mich Jonathans Blick, das weiß ich. Von dem, was dann geschah, weiß ich so gut wie nichts mehr. Wie das mit uns beiden ablief, ob wir es genossen oder ob ein Debakel daraus wurde, kann ich beim besten Willen nicht sagen. Was ich aber heute noch vor mir sehe, ist das sanfte, betretene Lächeln, mit dem er sich zu mir herabbeugte, um behutsam eine Decke über mich zu breiten. Ich glaube, daß er da ebenfalls noch nackt war und daß ich zurücklächelte, ehe ich in Sekundenschnelle einschlief. Als ich dann irgendwann am späten Sonntagmorgen mit brummendem Schädel erwachte, war Jonathan nicht mehr da. Und als wir uns tags darauf im Büro wiedersahen, benahmen wir uns wie die Freunde, die wir immer gewesen waren, und erwähnten den nächtlichen Zwischenfall vom Wochenende mit keinem Wort. Wir bemühten uns, gute Freunde zu bleiben, schattenlos und heiter. Ich kam damit ohne Mühe zurecht, er war für mich ein Freund, sonst nichts, und ich habe mich nie gefragt, wie es Jonathan mit mir erging. Wie ihm in meiner Gegenwart wirklich zumute war. Was sein trauriger Männerblick bedeutet hatte. Vielleicht, Maria, bin ich an etwas vorbeigegangen, das ein Innehalten wert gewesen wäre. Vielleicht habe ich etwas verworfen und versäumt, oder schlicht nicht wahrgenommen, was darauf gewartet hat, von mir erkannt zu werden. Ich weiß es nicht. Ich hatte Jonathan Breul von Herzen lieb, aber ich liebte ihn wohl nicht. Warum wir Liebe so oft dorthin verschwenden, wo man sie uns als Schmerz zurückschleudert, bleibt eines der Geheimnisse des Lebens. Freilich tun wir das nicht alle, Sie, liebste Maria, sind für mich ein schönes Gegenbeispiel, aber ich gehöre wohl zu dieser Spezies. Zur Spezies derer, die »immer den Falschen lieben«. Nicht den Falschen, möchte ich einwenden, sondern den Unerreichbarsten. Den, der sich nicht fügt und nicht einfangen läßt. Den, der nicht mit gleicher Intensität zurückliebt. Der eine andere Kraft gibt und fordert als die von uns erträumte. Der uns sterben läßt.

Aber ich schweife ab. Mein Freund Jonathan Breul hat viel später doch noch geheiratet, er wurde der etwas zu alte Vater eines Jungen, den er abgöttisch liebte, und seine Frau war eine stille, in sich gekehrte Frau, die ich selten zu Gesicht bekam. Wenn Jonathan und ich uns trafen, dann meist ohne sie. Dann sprachen und lachten wir in unserer vertrauten Weise miteinander, die niemand so recht mit uns teilen konnte. Auch, als er nicht mehr beim Ölig-Versand arbeitete, verabredeten wir uns ab und zu in einem Café oder Restaurant und erzählten einander, was in der Zwischenzeit geschehen war oder eben nicht. Warum er seine Tätigkeit aufgab, weiß ich nicht genau, aber ich nehme an, daß er möglichst viel mit seinem Sohn zusammensein wollte. Er hat einmal erwähnt, daß seine Frau vermögend sei, daher war es ihm wohl möglich, nicht mehr zu arbeiten und daheim bei seinem Kind zu bleiben. Er fehlte mir im Büro. Auch Katja hatte ich anfangs schmerzlich vermißt. Aber am schlimmsten wurde es für mich, als Frau Haslinger ihren Abschied nahm. Ihr Schorschi, der jüngere, also für sie ewig junge Mann, den wahrhaft zu lieben sie gelernt hatte, erkrankte an Multipler Sklerose. Das stellte sich kurz vor ihrer Pensionierung heraus. Sie hatte sich darauf gefreut, in Rente zu gehen, »dann hab ich endlich mehr Zeit für das Leben«, sagte sie zu mir in einer unserer Mittagspausen. Und jetzt ging es plötzlich darum, genügend Zeit dafür zu haben, einen unheilbar kranken Mann zu pflegen. Aber sie beklagte sich nicht, auch mir gegenüber nicht. »Wenigstens kann ich jetzt ständig bei ihm sein, und das, solang er mich braucht«, sagte sie nur. Sie hatte sich sehr verändert, die Frau Haslinger. Natürlich war sie älter geworden, aber sie sah schön aus. Schöner denn je, fand ich. Auch weil sie vor einiger Zeit aufgehört hatte, ihre Haare rot zu färben. Schneeweiße Locken umgaben ihr ungeschminktes Gesicht mit den feinen Fältchen und den rosigen Wangen. »Sie sehen aus wie ein Kirschbaum in voller Blüte«, sagte ich zu ihr, als sie eines Tages den letzten Rest roter Strähnen durch einen kräftigen Haarschnitt hatte entfernen lassen und mit diesem weißen Wuschelkopf im Büro erschien. Da lachte sie hell auf. »Wie der Schorschi, Magda! Dein Kopf blüht ja wie ein Obstbaum im Frühling, hat er zu mir gesagt!« Bei dem kleinen Abschiedsfest, das wir ein paar Monate darauf im Büro für sie veranstalteten, hatte der Kirschbaum nichts an Blüten eingebüßt, die weißen Locken wirbelten, sie trank Piccolo-Sekt, stieß mit allen an, lachte laut, trug über ihrem nach wie vor wohlgeformten Busen einen leuchtend roten Pullover, sie wollte wohl leuchten und mutig sein. Mir aber schien, als wäre ihr Wille wie ein Seil um Scherben gewunden, die nicht auseinanderfallen sollten. Frau Haslinger bewahrte Haltung und nahm heiter Abschied. Als wir beide uns jedoch einmal kurz in die kleine Küche zurückzogen, die so viele Jahre hindurch Ort unserer freundschaftlichen Vertrautheit gewesen war, da sah sie mich plötzlich mit müden, traurigen Augen an, strich mir über die Wange und sagte: »Es wird schon noch eine Weile gehen mit dem Schorschi, weißt du. Das Ganze hat sich so überraschend herausgestellt, man will es ja gar nicht glauben. Aber man muß. Und ich werde schon dazuschauen, daß er noch – daß wir es noch schön und lustig haben. Solang es eben geht.« Jetzt stiegen ihr Tränen hoch und sie schluckte, ehe sie weitersprechen konnte. »Schau auf dich, schau, daß es dir gut geht, Magda. Behalte die Wohnung, solang du willst, und kümmere dich nicht um das, was vorbei ist, ja? Sei so glücklich, wie du nur kannst, das Leben ist kurz, alles ist immer viel kürzer, als wir glauben, paß auf deine Zeit auf –« Nun begann sie zu weinen und drückte mich lange und fest an sich. »Ruf mich mal an«, sagte sie noch, ehe sie ihre Augen trocknete und rasch die Küche verließ.

Ich hab die Frau Haslinger nicht oft angerufen, ganz selten nur, wenn etwas zu besprechen war. Sie klang immer fröhlich am Telephon. Und wenn ich mich zögernd nach dem Zustand des Mannes erkundigte, sagte sie Sätze wie »Der Schorschi ist und bleibt meine ganze Freude« oder »Uns kann nichts passieren, Magda, wir lachen viel zu viel«. Sie verlor kein Wort über Krankheit und Hinfälligkeit. Und ich glaube, daß sie weder log noch sich und den anderen etwas vormachte. Ich glaube, daß sie auf gewisse Weise glücklich war. Einmal wurde sie gesprächiger, als ich anrief. »Ich habe grade meine kleine Mariella bei mir, die Eltern sind auf Urlaub in Südafrika, und sie frisiert den Schorschi dauernd, der hat doch so dichte lange Haare und bleibt geduldig wie ein Schaf, wenn sie dran herumreißt.« Dann verstummte sie plötzlich, ich hörte ein kurzes Aufseufzen, als wäre sie mit sich unzufrieden. »Spricht Mariella eigentlich Italienisch?« fragte ich rasch, um Frau Haslinger von dem Gefühl zu befreien, es wäre besser, mit mir möglichst nicht über die Enkeltochter zu sprechen. »Ein köstliches Kuddelmuddel aus Italienisch und Deutsch«, Frau Haslinger antwortete hörbar erleichtert, »sie wird zweisprachig erzogen, weißt du. Zu mir sagt sie nonna, aber zum Schorschi Schorschi, aus ihrem Mund klingt das zum Schieflachen. Der Michael bringt mir die Kleine jetzt öfter mal her, ich soll viel deutsch mit ihr sprechen.« Nachdem ihr der Name des Sohnes plötzlich in den Bericht geraten war, lenkte sie ab. »Wie geht es dir, Magda, alles in Ordnung?« »Es geht mir gut«, sagte ich. Danach wurde Michael niemals mehr erwähnt. Ich sah ihn auch nie wieder. Die Besuche in der

Fliegengasse wurden gänzlich eingestellt, die Familie war jetzt wohl bei der Mutter und Schwiegermutter zu Gast, wenn sie angereist kam. Und mein Kontakt zu Frau Haslinger brach ab, als ich selbst eine andere Wohnung nahm und die Fliegengasse ebenfalls verließ. Diese andere Wohnung, Maria, war die, in der ich jetzt noch lebe, die Sie ja so genau kennengelernt haben, als Sie mit Lukas in unser Haus zogen, und in der Sie jetzt nach dem Rechten sehen, während ich hier bin. Ich wurde noch ein letztes Mal von Frau Haslinger angerufen, als sie mir mit gläsern ruhiger Stimme mitteilte, daß ihr Schorschi gestorben sei. »Es war nicht arg«, sagte sie, »er ist gut eingeschlafen.« »Das tut mir leid«, nur dieser Satz fiel mir ein. »Muß es nicht, Magda, wir hatten eine wunderbare Zeit«, gab sie zur Antwort, »schau du aber drauf, daß dir nichts leid tut, wenn es zu spät ist. Nur was uns zu spät leid tut, ist schlimm, glaub mir. Machs gut, meine Liebe.« »Auf Wiedersehen«, sagte ich. Aber wir sahen uns nie wieder. Ich kann Ihnen nicht einmal sagen, ob Frau Haslinger noch lebt. Wenn, dann ist sie mittlerweile sehr alt und ihre Enkeltochter Mariella ein junges Fräulein.

Liebe Maria, ich habe den ganzen Tag über geschrieben, nur einmal hat mich die Wirtin mit energischer Stimme gerufen, auf meinen Kopf gedeutet und gesagt: »Braucht Essen, nicht nur Wein in der Nacht.« Ich lobte ihren deutschen Satz und aß ihr Rührei mit Schinken auf. Dann saß ich wieder über dem Briefblock.

Jetzt dämmert es, eine violette Dämmerung voll rosiger Streifen, eine Mondsichel mittendrin, und alles spiegelt sich im Meer, das heute abend auch so glatt ist wie ein Spiegel. Die Lampe über meiner Balkontür brennt. Jetzt höre ich auf zu schreiben und warte auf Ihr nächstes Fax, wohl mit dem Bericht, wie es beim Onkel war. Dann erzähle ich Ihnen, was dazu geführt hat, daß ich die Fliegengasse verließ.

Es wird fast ein wenig traurig sein, heute ganz allein beim Abendessen zu sitzen, aber ich bin reif dazu, mich danach bald ins Bett zu legen.

Bis bald, liebe Maria, lassen Sie sich umarmen von einer sehr müden

Magda

14. August

Liebe Frau Magda.
Ich weiß gar nicht, wo ich anfangen soll, bei Ihnen oder bei mir. Gestern, am Montagabend, sind wir ja erst zurückgekommen, mit einem Spätzug, dafür habe ich heute aufholen müssen und den ganzen Tag das Treppenhaus aufgewaschen und geputzt. Dann war ich rasch noch bei Ölig und habe Ihren langen Brief abgeholt. Gelesen hab ich ihn dann auf der Bank unter den Kastanien, zum Schluß mit der Taschenlampe, weil es schon dämmrig war. Ich hab mir richtig Zeit genommen draußen, weil so ein schöner warmer Abend ist. Jetzt sitze ich am Küchentisch, der Lukas ist bei einem Kollegen, die schauen im Fernsehen Fußball. Ich glaub, ich fange bei mir an, Frau Magda. Also ich sage Ihnen, das ist vielleicht ein schönes Haus! Der Lukas rümpft die Nase und sagt, es ist alt. Aber der Onkel Willi sagt, es ist aus dem Jugendstil. Eine Villa aus dem Jugendstil, sagt er. Im DUDEN steht, das ist eine Kunstrichtung. Und mir gefällt dieses Haus, wie ein Kunstwerk. Obwohl es ein ganz normales

Haus ist, nur zwei Stockwerke, aber in jedem Stock eine große Veranda, und schon die Eingangstür ist so schön, und die Griffe bei den Fenstern und Türen, und der Holzboden und die Kacheln in der Küche, also, ich bin ganz begeistert. Wie der Lukas gesagt hat, da muß man aber viel renovieren, bin ich fast eine Furie geworden. Nix wird renoviert, hab ich geschrien, du verstehst von nix etwas, und schon gar nicht, was schön ist! No, no, no, hat der Onkel Willi gesagt, nicht jetzt schon streiten um das Haus. Er ist ein recht lieber alter Mann und lebt alleine, und jetzt ist er eben krank geworden, er hat etwas mit der Lunge und atmet schwer und wird in ein Heim kommen. Das Haus hat auch einen Garten, nicht sehr groß, aber mit Obstbäumen, und es liegt am Ende vom Dorf, dahinter ist ein Wiesenhang, und dann steigt der Wald in die Höhe. Hügel sind rundherum, die Landschaft ist nichts Besonderes, aber auch schön, finde ich. Der Lukas wieder: Wo die Füchse sich gute Nacht sagen ist das ja hier! Sei froh, hab ich gesagt, daß die Füchse sich überhaupt noch wo gute Nacht sagen. Also, ich hab dem Onkel Willi ein Gulasch gemacht und Kaffee zum Frühstück, und wir haben in einem kleinen Zimmer geschlafen, auf zwei Sofas. Ich bin immer wieder heimlich durchs Haus geschlichen und hab mir alle Möbel angeschaut, während der Onkel Willi mit dem Lukas palavert hat, und dann ist auch noch ein Notar gekommen. Wir werden alles erben, Frau Magda! Obwohl ich das einfach so hinschreibe, kann ichs noch nicht wirklich fassen. Schon wenn der Onkel Willi im Heim ist, können wir dort sein, immer wann wir wollen, aber dafür müssen wir ihn regelmäßig besuchen kommen, das will er. Er kommt in ein Sanatorium hier in der Stadt, weil das mit seiner Lunge kompliziert ist. Der Lukas meint, er wird eh bald sterben, aber das wünsche ich ihm nicht, weil er ein freundlicher Mann ist und mir leid tut. Ich werde ihn viel besuchen und ihm Apfelstrudel bringen, der hat ihm geschmeckt, wie ich dort einen gebacken hab. Ach, Frau Magda, was sagen Sie! Ist das nicht wie ein Wunder? Daß man so etwas geschenkt bekommt, wo man doch noch nie etwas geschenkt bekommen hat? Wissen Sie, bei der oberen Veranda ist dahinter ein großes Zimmer, ein Salon, sagt der Onkel Willi, und daneben ein altmodisches Badezimmer, aber doch eines, und da hab ich mir gedacht, wenn Sie, Frau Magda, vielleicht auch einmal auf das Land wollen, ein paar Tage oder länger? Das wäre doch der richtige Raum für die Frau Magda, hab ich mir gedacht, aber natürlich nur so für mich, ich möchte Sie mit nichts bedrängen, ganz sicher nicht. Dem Onkel Willi seine Frau war die Tochter vom Kaufmann im Dorf, der war ziemlich reich, und da ist dieses schöne Haus gebaut worden, wie ein Herrschaftshaus. Die Frau, das war früher die Tante Luise vom Lukas, ist schon länger tot, Kinder haben sie keine gehabt, und irgendwie ist nur der Lukas übergeblieben. So ein Glück, nicht wahr? Ich versteh gar nicht, daß der Lukas nicht gleich von diesem Haus geschwärmt hat, er war doch dort als Bub. Aber er glaubt halt, was alt ist, gehört weg und neu gemacht, er versteht nichts von diesem Jugendstil, und daß auch ein Haus eine Kunstrichtung sein kann. Er mag halt neue Häuser. Wie ich mich aber die ganze Zeit so gefreut hab, hat er langsam auch aufgehört zu motzen, na ja, ist ja ganz gemütlich, hat er zum Schluß gesagt, auch wenn mir alles zu groß ist, Hauptsache, dir gefallts. Da hab ich ihn sogar vor dem Onkel Willi umarmt. Jetzt erzähle ich Ihnen wie eine Verrückte nur von mir und dem Haus, dabei haben Sie mir so viel erzählt, und mit den Menschen ist viel passiert. Mit der Frau Haslinger zum Beispiel. Traurig, daß der Schorschi vor ihr hat sterben müssen, aber ich hab mir gedacht, daß das eine schöne Liebesgeschichte war, wie Romeo und Julia fast. Aber auch der Jonathan und die Katja sind andere Wege gegangen, als ich mir ausgedacht hätte. Ich hoffe, es stört Sie nicht, daß ich einfach Jonathan und Katja sage, als wären das auch meine Freunde, aber irgendwie habe ich sie ja kennengelernt durch Sie, Frau Magda. Gut, daß wir beide anachronistisch sind. Wenn Sie mit einem Computer schreiben würden, wäre ich ohne Briefwechsel mit Ihnen, weil ich das nicht kann. Der Lukas meint, er wird es einmal lernen, aber ich sicher nicht. Ich hab aber gestaunt, daß Sie eine so geschickte Frau sind mit Laptop oder wie das heißt. Stille Wasser sind tief, hat der Lukas gesagt, wie ich es ihm erzählt habe. Ich glaub ja auch, daß Sie ein stilles und tiefes Wasser sind, aber mehr bei was anderem, würde ich sagen. Nur, der Lukas bewundert jeden am Computer, so wie ich als Kind einen Zauberer bewundert habe, kommt mir vor. Mir fallen schon die Augen zu, so müde bin ich, aber ich könnte trotzdem stundenlang weiterschreiben. Weil ich immer noch aufgeregt bin. In Ihrem Leben, was Sie jetzt erzählen, hat es eine ruhigere Zeit gegeben, kommt mir wieder vor. Mehr normal, möchte ich sagen. Erfolg im Büro und genug Geld und keine lästigen Gäste in der Wohnung mehr, und Freunde und gutes Essen und so. Daß Sie umgezogen sind, hat sicher was zu bedeuten, aber ich hoffe, es geht noch eine Weile ruhig weiter. Blöd, was ich da schreibe. Was ich hoffe, ist ja völlig egal, weil alles schon geschehen ist.

Eine Sache hat mich betrübt. Daß der Professor abgereist ist und Sie wieder allein beim Essen sitzen. Aber weil Sie selber so wenig darüber gesagt haben im Brief, will ich Sie nicht mit meinen Worten stören und – jetzt wollte ich schreiben: den

Mund halten. Lustig, was? In einem Brief den Mund halten. Also, ich halte jetzt lieber den Kugelschreiber und leg ihn weg und höre auf zu schreiben. Das Fußballspiel war unentschieden und der Lukas grantig, wie er vorhin gekommen ist. Es ist nach Mitternacht, aber er hat Lust auf Palatschinken. Ich eigentlich auch.

Gute Nacht, liebe Frau Magda, sagt Ihnen Ihre Maria

16. August

Liebe Maria.
Gestern schon habe ich Ihr Fax bei Malinja abgeholt, aber heut erst schaffe ich es, weiterzuschreiben. Ich habe mich nicht sehr wohl gefühlt. Nachts wurde mir ein wenig übel, und am Morgen war ich so schwindlig, als befände ich mich auf einem Schiff, bei hohem Seegang. Den Frühstückstisch unter den Olivenbäumen habe ich nur schwankend erreicht, die Hauswirtin sah mich besorgt an. Als sie mir das Kännchen mit dem starken Kaffee vor die Nase setzte, bedeutete sie mir mit einer Geste, ich solle ihn rasch trinken. Vielleicht dachte sie, ich hätte mich nachts heimlich betrunken und bräuchte ihn deshalb, aber der Kaffee half. Jetzt bin ich wieder in Form, das Ganze war wohl eine Kreislaufschwäche, mehr nicht. Eigenartig ist, daß die anderen Gäste mich anfangs gestört haben und ich sie jetzt fast vermisse. Ich war doch so gern allein hier, warum fühle ich mich plötzlich allein gelassen, ich verstehe mich selbst nicht.

Das beste Mittel dagegen ist, an Sie zu denken und für Sie weiterzuschreiben. Ich freue mich unsagbar über Ihre Freude an dem Landhaus, Maria! Wer, wenn nicht Sie, hat so ein Geschenk des Himmels verdient. Wenn ich irgendwann zurückkomme, werde ich gerne ab und zu mit Ihnen hinfahren und den Salon beziehen, den Sie mir zugedacht haben. Vielleicht sogar könnten diese Reisen mich anregen, mir wieder ein Auto zuzulegen. Ich kann nämlich Auto fahren, Maria, ob Sie's glauben oder nicht! Ich war sogar einmal eine recht schneidige Fahrerin. Meine Krankheit und die vielen Mittel, die ich einnahm, haben es mir dann verboten, ich war zumindest vernünftig genug, mein Auto zu verkaufen. Aber wenn ich wieder eines besäße, könnten wir viel rascher als mit der Bahn auf dem Land sein. Solche Träume gestatte ich mir heute. Wie gesagt, das alles wäre erst möglich, wenn ich irgendwann zurückkomme, und wann dieses Irgendwann sein wird, weiß ich nicht. Noch bin ich dafür nicht gerüstet, glaube ich. Vor allem nach meinem Zustand letzte Nacht.

Aber weiter. Ja, Maria, es gab diese Jahre in der Mitte meines Lebens, die »normal« verliefen, wie Sie es nennen. Ich verlor zwar die drei Freunde im Büro, meine wichtigsten Bezugspersonen dort waren einer nach dem anderen weggegangen, aber es gab neue, nette Leute, mit denen ich mich gut verstand und zu denen ich auch außerhalb der Arbeitszeit Kontakt hatte. Ich nahm, wie schon gesagt, Fahrstunden und erwarb einen Führerschein. Dann kaufte ich mir einen gebrauchten silbergrauen MG. Ich unternahm Reisen. Bei Grado sah ich zum ersten Mal das Meer, noch dazu in den Armen eines Mannes, mit dem ich eine kurze Affäre hatte. Ich hatte ein paar solcher Affären, Maria, aber sie bedeuteten mir nichts. Auf Gefühle wollte ich mich nicht mehr einlassen, aber als Frau bestätigt zu werden, das brauchte ich ab und zu. Es war nicht einmal so, daß ich besonders gerne mit diesen Männern schlief, aber mir lag daran, von ihnen begehrt zu werden. Sobald ich das erreicht, ihr Drängen genossen und ihm nachgegeben hatte, konnte ich mir selbst versichern, eine vollwertige Frau zu sein, und mich wieder davonmachen. Lieber traf ich Jonathan, mit dem ich nicht schlief, aber Gespräche führte, die mich interessierten. Und ich versuchte immer wieder, Katja aus ihrem selbstauferlegten Ehegefängnis zu locken. Mit meinem silbernen MG fuhren wir einmal gemeinsam nach Paris. Meine Urlaubszeit hätte zugelassen, von dort aus ohne Hast bis zur Côte d'Azur zu gondeln, und ich bestürmte sie, doch mit mir weiterzufahren. Da bat sie plötzlich weinend um Verzeihung, aber sie müsse nach Hause. Sie müsse heute noch den Nachtzug nehmen, ihr Gefühl sage ihr, daß ihr Mann sie betrügen werde, wenn sie noch einen Tag länger bliebe. »So kannst du doch nicht leben!« schrie ich sie an, »wenn er dich betrügen will, tut er das so oder so!« »Ich weiß«, sagte sie, »aber ich muß jetzt zurück, ich halte es nicht mehr aus, wegzubleiben.« Und sie packte, nahm ein Taxi und raste davon wie zu einem Unglücksfall. Und das war ihre Ehe ja im Grunde auch. Ich blieb noch ein paar Tage freudlos in Paris, bis ich allein heimwärts fuhr. Es war mir leider unmöglich, Katja zu erlösen, ihren freien Stolz wieder aufzuwecken. Sie blieb eine Gefangene und starb sehr früh an Krebs. Wir hatten uns zu diesem Zeitpunkt fast aus den Augen verloren, und ich erfuhr davon erst, als sie schon tot war.

Ich hatte andere Freundinnen, ja, aber auch die bedeuteten mir nicht sehr viel. Ich benützte sie, um nicht allein reisen, ins Theater, in die Oper oder in Ausstellungen gehen zu müssen. Ich gab mich gesellig, um bei meinen Unternehmungen Gesellschaft zu haben, aber die Menschen selbst interessierten mich nicht. Ich könnte Ihnen gar nichts Näheres von all den Männern und Frauen erzählen, die in diesen Jahren meinen Weg kreuzten, ich lebte im Grunde genommen an ihnen vorbei. Sie staffierten zwar meine Tage aus, unterhielten mich, bewahrten mich vor dem Gefühl, einsam zu sein, aber sie kamen mir nicht nahe. Vielleicht, frage ich mich jetzt, bewirkt genau dieser Umstand so etwas wie ein »normales« Leben? Kann man vielleicht nur in innerer Isolation, dabei jedoch mit einer Fülle gesellschaftlicher Kontakte, die letztlich äußerlich bleiben, in dieser gepriesenen Normalität verharren und keinerlei Leid zulassen? Wirft uns denn nicht jedes Eingehen auf einen anderen Menschen, jedes Fünkchen Emotionalität sofort aus unserer sorgfältig gehüteten »normalen« Umlaufbahn? Können denn nicht nur gefühlsarme Leute in dieser Weise »normal« und ohne Leid leben? Ich weiß, so meinten Sie es nicht, Maria, aber ich selbst meine rückblickend, daß ich mich in diesen scheinbar ruhig und eben »normal« verlebten Jahren wieder einmal tot stellte. Wie nach dem Tod meiner Mutter fand ich das Leben in den Büchern, die ich las, in den Geschichten, die das Theater und Kino mir erzählten. Nur war ich im Gegensatz zu damals zwischendurch kaum allein, ich ging mit Menschen aus, ich saß zwischen Menschen im Büro, ich lachte mit Frauen und schlief sporadisch mit Männern, ich fuhr mit meinem Auto durch die Gegend, ich wurde weltgewandter, selbstsicherer, wußte, daß ich gut aussah, und kleidete mich modisch. Bei Ölig war ich Vorstandsmitglied und Büroleiterin geworden, der damalige Chef ging manchmal mit mir essen, und ich nur einmal mit ihm ins Bett. Aber eine leise Zweideutigkeit, ein dezentes Flirten bewahrten wir uns, was mir natürlich wiederum den Respekt und die neidvolle Achtung der übrigen Firmenbelegschaft sicherte. Zwar hatte dieser Mann Familie, aber man konnte ja nicht wissen, wie weit mein Einfluß auf ihn reichte. Er war nicht mehr jung, und ich glaube sogar, daß er mich mochte. Vielleicht hatte ich Angst, er könne anhänglich werden, jedenfalls vermied ich weitere Bettgeschichten mit ihm, er respektierte es und blieb mir gewogen. Als er sich zurückzog und sein Sohn die Leitung der Firma übernahm, verabschiedeten wir uns sogar mit einer gewissen traurigen Innigkeit, es war auf einmal so, als würden wir nun doch eine kleine Liebesgeschichte beenden.

Zu der Zeit wohnte ich nicht mehr in der Fliegengasse und war bereits in meine heutige Wohnung umgezogen. Lassen Sie mich jetzt kurz erklären, warum es dazu kommen mußte, eigentlich würde ich diesen Vorfall gern vergessen. Also. Für Frau Haslinger blieb ich Mieterin, »behalt die Wohnung, solang du willst«, hatte sie ja gesagt. Von Michael sah und hörte ich nichts mehr, doch eines Tages erhielt ich einen Brief von Jasmine. Ihr Mann und ihre Schwiegermutter wüßten nichts von ihrem Eingreifen, betonte sie, aber sie müsse ihnen zur Hilfe kommen. Ob mir nicht klar sei, daß ich eine Wohnung okkupiere, die man teuer verkaufen könne? Daß ihre Schwiegermutter einen Pflegefall zu Hause habe und das Geld weiß Gott brauche? Daß diese und der mir gegenüber viel zu gutherzige Michael nur zu nobel seien, mir das zu sagen, und daß ich diese Noblesse schamlos ausnützen würde, statt die Wohnung entweder zu kaufen oder eben schleunigst auszuziehen. Sie erwarte, daß ich jetzt handeln würde, und zwar ohne ihren Brief zu erwähnen. Vor allem diesen Anstand erwarte sie von mir. Grüße, Jasmine.

Ja, Maria, so war das. Da ich die Wohnung in der Fliegengasse nie hätte kaufen können, weil sie viel zu teuer für mich gewesen wäre, und weil ich mit Frau Haslinger oder Michael auch ohne Jasmines Hinweis nie im Leben hätte über diesen

Brief reden mögen, suchte und fand ich eine neue Wohnung. Mir gefiel, ein wenig Grün rundum zu haben, die Wiese mit den Kastanienbäumen und den nahen Park, mir gefiel die Aufteilung der Räume, ich mietete sie rasch und zog ein, ohne das nötige Mobiliar zu besitzen. Nur meinen Fernsehapparat nahm ich mit, die kleine Lampe aus dem Untermietzimmer bei Herrn Koranek, die ich heute noch besitze (es ist die, die über der Kommode im Ankleidezimmer hängt, Maria!), und ein Bett kaufte ich mir. Frau Haslinger hatte ich brieflich gekündigt und ihr mitgeteilt, daß ich den restlichen Mietbetrag überwiesen und den Schlüssel bei der Hausmeisterin gelassen hätte. Sie hat darauf nie reagiert.

Im Lauf der Jahre wurde die Wohnung dann so, wie Sie sie kennen, liebe Maria. Anfangs machte es mir große Freude, sie einzurichten, und ich gab eine Menge Geld dafür aus. Irgendwann war dann alles so, wie es heute aussieht, und ich bewohnte sie nur noch.

Das Meer wirft auf einmal große Wogen auf und rauscht. Vielleicht schwimme ich noch ein wenig und lasse mich wiegen.

Es grüßt Sie Ihre Magda

18. August

Liebe Frau Magda.
Ich hoffe, es hat Ihrem Kreislauf nicht geschadet, in den großen Wellen herumzuschwimmen, ich habe ein bißchen Sorge bekommen am Ende von Ihrem Brief. Aber große Freude gehabt am Anfang, bei dem Gedanken, daß wir einmal mit Ihrem Auto gemeinsam nach Kieflach fahren könnten! Das Dorf vom Onkel

Willi heißt nämlich Kieflach. Ich sage Ihnen, Frau Magda, es gibt jetzt jeden Tag irgendeinen kurzen Anfall vom Lukas. Das Haus ist zu groß, das Haus ist zu alt, wir haben schließlich kein Geld, wie soll man es erhalten, wir haben schließlich keine Zeit, beide schuften wir, wann sollen wir überhaupt dort sein, so geht das dahin. Bis ich richtig laut werde und sage: das Haus ist gut so wie es ist, nicht kaputt und nicht schäbig, wir brauchen kein Geld dafür, und wir werden immer nur dort sein, wenn es uns freut, und er soll sich jetzt endlich auch mal drüber freuen und nicht dauernd jammern. Komisch sind manche Menschen, finden Sie nicht? Und der Lukas scheinbar auch. Mit so viel Angst vor dem, was man alles tun müßte, statt zu kapieren, daß es auch was gibt im Leben, für das man nichts tun muß außer sich zu freuen. Na ja, kein Wunder. Der Lukas hat sich ja wirklich um alles plagen müssen und nichts umsonst gekriegt, jetzt fürchtet er sich, glaube ich, vor dem, was man ihm so aus heiterem Himmel schenkt. Du mit deinem heiteren Himmel! hat er geschrien, wie ich das zu ihm gesagt habe, wirst schon sehen, was dahintersteckt, lauter Wolken und Gewitter! Warum soll das dahinterstecken? hab wieder ich mich aufgeregt, es ist doch nur ein Haus aus dem Jugendstil und fest gebaut, auch nicht verdreckt, ganz in Ordnung, und ein paar Obstbäume gibt es, und du mußt dort nichts anderes tun als dich ausruhen! Wenn wir halt Zeit haben und hinfahren können! Da war kurz Ruhe bei ihm und er hat überlegt. Dann hat es wieder einen neuen Schrei gegeben vom Lukas: und wenn der Onkel Willi stirbt? hat er auf einmal geschrien. Dann werd ich traurig sein, hab ich gesagt, aber was ändert sich? Dann sind wir ja allein mit dem Haus! hat er ganz verzweifelt geantwortet. Da hab ich lachen müssen und nicht mehr mit ihm gebrüllt. Er hat Angst vor diesem Haus,

Frau Magda, verstehen Sie? Weil es ein Besitz ist. Weil er noch nie einen Besitz gehabt hat. Eigentlich nie irgend etwas besessen hat, nur unsere Hausmeisterwohnung und den kleinen Fernseher und ein paar Möbel undsoweiter, und jetzt das Taschenlexikon in 24 Bänden. Weißt du was? sag ich jetzt immer zu ihm, wenn er wieder in Panik kommt, wir behalten das Haus nur, solange du es willst. Wenn du es nicht mehr willst, verkaufen wir es einfach, ja? Und legen das Geld auf die Bank. Da nickt er dann und wird still. Und nächstes Wochenende will er wieder mal nach Kieflach fahren, ganz von sich aus und allein, und noch mal mit dem Onkel Willi reden, bevor der ins Sanatorium kommt. Ja, Frau Magda, Leute, die nichts haben, gewöhnen sich daran, nichts zu haben. Ich seh am Lukas, wie schwer es ist, etwas zu besitzen. Für mich ist es nicht so, weil ich nicht an das Besitzen denke, nur meine Freude dran habe. Ich merke schon, daß auch bei mir dieses Haus zum Hauptthema wird, sogar, wenn ich an Sie schreibe. Also Schluß jetzt damit. Wo ich mir doch Gedanken gemacht habe wegen Ihrem Kreislauf. Ob der nicht so durcheinandergekommen ist, weil der Professor weg ist und Sie wieder zu viel allein sind dort? Ich möchte Sie mit dieser Frage nicht ärgern, aber weil es in mir eben laut so fragt, schreibe ich sie auch auf. Ich frage mich auch, liebe Frau Magda, ob das Alleinsein für Sie immer noch gut ist. Ob Sie nicht wieder unter Menschen gehören. Ich meine unter Menschen, mit denen Sie reden können, sicher sind Malinja und die Wirtin und Pero und alle Leute dort nett, aber der Professor war mir am liebsten. Nicht böse sein, daß ich das so hinschreibe, ich hör auch schon wieder auf. Wieder schreibe ich mitten in der Nacht, obwohl ich mittags schon Ihr Fax gelesen habe, aber es gab zu viel Arbeit. Diese Jasmine, ich darf gar nicht sagen, was ich gerne mit ihr täte. So bös können Frauen eben auch sein. Und so arm wie die Katja auch, schrecklich, wenn man so wird. Ich kann mir eigentlich nicht vorstellen, daß man sein eigenes Leben so vergessen kann für einen Mann, der einen nicht mal gern mag. Aber vieles gibt es auf der Welt, das man sich nicht vorstellen kann. Ehrlich gesagt kann ich mir auch vieles bei Ihnen nicht vorstellen, Frau Magda. Gerade diese ruhigeren »normalen« Jahre zum Beispiel. Ich gebe das Wort »normal« jetzt auch zwischen Gänsefüßchen, wie sogar im DUDEN steht bei Anführungszeichen, ich hab lachen müssen, weil es mich an mein bißchen Schule erinnert hat. Sie haben es getan »zur Hervorhebung«, und sicher nicht umsonst. Und was ich am Anfang gut gefunden habe, ist mir jetzt, mit lauter Leuten, die Ihnen nichts bedeuten, fast ein bißchen unheimlich geworden. Waren Sie eigentlich traurig, wie damals bei der Wohnung von Herrn Koranek, daß Sie die Fliegengasse haben verlassen müssen und hierherziehen? Hier in Ihrer Wohnung ist übrigens alles in Ordnung, vorgestern habe ich wieder gesaugt bei Ihnen und lange gelüftet, alles glänzt und wartet auf Sie, wann immer das Irgendwann sein wird und Sie zurückkommen. Die alte kleine Lampe über der Kommode hab ich ganz besonders poliert, jetzt, wo ich weiß, wie lange Sie die schon haben. Auf einmal bin ich todmüde, gute Nacht, liebe Frau Magda, ich muß ins Bett.

Ihre Maria

19. August

Meine liebe Maria,

daß Ihr Lukas vom plötzlichen Besitz verwirrt wurde, kann ich sehr gut nachvollziehen, und daß Sie selbst ihn so frei und unbelastet annehmen können, ist nicht die Norm, Sie sind auch darin ein selten klarer Mensch, Maria. Für mich hat sich der bescheidene Wohlstand, den ich nach meiner armseligen Kindheit und Jugend erringen konnte, zu langsam eingestellt, um mir panische Angst zu machen, ich konnte mich Schritt für Schritt an ihn gewöhnen. Und habe mich trotzdem nie wirklich an ihn gewöhnt, ehrlich gesagt. Jeder Kauf, jeder Einkauf, der das übliche Maß übersteigt, kann mich heute noch mit Schuldgefühlen beladen, die ich mit Mühe abwerfe. Was soll das, muß ich mir dann sagen, du kannst es dir doch leisten, du hast keine Schulden, du verdienst reichlich, du bist für niemanden verantwortlich außer für dich selbst, also kaufe doch unbesorgt, was du dir kaufen kannst und willst, sei kein Trottel. Und gar damals, Maria, als ich meine neue Wohnung einzurichten hatte und viel ausgegangen bin, da mußte ich mich noch heftiger mit Ängsten herumschlagen, die aus den Zeiten der Entbehrungen in mir stecken. Ich gab das Geld, das mir zur Verfügung stand, am Tage zwar großzügig aus, aber nachts hatte ich deswegen Schweißausbrüche und böse Träume und mußte am Morgen all die Angst wieder mühsam von mir schieben. Armut vergißt man nie mehr, wenn man einmal in ihr steckte bis zum Hals.

Ich war seltsamerweise nicht allzu traurig, Maria, als ich die Wohnung in der Fliegengasse verlassen mußte, meine Wehmut hielt sich in Grenzen. Natürlich verließ ich zugleich wieder eine lange Strecke gelebten Lebens, aber tun wir das nicht täglich? Eine Wegstrecke gelebten Lebens verlassen? Und es verbanden mich schmerzliche Erinnerungen mit diesen Räumen, die ich verdrängen mußte, als ich noch in ihnen lebte, und die ich jetzt gern hinter mir ließ. Soweit man Erinnerungen überhaupt hinter sich lassen kann, tat ich dies auch. Ich lebte mich rasch ein in der neuen Wohnung, und ein nicht hoch genug zu bewertender Vorteil war ihre Nähe zum Ölig-Versand, also zu meiner Arbeitsstätte. Ein Vorteil, den ich gerade in den letzten Monaten erneut und über alle Maßen schätze, weil Sie nur die paar Minuten zu gehen brauchen, um zum dortigen Fax-Gerät zu gelangen, was ja unseren »Briefwechsel« (wieder Gänsefüßchen zur Hervorhebung, ich weiß) überhaupt erst ermöglicht hat. Und mir jetzt ermöglicht, unter großen dahinziehenden Sommerwolken auf der Hafenmauer zu sitzen, den Briefblock auf meinen Knien, und Ihnen weiterhin meine Gedanken zu offenbaren. Dafür bin ich so dankbar, gerade in diesen letzten Tagen. Der Pier steht wieder nur den Fischern und mir zur Verfügung, kein Sommergast stört, und ich (Ihnen, Maria, sei es eingestanden, wenn auch nur in Klammern) vermisse die Gesellschaft des Professors und die Gespräche mit ihm doch einigermaßen. Aber ich habe gelernt, mich ans Vermissen zu gewöhnen. Die Erfahrung lehrt, daß das Wehe daran leise und stetig zerfließt, sich langsam auflöst. Was bleibt, ist ein abrufbarer Gedanke, der eine Weile seinen Schatten wirft und dann wieder davonzieht. Wie diese Wolken heute, die über den Himmel fliegen. Ab und zu legt sich eine über die Sonne, und alles Blau, aller Glanz scheint zu erlöschen, bis der Schatten vorbeigezogen ist und alles wieder aufleuchtet, auch die eigene Seele. Ja, es ist jedes Mal wie das Auftauchen aus dunklen Tiefen, in denen man kurz am Ertrinken war, wenn das Licht der Sonne wiederkehrt, sich heiß auf Gesicht und Arme legt und allem seine Farbe zurückgibt. Dem Meer sein Dunkelblau, den Felsen ihr Ocker, den Olivenbäumen ihr rauchiges Grün, und meinen nackten Beinen ihr helles Braun.

Aber weiter jetzt. Ich lebte also einige Zeit in der Form, die ich Ihnen schon ausreichend beschrieben habe, vor mich hin. Ja, vor mich hin. Obwohl ich dem damals heftig widersprochen hätte, ich glaubte ein gut geordnetes, selbständiges, abwechslungsreiches, kulturinteressiertes Leben zu führen, fühlte mich als Frau in den besten Jahren, flirtete herum, behauptete jedoch, gern allein zu leben, und schob Gedanken an Alter oder Einsamkeit einfach von mir. Wie ich Ihnen schon sagte, hielt ich mir Gefährten oder Gefährtinnen, um nicht allein zu sein, wenn es darum ging, auszugehen oder Veranstaltungen zu besuchen. Auch bei so kniffligen Terminen wie Weihnachten oder Silvester, wenn familiäre Sentimentalität und von White Christmas und Jingle-Bell-Schmus provozierte Verlassenheitstragik in der Luft liegt und man sich hüten muß, nichts dergleichen bei sich selbst ausbrechen zu lassen, war ich durch Einladungen und fröhliches, freundschaftliches Beisammensein dagegen abgesichert. Ich hatte eine Spürnase dafür entwickelt, die geeigneten Menschen für geeignete Anlässe nicht nur zu finden, sondern auch den Umgang mit ihnen zu pflegen, sie mir zu bewahren. Sie »mir zu halten«, wie ich zuvor ganz richtig formulierte.

Wohin ich jedoch nie jemanden mitnahm, wobei ich immer alleine blieb und keinen befreundeten Menschen an meiner Seite haben wollte, das waren Autorenlesungen. Ich pflegte meine Bücher stets in einer der damaligen großen Buchhandlungen der Stadt, die »Bücher Möbius« hieß und in der Nähe der Fliegengasse lag, zu kaufen. Dort wurden regelmäßig Lesungen unterschiedlicher Autoren und Autorinnen veranstaltet, und ich begann diese Lesungen zu besuchen. Beim ersten Mal tat ich es nur, weil ich eines Abends zufällig vorbeikam, Licht im Laden sah und mir auf einem Plakat die Ankündigung einer Lesung mit Karolin Wäscher in die Augen sprang. Ihr letztes Buch hatte mir gut gefallen, und ich hatte an diesem Abend nichts anderes vor. Also geriet ich etwas verlegen in die völlig umgeräumte Buchhandlung, in der Stuhlreihen aufgestellt waren, davor ein kleines Podium mit Tisch, Sessel und Wasserglas. Ich war zu früh und saß eine Weile alleine da, während das Büfett noch vorbereitet wurde, man mich im Herumeilen anrempelte und ein wenig ungehalten musterte. Als ich gerade den Entschluß gefaßt hatte, die Sache bleiben zu lassen und wieder zu flüchten, erschienen andere Besucher, nahmen um mich herum Platz, der Raum füllte sich rasch. Es schienen durchwegs Gäste zu sein, die diese Lesungen und einander kannten, die lebhaft und laut miteinander sprachen, Käsegebäck knabberten und Weingläser herumjonglierten. Über Bücher wurde meist gesprochen, und das ließ mich aufhorchen. Ich war wie ein Hund, der die Ohren spitzt, sobald er die vertraute Stimme seines Besitzers vernimmt. Und mir war auf Erden nichts so vertraut, nichts besaß mich so sehr wie die Welt der Bücher, und es war diese Welt, über die hier gesprochen wurde. Also blieb ich sitzen und stimmte in den Applaus ein, als Karolin Wäscher das Podium betrat. Sie war eine unansehnliche, kleine Frau um die Fünfzig, in einem graugelb karierten Kostüm, die ihren schönen Text viel zu leise und gleichförmig las. Ich war enttäuscht. Hinterher durften Besucher ihr Fragen stellen, einige erhoben sich wirklich und meldeten sich zu Wort, und ich fand sie sehr mutig. Ich hätte das nie gewagt. Im Gespräch jedoch wurde Frau Wäscher plötzlich gescheit und lebhaft, und ich erkannte ihre Bücher in ihr wieder. »Sie kann halt nicht lesen«, hatte neben mir ein Mann seiner Nachbarin zugeraunt, »aber schreiben kann sie, das ist schließlich die Hauptsache.« Das fand ich auch, kaufte ihr neues Buch, reihte mich in die Schlange ihrer Bewunderer ein und ließ es von ihr signieren. Sie sah kurz hoch und lächelte mich an, ehe sie mir das Buch wieder zuschob. Und dieses Lächeln von Karolin Wäscher enthob mich aller Zweifel, etwa nicht hierher zu gehören, es wurde für mich so etwas wie die Eintrittskarte zu allen weitern Lesungen. Ich fühlte mich als vollwertiges Mitglied in den literarischen Kreis der Buchhandlung Möbius aufgenommen, und es gab hinfort kaum eine Leseveranstaltung dort, die ich versäumte. Einige der anderen regelmäßigen Besucher lernte ich kennen, auch ich plauderte und knabberte Kekse, ehe der Abend begann, und ich lernte sogar meine Scheu zu überwinden und erhob bei anschließenden Fragestunden oder Diskussionen auch meine Stimme. Anscheinend war nicht allzu dumm, was ich dabei von mir gab, jedenfalls fragte mich eines Tages eine jüngere, rotlockige Frau: »Sie sind Schriftstellerin, stimmt's?« und sah mich mit rosigen Wangen erwartungsvoll an. Und da sagte ich leise und knapp: »Ja.« Ich weiß nicht, warum ich das tat. Aber ich empfand es nicht als Lüge. Daß ich bislang noch kein Buch geschrieben, nur Unmengen von Büchern gelesen hatte, erschien mir plötzlich keinen Unterschied zu machen. Die Rotlockige hatte diese Information hinterher wohl in Umlauf gebracht, denn immer wieder fragte irgendwer dezent nach meinen »Arbeiten«, und ich gab ausweichende Antworten. Aber ich begann mich in der literarischen Runde als die Schriftstellerin, die ich sein wollte, wohl zu fühlen. Ja, ich gab gewissermaßen damit an, ohne mich je vor Entdeckung zu fürchten. Andererseits bewog mich das vielleicht dazu, stets nur allein zu den Leseabenden zu gehen. Meine Bekannten witzelten bereits, wenn ich für alle und alles an irgendeinem Abend »unabkömmlich« war, tippten auf ein lasterhaftes Liebesverhältnis, etwa mit einem Matrosen oder Landstreicher, das mich eben nur in Abständen beanspruche. Ich belächelte solche Scherze, gab mich als Sphinx und dachte, mit Liebe hat mein Verhältnis zu Büchern allemal etwas zu tun. Und daß ich mich in einer literarisch bewegten Runde als Schriftstellerin ausgebe, darin könnte man schon ein geheimes Laster sehen. Ja, selbstironisch war ich. Nicht aber vorsichtig. Und ebendiese unbedachte Schwindelei gab meinem Leben schließlich wieder eine neue Wendung. Aber davon kann ich heute nicht mehr berichten. Es wird Abend, ich schreibe im dunkelroten Licht der sinkenden Sonne, und meine Knie und Hände werden gleich erstarren, glaube ich. Jedenfalls tut mir schon alles weh von dieser verkrampften Haltung, seit Stunden hocke ich nun schon auf dem steinernen Vorsprung am Pier und schreibe. Als Pero irgendwann am Nachmittag in sein blaues Boot stieg, rief er mir zu: »Magda Gnädige, Sonne immer aufpassen, auch mit Wolken wie heute!« und deutete auffordernd auf die verwitterte Mütze, die seinen eigenen Kopf so beständig bedeckt, als wäre sie dort festgewachsen. Gehorsam setzte ich meinen Strohhut auf und winkte brav zurück. Da nickte er zustimmend und tuckerte gemächlich aufs offene Meer hinaus, ohne sich nochmals nach mir umzusehen.

Und eben hat mich die Wirtin von der weißen Steinmauer herab zum Abendessen gerufen. Bis morgen, liebste Maria.

Ihre Magda

20. August

Liebe Magda Gnädige,
wenn ich Sie auch einmal so nennen darf, der Pero hat schon recht, wenn er auf Sie aufpaßt. Ich hab mir als Kind einmal einen Sonnenstich geholt, nur weil ich am Kanal zu lange mit einem Holzstück Schifferlfahren gespielt habe und mir meine Mutter nichts auf den Kopf getan hat. Die anderen Mütter haben den Kleinkindern wenigstens die Unterhosen aufgesetzt, denn so hübsche Sommermützchen haben wir alle nicht gehabt, aber meine Mutter hat sogar das vergessen. Sie war schrecklich aufgeregt, wie ich dann Fieber gehabt und gekotzt habe, und hat sich Vorwürfe gemacht. Aber das war nur die Sonne hier bei uns, die auf Ihrer Insel ist sicher noch viel gefährlicher. Nachdem ich Ihren Brief gelesen habe, war ich verwundert, daß Ihr Fax schon heute morgen gekommen ist. Aber wenn Sie abends noch zu Malinja gewandert sind, war das sicher gut für Ihre verkrampften Knie, denk ich mir, und für alles, was Ihnen weh getan hat. Wenn ich zu lange Stiegen aufwasche, und das geht einfach am besten, wenn ich mich hinknie, tut mir meistens auch alles weh. Und dann laufe ich viel treppauf, treppab, mache Arbeiten, bei denen ich mich bewegen muß, und schon ist alles wieder gut. Wenn einem was weh tut am Körper, muß man ihn bewegen, glaube ich, und nicht stillsitzen. Kann sein, daß es auch so ist, wenn die Seele weh tut, könnte ich mir vorstellen. Daß man sie bewegen soll und nicht unbewegt lassen. Sie sind nicht unbewegt, Frau Magda, und deshalb wird auch bei Ihnen alles wieder gut, ich bin ganz sicher. Heute schreibe ich wirklich nur kurz, nur damit Sie rasch eine Antwort haben fürs Weiterschreiben. Ich fürchte mich, ehrlich gesagt, ein bißchen vor Ihnen, aber ich muß jetzt heraus mit der Sprache. Also. Ich hab

nämlich Arbeit angenommen beim Ölig-Versand, stellen Sie sich vor. Die Bedienerin dort ist für ein paar Tage nach Hause gefahren, ihre Mutter in der Slowakei ist gestorben, und der Herr Kreuz hat mich höflich gefragt, ob ich aushelfen könnte, und da hab ich ja gesagt. Ich hoffe, das stört Sie nicht, Frau Magda, weil das dort doch Ihre Welt ist. Wenn es Sie stört, höre ich sofort wieder auf, bei Ölig zu arbeiten, aber für heute habe ich versprochen vier Stunden zu kommen. Sie zahlen sehr gut. Ich hoffe wirklich, Sie sind mir nicht böse. Herzliche Grüße von Ihrer Maria

21. August

Liebe Maria,
wie können Sie nur annehmen, daß mich Ihre Arbeit bei Ölig stört oder ich deshalb böse wäre. So sehr »meine Welt« ist das dort ja gar nicht, andererseits kenne ich Herrn Kreuz als feinen und diskreten Mitarbeiter, nicht umsonst steht er der Firma mehr vor als die Besitzer selbst, wie ich früher ist er Vorstandsmitglied und von allen hoch geachtet. Also sind Sie mit Ihrer Arbeit dort in guten Händen. Das einzige, was mich besorgt macht, ist, daß Sie zu viel arbeiten, Maria. Sie machen sich Sorgen um mich, wenn ich bei Seegang hinausschwimme oder ohne Hut in der Sonne sitze, und selbst schuften Sie und haben sicher täglich ein viel zu großes Arbeitspensum zu bewältigen. Auf Sie sollte man aufpassen. Was sagt denn der Lukas dazu?

Gestern hat Pero meinen Brief mit hinaufgenommen, als er Malinja spät noch einen Besuch abstattete. Das Band zwischen den beiden scheint sich immer enger zu knüpfen, fast täglich ist er bei ihr oben, und Malinja sieht so blühend aus wie ihre Blumen. Meinen Körper habe ich bewegt, indem ich bei Dunkelheit noch ein wenig hinausschwamm. Nicht zu weit, Maria, keine Angst, ohnehin scheue ich die Meerestiefen bei Nacht, ich blieb in Hafennähe, dort, wo sich die Lichter des Dorfes im Wasser spiegeln. Ihr Vergleich mit der bewegten oder unbewegten Seele ist schön, und auch Ihre Sicherheit, bei mir würde »alles wieder gut«. Zwar kann ich mir nicht vorstellen, wie das gehen sollte, aber es in Ihrem Brief zu lesen tat wohl. Heute, nach Ihrer raschen Antwort, die Malinjas Bruder mir mittags vorbeibrachte, sitze ich wieder ordentlich vor einem Tisch, im Schatten der Olivenbäume. Die Hauswirtin hat mir ein Kännchen Kaffee gebracht. Sie tut das weiterhin, ohne mich zu fragen, seit ich mit dem Professor nach dem Essen immer Kaffee trank. Und jedes Mal lächelt sie mich an dabei, sanft, als bedauere sie mich. Ich selbst vergesse langsam, daß der Professor je hier war. Sogar wenn ich, wie jetzt, einen Schluck Kaffee nehme, ist das zu einer Gewohnheit geworden, die ich ausschließlich als meine eigene sehen möchte, ich vermeide jedes Erinnerungsritual.

Aber erinnern muß ich mich wohl, und weitererzählen. Für Sie, Maria. Ich wurde also Stammgast bei den Lesungen, die von der Buchhandlung Möbius veranstaltet wurden. Ich lernte dadurch viele zeitgenössische Autoren und Autorinnen aus der Nähe kennen, sprach sie in den Diskussionsrunden an oder wechselte sogar einige persönliche Worte mit ihnen, wenn sie mir mein Buchexemplar signierten. Die anderen Besucher, die über mich gemunkelt hatten und für die ich zur schreibenden Zunft zu gehören schien, interessierten sich jedoch weiter erstaunlich wenig für mein angebliches Werk. Man hatte an solchen Abenden genug damit zu tun, sich der schreibenden

Person zuzuwenden, die aus ihrem neuesten Buch zu lesen eingeladen war. Manchmal saß ich nachts daheim und versuchte den ersten Satz einer Geschichte zu finden, an der ich dann weiterschreiben könnte. Ich hätte so gern eine Geschichte aufgeschrieben, selbst eine erfunden, mich nicht nur von den Geschichten anderer erobern lassen. Aber dieser eine Satz fand sich nie, und ich brach jeden dieser Versuche entmutigt wieder ab. Doch blieb ich dabei, mich als Schriftstellerin auszugeben, für die Leute bei Möbius und langsam leider auch für mich selbst. Diese trügerische Vorgabe wurde Teil meiner sporadischen Ausflüge dorthin, und ich genoß es, wie vielleicht ein Schauspieler das Eintauchen in eine begehrte Rolle genießt. Wenn man mich fragte, wann und wo ich veröffentlicht hätte, wies ich auf Zukünftiges hin. Ich war mittlerweile versiert genug, verlagstechnische Angaben zu machen, die für flüchtige und unaufmerksame Zuhörer ausreichten, und keiner verlangte je ein Buch von mir zu sehen. Bei allen »Interessierten« des Kulturlebens zählt eben Schein mehr als Sein, jeder Künstler, der seinem Tun ernsthaft und mit Können gegenübersteht, macht diese Erfahrung, glaube ich. Ich selbst erfuhr es auf andere Weise, indem ich den Schein nutzte, ohne irgend etwas zu sein. Und es ging ziemlich lange gut so. Die Lesungen fanden ja nicht allzu häufig statt, oft lagen Wochen, wenn nicht gar Monate dazwischen. Die schriftstellerischen Darbietungen waren von unterschiedlicher Qualität. Es gab Abende, die mir Begegnungen schenkten, nach denen ich bereichert nach Hause ging, und es gab andere, an denen ich ein Kichern über das Gebotene nur mühsam zurückzuhalten vermochte oder an denen eitles Gebaren mich ärgerte. In jedem Fall lernte ich fast alle Facetten kennen, die man auf dem weiten Feld des Buchmarktes kennenlernen kann, ich wurde eine literarisch beschlagene Person. Nur teilte ich diese Beschlagenheit mit niemandem außerhalb der Möbius-Runde, mein Bekanntenkreis wußte davon nichts, und ich behielt meine Beziehung zu Büchern eisern für mich, wollte sie mit denen, die meiner Meinung nach ohnehin nichts davon verstanden, auch gar nicht teilen. Einzig Jonathan wußte ein wenig Bescheid, mit ihm konnte ich über Literatur reden und mich verstanden fühlen. Aber wir beide sahen uns im Lauf der Jahre immer seltener. Sein Sohn wurde älter und älter, und dessen Entwicklung zu begleiten war ihm wohl wichtiger geworden, als unsere Freundschaft weiterzuentwickeln. Es gab nie einen Bruch zwischen uns, aber wir entfernten uns stetig voneinander, wie Schiffe, die einen entgegengesetzten Kurs eingeschlagen haben.

Ich wurde älter, Maria. Das schleicht sich anfangs unmerklich ein, die sogenannten besten Jahre werden brüchig, das hormonelle Durcheinander und die damit verbundenen Beschwerden überfallen einen, und es gibt einen Morgen, an dem man vor seinem Badezimmerspiegel steht und sieht, daß man alt ist. Anfangs ist es noch so, daß man sieht, daß man eines Tages alt sein wird. Anfangs ist es eine flüchtige Ahnung, die kommt und geht, die man mit kaltem Wasser, Feuchtigkeitscreme und Make-up wieder vertreiben kann. Aber mehr und mehr nistet es sich ein. Man beginnt sich an welke Linien des eigenen Gesichtes, des eigenen Körpers zu gewöhnen, die einen zunächst tödlich erschreckten. Mein Haar begann zu ergrauen, und ich begann es zu färben. Ich wollte möglichst bei meiner eigenen Farbe bleiben, aber als eine gutgelaunte Friseurin eines Tages vorschlug, reichlich Rot beizumengen, widersetzte ich mich nicht. Schließlich begann dieser leuchtende Bronzeton mir zu gefallen, und ich eignete mir eine weitere Täuschung an, als wäre sie Teil von mir. Stellen Sie sich also nun Folgendes vor, Maria. Da kam an einem lauen Septemberabend eine Frau mit nicht mehr jungem Gesicht, bronzefarbenen Haaren und locker geschnittenem Hosenanzug zur Möbius-Lesung. Es schien, als hätte sie selbst etwas mit der Schriftstellerei zu tun, wurde sie doch von anderen Besuchern zuvorkommend begrüßt, wie man es mit bekannten Größen zu tun pflegt, und saß dann schweigsam und zurückhaltend auf ihrem Platz. »Geheimnisvoll«, wurde mir später gesagt. Dabei war ich müde an diesem Abend. Bei Ölig hatte es tagsüber viel Arbeit für mich gegeben, zuletzt noch eine Vorstandssitzung, aus der ich verfrüht, mit vagen Entschuldigungen, davongelaufen war, da ich die abendliche Lesung von Bertram Krisch auf keinen Fall versäumen wollte. Und das, obwohl ich seine Kriminalromane nicht wirklich mochte. Erstens, weil Krimis ohnehin nicht mein Fall waren, und zweitens, weil es in den seinen sehr gewalttätig zuging. Trotzdem hatte ich zwei Bücher von ihm gelesen, und etwas an seinem unbeugsam klaren Stil hatte mich angerührt, ich wollte diesen Mann unbedingt sehen, wollte hören, wie er las. Es waren nur noch Plätze in der ersten Reihe frei, als ich kam. Bertram Krisch, der bereits im Gespräch mit dem Buchhändler in der Nähe des Podiums stand, hatte also Gelegenheit, mich zu beobachten. Als er das Podium betrat und mit Applaus empfangen wurde, saß ich direkt vor ihm.

Er las weniger gut, als er schrieb, und versprach sich oft. Mir fiel auf, daß er allzuoft zum Wasserglas griff, und dann fiel mir auf, daß sich in diesem Glas wohl kein Wasser befand. Da ich dem Tisch so nahe saß, wehte mir nach einer Weile zart der Geruch von Birnenschnaps entgegen. Aha, dachte ich bedauernd, der Gute ist also Alkoholiker. Als könne er in meinen Gedanken lesen, machte Bertram Krisch plötzlich eine Pause und sah mich an. Er sah direkt in meine Augen, und ich fühlte, daß ich errötete. Da lächelte er. Es war ein ironisches und ungeheuer selbstsicheres Lächeln. Er griff wieder nach dem Glas und nahm in Ruhe einen Schluck. »Und schon geht es weiter, gnädige Frau«, sagte er dann, er sagte es eindeutig in meine Richtung, das Publikum kicherte ein wenig, und als wieder Ruhe herrschte, las er weiter. Aber immer wieder sah er zu mir her und ließ jedes Mal seinen Blick kurz und abwägend auf mir ruhen. Das verwirrte mich. Mehr noch, es wurde mir unangenehm. Ich fühlte mich ausgeliefert. Wie preisgegeben saß ich dicht vor dem Mann, den das Lesen und die Anwesenheit des Publikums in keiner Weise dabei zu stören schien, seinen persönlichen Betrachtungen nachzugehen, und ich sah keine Möglichkeit zu entkommen. Als am Ende applaudiert wurde und ich mich eilig erheben wollte, stieg er blitzartig vom Podium zu mir herunter und packte mich am Arm. »Laufen Sie ja nicht weg«, sagte er, »wir haben zu reden.« Die Leute hatten brav weitergeklatscht, man dachte wohl, wir beide seien Bekannte, Bertram Krisch habe mich nur rasch begrüßt. Und als er wieder hinaufstieg, den Applaus noch einen Moment hinnahm, dann abwinkte und sich bereit erklärte, Fragen zu beantworten, blieb ich tatsächlich sitzen. Ich wollte weglaufen und tat es nicht. Es war wieder eine dieser Entscheidungen, die nicht rückgängig zu machen sind und die einen Weg bestimmen. Ich saß vor ihm, während er sich launig mit dem Publikum unterhielt, auf stereotype Fragen witzige Antworten gab, über seine Bücher ohne jeden Ernst sprach, eher so, als mache er sich über sein Schreiben lustig. Das Wasserglas voll Schnaps hatte er mittlerweile ausgetrunken. Auch jetzt sah er ab und zu kurz zu mir her, so als wolle er sich vergewissern, ob ich noch da sei. Ich selbst stellte ihm keine einzige Frage, ich saß nur da, als hätte er mich festgenagelt. Auch als Bücher gekauft wurden, die Leute sich anstellten, um ihr Exemplar mit seiner Unterschrift versehen zu lassen, blieb ich sitzen und rührte mich trotz des Getümmels nicht vom Platz. Dann hörte ich, wie eine weibliche Stimme sagte: »Ja, ja, sie ist fast immer hier, sie ist Schriftstellerin.« Die Frau stand neben Bertram Krisch auf dem Podium und sah zu mir her, er signierte eben ihr Buch, und sie hatte offensichtlich seine Frage beantwortet. Dann hob auch er den Kopf, und sein Blick glitt in meine Richtung. »Was schreibt sie?« fragte er. Mir wurde übel. Ja, mein Magen zog sich zusammen vor Entsetzen, jetzt bist du entdeckt, dachte ich, was schreibe ich, niemand weiß, was ich schreibe, Belletristik, hatte ich immer vage angegeben. »Ich glaube, Belletristik«, sagte jetzt die Frau, »aber ehrlich gesagt habe ich noch nichts von ihr gelesen.« Andere Leute schoben sich jetzt zwischen uns, ich hörte nur noch, wie mein Name ausgesprochen wurde, erst von der Frau, die wohl befragt worden war, und dann von ihm. »Magda Bernsteiner«, prüfend wiederholte seine Stimme meinen Namen, »nie gehört.« Jetzt hätte ich flüchten können, Maria, ich war hinter einer Wand aus Menschen vor ihm verborgen. Aber ich brauchte zu lange, mich zu entschließen, als sich mein schreckgelähmter Körper endlich aufrichten wollte, saß er plötzlich neben mir. »Hier ist es gemütlicher«, sagte er, und die Leute scharten sich jetzt um uns, während er an meiner Seite damit fortfuhr, seinen Namen in Bücher zu kritzeln und danach freundlich nickend zu deren Besitzern aufzuschauen, ehe er ihnen das Buch zurückreichte. »Sie schreiben auch, habe ich gehört?« fragte er nach einer

Weile, beiläufig und ohne mich anzusehen, und ich gab keine Antwort. »Vielleicht kenne ich eines Ihrer Bücher, nennen Sie mir doch einen Titel«, fuhr er erbarmungslos fort. Ich gab wieder keine Antwort. Die Umstehenden musterten mich erstaunt, so stumm und offensichtlich befangen hatte man mich bisher nicht erlebt. »Nennen Sie ihm doch den Roman, der im Frühjahr erscheinen wird, Frau Bernsteiner«, versuchte ein Herr, dem ich einmal etwas in der Art weisgemacht hatte, sich begütigend einzumengen, »heißt er nicht: Der Morgen ist unausweichlich?« Unter meinem Kostüm war ich schweißüberströmt. Alle wußten meinen richtigen Namen, warum nur hatte ich ihn gesagt. Warum nur hatte ich zudem noch so sorglos gelogen, was sollte dieser blöde Titel, ich erinnerte mich nicht einmal, ihn diesem Herrn je genannt zu haben. Der Morgen ist unausweichlich, nicht zu fassen. »Ist Ihnen nicht gut?« fragte jemand, und ich winkte ab. Mir war, als müßte ich jede Sekunde zu weinen beginnen. Bertram Krisch signierte ungerührt weiter, und man stand plötzlich recht schweigsam um uns herum. Wieder die Scham, Maria. Nach langer Zeit wieder, aber so hilflos wie in meiner Jugend war ich einer Woge von Scham ausgesetzt, die mich überflutete und zu Boden warf.

Ich kann nicht weiterschreiben, Maria, liebe. Der Tag neigt sich, meine Finger schmerzen, und das Erinnern auch. Bis zum nächsten Mal bin ich von Herzen

Ihre Magda

23. August

Liebste Frau Magda.

Das hab ich mir doch gedacht, daß in Ihrer Geschichte dieser Mann jetzt bald einmal auftauchen wird, den ich ja ganz kurz noch bei Ihnen in der Wohnung erlebt habe. Ganz am Anfang, wie ich angefangen habe, bei Ihnen zu putzen. Nicht wahr, dieser Kriminalschriftsteller war das doch? Seinen Namen habe ich damals nie erfahren, weil ich ihn nie richtig getroffen habe, entweder ist er noch im Bett gelegen oder grade weggegangen, ohne mich zu grüßen, und Sie haben auch nie über ihn geredet. Aber geweint haben Sie oft, ich habe es gemerkt, auch wenn Sie so getan haben, als wäre nichts. Aber ich möchte jetzt nicht meinen Senf dazugeben und vielleicht gar irgendein Urteil aussprechen, ich warte auf das, was Sie mir erzählen werden, so wie immer. Was aber nicht mehr war, wie ich bei Ihnen angefangen habe, das waren Ihre gefärbten Haare, die bronzefarbenen, wie Sie es nennen. Wie ich bei Ihnen angefangen habe, waren sie schon ganz normal grau, der Lukas hat nämlich gesagt: die Frau ist doch noch fesch, warum färbt sie sich nicht die Haare, daran kann ich mich noch genau erinnern, und auch, daß ich mit ihm geschimpft habe. Weil Sie mir nämlich von Anfang an gut gefallen haben, Frau Magda, genau so wie Sie waren. Nur zu traurig eben, immer trauriger sind Sie geworden, und das hat mir nie gefallen. Aber warum Sie so viele Bücher in Ihrer Wohnung haben, das verstehe ich immer besser, nach allem, was Sie erzählen. Ich würde wohl in meinem Leben nicht einmal ein Viertel von den Büchern lesen können, die Sie schon gelesen haben, auch wenn ich jetzt damit anfangen würde. Dieser Gedanke betrübt mich irgendwie, als würde ich in meinem Leben etwas Wichtiges versäumen. Aber weil ich sowieso auf keinen Fall damit anfangen könnte, jetzt auf einmal viele Bücher zu lesen, schieb ich ihn lieber wieder weg, diesen Gedanken. Nur manchmal, wie ich es Ihnen ja schon gestanden habe, nehme ich mitten im Aufräumen bei Ihnen ein Buch aus einem Regal und schaue hinein und lese ein paar Zeilen. Dann arbeite ich wieder weiter, aber so, als hätte ich kurz in einen ganz anderen Raum geschaut. In einen, wo man nicht aufräumen muß, wo alles an seinem Platz steht, und dieser Platz ist in den Worten und im eigenen Kopf. Ich kann nicht gut beschreiben, was ich meine, aber wenn ich noch einmal lebe, werde ich sicher viele Bücher lesen. Ich weiß, daß ich in diesem Leben sehr viel arbeiten muß, Frau Magda, aber ich tu auch das gern, ich passe schon auf mich auf, glauben Sie mir. Die paar Stunden dazu beim Ölig-Versand machen mir nichts, und wirklich, der Herr Kreuz ist eine Perle, gibt mir immer gleich das Geld und ist so höflich und elegant dabei, man kommt sich nicht schäbig vor, sondern gewürdigt. Ich bin froh, daß Ihnen meine Arbeit dort nichts ausmacht. Der Lukas hat anfangs auch gewettert, aber die gute Bezahlung hat ihn wieder beruhigt. In Kieflach mußt du dich dann aber ausruhen, hat er gesagt, stellen Sie sich vor! Auf einmal in Kieflach ausruhen, wer sagts denn! Er hat Ende August eine Woche Urlaub, da wollen wir die ganze Zeit dort sein. Ich hoffe, es regnet dann nicht mehr so wie jetzt, seit zwei Tagen schüttet es ohne Pause, ich muß schon Tücher ins Fenster legen, daß es nicht von der Straße hereinrinnt in unsere Küche. Auch jetzt hör ich es rauschen, mitten in der Nacht, es ist spät und ich schreibe wie immer am Küchentisch.

Frau Magda, wenn Sie auch damals geschwindelt und keine Geschichte zusammengebracht und sich geschämt haben, jetzt schreiben Sie ja gerade eine auf, Ihre eigene eben, oder? Ich warte sehr darauf, wie alles weitergegangen ist, obwohl die Fortsetzungen immer näher an die Gegenwart kommen und das Erinnern dadurch mehr weh tut, stell ich mir vor. Wie bei Wunden, die noch offen sind, die tun weh, wenn man hingreift. Hoffentlich sind Sie in Ordnung mit dem Kreislauf und dem Vermissen und so, und es regnet nicht genauso trostlos auf Ihrer Insel wie hier. Ich bleibe immer

Ihre Maria

24. August

Liebe Maria,
nein, hier regnet es nicht, ein Tag ist schöner als der andere, das Blau regiert. Heute vormittag habe ich bei Malinja nicht nur Ihr Fax ausgehändigt bekommen, Maria, sondern auch eines vom Professor, was sagen Sie dazu. Es war kein langer Brief. Er wolle keineswegs in unser beider Briefwechsel eingreifen, schrieb er, aber das Wissen um die Faxnummer hier hätte ihm keine Ruhe gelassen, er wolle sich nur ein wenig ins Gedächtnis zurückrufen und mir weiterhin schöne Inseltage wünschen, um die er mich gleichzeitig beneide. Die Fernsehsendung sei seine Abreise nicht wert gewesen, aber »aus Schaden wird man klug«, nur oft zu spät. Beim nächsten Mal hoffe er sich zur rechten Zeit klüger zu verhalten, usw. War ein netter Gruß, muß ich sagen.

Es ist früh am Nachmittag und ich sitze wieder an meinem schattigen Tisch unter den Olivenbäumen. Draußen auf der glitzernden Meeresfläche zieht eben ein Boot mit orangeroten Segeln vorbei. Ich habe hier noch nie orangerote Segel gesehen, mir war im ersten Augenblick, als käme ein Seeräuberschiff auf unsere Insel zu, aber sanft und ungerührt läßt es sich vom Wind vorbeitragen.

Und jetzt ist es soweit, ich muß wieder zurück, dorthin, wo ich vor zwei oder drei Tagen mein Schreiben abgebrochen habe, zurück zur Buchhandlung Möbius und zu meiner Scham.

Die Leute umstanden uns also wie eine schweigende Mauer, alle schienen Peinlichkeit zu wittern. Eine Weile hörte man nur das Kratzen von Bertram Krischs Füllfeder, und ein »danke« oder »bitte« beim Herreichen und Zurückgeben der Bücher. Plötzlich lachte er laut und vergnügt auf, mitten im Schreiben. »Der Morgen ist unausweichlich!« rief er, »köstlicher Titel!« Er gluckste weiter vor sich hin. »Tja, manches im Leben ist unausweichlich, nicht wahr, gnädige Frau?« Kurz sah er zu mir her, seine Augen blitzten vor Lust, mich bloßzustellen. »Der Morgen ist da noch das geringfügigste, würde ich sagen, oder?« Sein spöttischer Angriff traf mich wie ein Peitschenhieb, mir wurde unmöglich, ruhig neben ihm sitzen zu bleiben. Ich stand auf. Natürlich hätte ich mich einfach durch die Menge drängen und davongehen können, aber in diesem Augenblick verließen mich alle Vernunft und jeder Selbstschutz. Ich wollte nur noch ehrlich sein, simpel und splitternackt ehrlich, nur das konnte mich retten. »Diesen Titel gibt es nicht«, sagte ich, »ich habe noch nie ein Buch veröffentlicht. Ich bin keine Schriftstellerin.« Man sah mich an, und es war still im Raum. Und da, in dieser peinlichen Stille und unter all den erstaunten, auf mich gerichteten Blicken, fühlte ich mich tatsächlich nackt. Mir war, als müsse ich erbrechen, und ich drängte einen jungen Mann neben mir heftig zur Seite, um davonzustürzen. Aber da war es wieder Bertram Krisch, der mich flink am Arm packte und festhielt. »Natürlich sind Sie das«, sagte er jetzt mit erstaunlich sanfter Stimme, »was wir tief im Herzen sein wollen, das sind wir immer auch.« Dann wandte er sich an die Umstehenden, die uns anglotzten. »Wenn Sie mich für heute entschuldigen würden, meine Damen und Herren, ich komme aber gern morgen noch einmal zu einer Signierstunde, Herr Möbius und ich werden das besprechen. Ich danke Ihnen.« Und er führte mich davon, durch ein Spalier von verwirrtem Applaus, Gekicher und aufbrandenden Gesprächen. »Die haben jetzt reichlich zu reden«, sagte er, als wir zum Ausgang der Buchhandlung strebten, »und wohin gehen wir?« Ich starrte ihn an, ohne diese Frage zu begreifen, ich wollte nur hinaus. Da trat uns der Buchhändler in den Weg. »Lieber Krisch«, begann er, ohne es für nötig zu erachten, mich eines Blickes zu würdigen. »Lieber Möbius«, unterbrach Bertram Krisch ihn sofort, »ich rufe Sie morgen an. Jetzt habe ich einen wichtigen Termin mit Frau Bernsteiner, auf Wiedersehen, mein Lieber.« Da konnte der Buchhändler nicht umhin, auch mir noch ein höfliches Nicken zu gewähren, als wir uns davonmachten. Ja, es glich mehr und mehr einer Flucht, die den Autor zu erheitern schien. Ich jedoch war immer noch zutiefst beschämt, mein Körper zitterte nur langsam aus, die Unterwäsche klebte mir auf der Haut, und als wir durch den Herbstabend davoneilten, konnte ich seine Heiterkeit nicht im geringsten teilen. »Ich weiß schon, wohin wir gehen«, sagte er, der Einfall beschwingte ihn offenbar noch mehr, und vergnügt zog er mich weiter, ohne mein Einverständnis einzuholen. Ich war von der Bloßstellung, die ich erlitten hatte, noch viel zu geschwächt, um mich gegen irgend etwas zu wehren, ich war froh, schweigen zu dürfen. Schließlich landeten wir in einem Lokal, in dem ich nie zuvor gewesen war. In dem kleinen, weißgetünchten Raum gab es nur wenige Tische und in der Ecke eine altmodische Theke mit Messingbeschlägen, aber Stimmen und Essensgerüche schlugen uns mächtig entgegen. Es war nicht eines der schicken Restaurants, die ich kannte und mit meinen Bekannten zu besuchen pflegte. Eine junge, kräftige Frau empfing uns, sie trug eine lange dunkelgrüne Schürze eng um ihren Körper gewickelt, und Bertram Krisch schien sie gut zu kennen. »Hallo, Schalottchen«, sagte er und küßte sie auf beide Wangen, »geht's gut? Wir zwei Flüchtlinge haben enormen Hunger.« »Dagegen läßt sich etwas machen«, erwiderte sie und führte uns zu einem freien Tisch. »Wie ich dich kenne, mein Lieber, hast du sicher auch enormen Durst«, fügte sie hinzu, als wir uns gesetzt hatten. »Was soll's denn sein, Krisch?« Nicht nur sie nannte ihn Krisch, auch andere Gäste, die ihn begrüßten, sprachen ihn so an. Wir bestellten, wir aßen, und wir tranken viel. Auch ich trank an diesem Abend viel, ich war allzu bereit, mich zu entspannen und mich fallen zu lassen. Auch in das Gespräch mit diesem Mann, der mich nicht mehr spöttisch anging, sondern aufmerksam Fragen stellte und mir zuzuhören begann. Ich sei ihm sofort aufgefallen, sagte er, zwischen all den literaturbeflissenen Leuten hätte ich geheimnisvoll gewirkt, wie ein Stück lebendiger Literatur. Jetzt fiel es, dieses Wort »geheimnisvoll«, und es schmeichelte mir ungemein. Und ich begann, ihm rasch und ohne Scheu aus meinem Leben zu erzählen, aber natürlich wählte ich aus, ganz im Hinblick auf »lebendige Literatur«, als die ich ihm erschienen war. Über meine Lüge in der Buchhandlung fiel kein Wort mehr. Ich solle ihn auch Krisch nennen, bat er mich, seinen Vornamen könne er nicht ausstehen, ihn Bertram zu nennen sei ein Racheakt seiner Eltern gewesen, und außerdem sollten wir uns duzen. Ich stimmte zu, wir hoben die Gläser und stießen darauf an.

Wir stießen immer wieder auf irgend etwas an im Lauf dieses Abends, zuerst mit Wein, zuletzt nur noch mit Schnaps. Ich wurde betrunken. Dennoch wurde mir mit aller Klarheit bewußt, daß ich diesen Mann zu begehren begann. Wieder einmal, nach einem halben Leben wieder einmal, würde ich einem Mann nicht nur nachgeben, um mir mein Frausein zu bestätigen, sondern weil ich ihn wollte. So sinnlos besoffen war ich nicht, um nicht mit Erstaunen das tiefe Drängen meines Körpers wahrzunehmen. Zuletzt saß ich Krisch nur noch still gegenüber und ließ ihn reden. Obwohl angetrunken, monologisierte er lebhaft, formulierte humorvoll und gewandt, nach einem gewissen Maß an Alkohol hörte er sich wohl gerne sprechen. Er sprach also, lachte, trank, bis er plötzlich innehielt und mich ansah. »Du bist still, Bernsteinerin«, sagte er. Dann beugte er sich über den Tisch zu mir herüber und umfaßte meine Schulter. Er spürte wohl sofort, daß diese schlichte Berührung mich erregte, denn seine Hand wanderte weiter, meinen bloßen Hals hinauf, dann über die Kehle abwärts in meinen Ausschnitt. Wir schwiegen beide und lösten unsere Blicke nicht voneinander. Auf einmal nahm ich das weiche Braun und die langen Wimpern wahr, daß etwas so Warmes, Weiches in seinem Gesicht wohnen könnte wie diese Augen, hatte ich nicht erwartet. Ich zitterte ein wenig. »Ich glaube, wir beide gehören ins Bett«, sagte er, zog seine Hand zurück, rief nach Schalottchen, zahlte, und wir gingen. Wir nahmen ein Taxi und fuhren zu mir, in meine Wohnung. Dort erfuhr ich trotz unserer Trunkenheit eine erregende und sinnliche Nacht, die mich beglückte. Erst im Morgengrauen schliefen wir erschöpft ein.

Was so begann, Maria, das hielt ich anfangs für die Erfahrung, die man erst machen kann, wenn man älter geworden ist, wie Frau Haslinger Jahre zuvor einmal gesagt hatte. Einen anderen Menschen wirklich zu lieben, ohne etwas falsch zu machen, ohne mich zu verrennen, das schien mir plötzlich zu gelingen. Mir war, als gelänge es uns beiden. Als würde ich lieben und geliebt werden. Dieser Mann war so alt wie ich, aber wir waren noch jung genug, um uns jung zu fühlen. Er war Schriftsteller, ein Mensch des Buches, und davon verstand ich etwas, wir hatten also auch eine gemeinsame intellektuelle Basis, die unser Gespräch würzte und es nie versiegen ließ. Wenn er in der Stadt war, blieb er von nun an meist bei mir. Aber er besaß in einem großen Haus am Stadtrand, das seine Exfrau und seine erwachsene Tochter bewohnten, weiterhin seine eigenen Zimmer. Sie stünden alle in bestem Einvernehmen, sagte er, und schreiben würde er ohnehin nur in seiner klitzekleinen Wohnung in Triest. Er liebe diese Stadt, wir müßten bald einmal zusammen hinfahren. Alles klang so gut, Maria. Und eine Weile lang lebte sich auch alles so, als wäre es gut. Ich weiß, daß Sie Krisch noch bei mir gesehen haben, und damals sah es bereits ganz anders aus. Aber zu Beginn war es schön, sehr schön, glauben Sie mir, und nur deshalb ließ ich mich noch einmal so auf einen Menschen ein.

Genug für heute, Maria. Am Nachmittag zogen auch hier Wolken auf, vorhin sind erste Tropfen auf das Papier vor mir gefallen, sie sehen es an der verwischten Schrift. Das waren also keine Tränen, sondern nur beginnender Regen.

Ich grüße Sie.

Magda

26. August

Liebe Frau Magda.

Mit Sonne und Blau fing Ihr Brief an, und ich hab mich sehr über das Fax vom Professor gefreut, weil Sie sich ja auch gefreut haben. Am Ende war dann der Regen da, und ich hoffe, daß er nicht auch so lange dauert wie bei uns. Erst seit heute ist es wieder schön. Ja, jetzt weiß ich es wieder, daß Sie manchmal Herr Krisch gesagt haben, der Herr Krisch hat ein paar Hemden hiergelassen, die sollten schnell fertiggemacht werden, liebe Frau Schübler, so was in der Art haben Sie öfter gesagt. Und natürlich glaube ich Ihnen, daß am Anfang alles schön war, aller Anfang ist schön, sagt man doch. Ich war auch gleich viel zu schnell mit meinen unfreundlichen Worten über den Herrn Krisch, es tut mir leid, Frau Magda. Man ist überhaupt sehr oft zu schnell mit seinen Worten, das ist immer eine große Gefahr. Wie Sie mal geschrieben haben, daß Sie die Worte nie vergessen, und daß Worte so zuschlagen können. Beim Lukas muß ich auch immer wieder aufpassen, daß meine Worte ihn nicht schlagen, ich kann nämlich manchmal sehr rasch zornig sein und mich mit viel Geschrei gegen irgend etwas wehren, das mir dann gar nicht mehr so arg vorkommt, wenn ich wieder ruhig geworden bin. Wegen dem Haus in Kieflach zum Beispiel habe ich viel zu viel herumgeschrien, jetzt hat der Lukas es auch schon gern, das Haus. Nächste Woche kommt der Onkel Willi ins Sanatorium, und wir werden dabei sein, damit er sich dort nicht gleich fürchten muß. Nächste Woche ist schon September, Frau Magda. Das Wetter ist zwar schön heute, aber etwas liegt in der Luft, das riecht nach Herbst, auch die Farben, der Himmel, das Licht, man kann nicht genau sagen, was es ist, aber es ist ein erstes feines Gefühl von Herbst. Ich hoffe, Sie kommen bald zurück, jedenfalls bevor es kühl wird auf der Insel, denn dort wird es doch auch kalt im Winter, oder? Der Herr Kreuz läßt Sie übrigens grüßen, er sagt das immer wieder, und ich schreibe es Ihnen fast nie, also tu ich es heute für alle anderen Male. Er sagt auch immer wieder, wie sehr er Sie schätzt, ich schätze Frau Bernsteiner in jeder Hinsicht, hat er unlängst gesagt. Alles hier wartet auf Sie, der Ölig-Versand, Ihre schöne Wohnung und natürlich ich selber. Aber es steht mir nicht zu, Sie zu irgendwas zu drängen, wieder schnelle Worte, die ich hätte lassen sollen. Lieber grüße ich Sie jetzt zum Abschluß sehr herzlich und nehme den Brief mit zur Arbeit bei Ölig, dann faxt der Herr Kreuz ihn heute noch los. Ihre Maria

27. August

Meine liebe Maria,
aller Anfang ist schwer, würde der Professor mit seiner Fernsehsendung über Sprichwörter und Trivialphilosophie Sie sicher höflich korrigieren, aber mir gefällt Ihr »aller Anfang ist schön« ohnehin besser. Und paßt auch besser zu dem, was ich weiter berichten werde. Denn schwer wurde das Weitere, nach dem schönen Anfang.

Aber vorerst: ja, es hat geregnet, lange, den ganzen Tag lang gestern. Ich bin eine Weile durch den strömenden Regen gewandert, weil ich nicht nur auf meinem Zimmer bleiben wollte, das bei schlechtem Wetter plötzlich ein wenig trostlos wirkt. Alles hat geduftet draußen, und es war warm, meine Haare und mein Kleid waren naß vom Regen, als ich zurückkam, ich bin ohne Schirm und ohne Regenmantel losmarschiert. Abends habe ich Valium genommen (Ihnen gestehe ich alles, was in diese Richtung geht, damit Sie immer Bescheid wissen, Maria, das hilft mir, als Kontrolle), weil ich nicht draußen sitzen konnte und bald einschlafen wollte. Nachts haben der Regen und das Meer gerauscht, aber gegen Morgen wurde es still. Als ich erwachte und auf den Balkon trat, stürzte das Licht förmlich auf mich zu, alles war wieder golden und blau, nur sanfter Wellenschlag und strahlende Morgensonne. Aber Sie haben recht, hier ist es zwar noch nicht der Herbst, der sich meldet, aber eine seltsame Milde scheint den hohen Sommer gebrochen zu haben. Ich kam eben von Malinja zurück, Ihr Fax in meiner Rocktasche, es war herrlich, durch den frischen, feuchten, jungen Tag zu wandern. Jetzt schreibe ich auf dem Balkon, ohne Strohhut, die Sonne warm auf meinem Haar. Pero hat vorhin sein blaues Boot losgemacht und winkte mir zu, ehe er den Motor anließ. Jetzt tuckert er hinaus zu seinen Reusen.

Aber ich kehre zurück zu meiner Zeit mit Bertram Krisch. Ich kann nicht genau sagen, wie lange es eine gute für mich war, vielleicht ein halbes Jahr, vielleicht ein wenig länger. So schamvoll meine erste Begegnung mit Krisch sich auch gestaltet hatte, nachdem wir ein Liebespaar geworden waren, stärkte die Nähe zu ihm mein Selbstbewußtsein. Ich mußte nicht mehr verstohlen Literaturabende besuchen und mir dort einen falschen Nimbus geben, um meinen geliebten Büchern und ihrer Welt näherzurücken. Jetzt achtete ein geachteter Autor mein Urteil und mein Wissen und ließ mich Einblick in sein Schreiben nehmen. Wir empfahlen einander Bücher und sprachen ausführlich über das Gelesene, ich liebte diese Gespräche, und auch Krisch konnte sie stundenlang führen, ohne sich zu langweilen.

Vor allem, wenn es dabei um seine eigenen Manuskripte ging, die er mir zu lesen gab oder aus denen er mir vorlas. Ich selbst arbeitete weiter beim Ölig-Versand, aber darüber sprachen wir kaum, das schnöde Geldverdienen überließ er mir allein. Auch meine persönlichen Bekannten traf ich jetzt selten, meist nur, wenn Krisch unterwegs war. Man erfuhr natürlich von meiner Beziehung zu dem Schriftsteller, und da er Krimis schrieb, die ziemlich populär waren, fanden meine Freunde diese Konstellation zwar beeindruckend, zogen sich aber zugleich von mir zurück. Ich galt nicht mehr als eine von ihnen. Es machte mir nichts aus, denn mittlerweile fühlte ich mich in Krischs Menschenumfeld doch weitaus wohler, zwischen Autoren, Schauspielern, all den mit ihm befreundeten Leuten, die sich meist als Künstler ausgaben und die wir bei Schalottchen oder sonstwo antrafen, wenn ich mit ihm unterwegs war. Und bald schien mir, ich würde dort als »eine von ihnen« gelten, und das machte mich stolz. Ich bedachte zu wenig, daß man mich als Begleiterin von Bertram Krisch akzeptierte und ich ohne ihn wohl nicht gezählt hätte. In dieser ersten Zeit war ich eben immer an seiner Seite, und wir Menschen neigen so sehr dazu, das, was uns gefällt und wohl tut, als beständig anzusehen. Ich sah Krisch und mich als Paar, und das für alle Ewigkeit. Er schlief jede Nacht neben mir, wenn er nicht verreist war, und fast jede Nacht schlief er auch mit mir. Unsere Lust aneinander blieb ebenfalls erstaunlich blühend und wach, mir schien, auch sie würde ewig währen. Das Erstaunlichste aber war, daß er sogar in meiner Wohnung zu schreiben begann, wenn ich tagsüber bei Ölig arbeitete. Ja, eines Tages setzte er sich an den großen Eichentisch, den ich eigentlich für Essenseinladungen vorgesehen hatte, Sie wissen, Maria, der riesige alte Tisch im Zimmer neben der Küche, und schlug dort, ohne mich zu fragen, seine schriftstellerischen Zelte auf. Anfangs war es eine elektrische Schreibmaschine, in die er hämmerte, später wurde es gar ein Computer, den er bei mir anschloß. Ich liebte dieses Durcheinander von Kabeln, Papieren, Manuskriptseiten, liebte die Zweckentfremdung meines Eßtisches, liebte es, aus meiner jahrelang penibel gehüteten Ordnung geworfen zu werden. Ich liebte es, weil er mich da hinauswarf und weil seine Nähe, die seines Körpers, seiner Gedanken, seiner schnellen Umarmungen jetzt Ordnung und Richtmaß meines Lebens geworden war. Es beglückte mich, daß er nicht, wie er mir am ersten Abend versichert hatte, nur in seiner Triester Wohnung Bücher schreiben konnte, sondern eben auch bei mir, neben mir, in meinem privaten Umfeld, das er zu dem seinen werden ließ. Dieser Umstand erfüllte mich mit der Gewißheit, ihm im Vertrautesten nahe zu sein, ihm für immer vertrauen zu können.

Wir reisten auch gemeinsam nach Triest, und das, sooft es uns möglich war. Wann immer ich mich bei Ölig freimachen konnte, stiegen wir in mein Auto und fuhren los. Es war nicht mehr der alte, silberne MG, der anfangs mein ganzer Stolz gewesen war, aber ich besaß nach wie vor einen Wagen. Und Krisch, der nie Autofahren gelernt hatte, setzte sich gern neben mich und ließ sich chauffieren. Manchmal aber nahmen wir die Bahn, was ich besonders mochte, weil wir dies bei unserer ersten Reise getan hatten. Damals liebten wir uns im dahinschaukelnden Schlafwagencoupé, schliefen kaum und kamen früh am Morgen schlaftrunken in Triest an. Es war ein milder Spätherbsttag, und wir schleppten unsere Reisetaschen bis zu Krischs Wohnung. Sie befand sich in einer langen, baumbestandenen Straße mitten in der Stadt, wo Cafés und Bars sich aneinanderreihen und nahezu bei jeder Witterung Tische und Stühle im Freien, unter dem gewölbten Dach der Baumwipfel, aufgestellt sind. Krischs kleines Appartement lag im letzten Stock eines der hohen, alten Häuser, die diese Straße säumen, vor den Fenstern bewegte sich goldenes Herbstlaub, dessen bitterer Duft zu uns hereindrang. In der Tiefe, unter den Bäumen, war Geplauder, Lachen und das Klirren von Tassen und Gläsern zu hören, ein sanftes, stetiges Geräusch, das nur wenige Nachtstunden lang verstummte. In der Wohnung gab es ein großes Bett, einen großen Tisch, dicht ans Fenster gerückt, eine Kochnische und ein winziges Bad, mehr nicht. Wir schliefen ein paar Stunden, müde ineinander verschlungen. Dann aßen wir unten in einem der Cafés, tranken reichlich Weißwein dazu und schlenderten anschließend durch die Stadt bis zum Hafen. Am weit hinausreichenden Ende einer Mole saßen wir und blickten über die nahezu unbewegte, goldgelb schimmernde Meeresfläche hinweg. Der Nachmittag war warm, und uns umgab eine matte, geruhsame Stimmung. Nur wenige Schiffe ankerten, einige von ihnen waren von Rost bedeckt und verbraucht, alles wirkte ein wenig wie aus der Zeit gefallen. Und genau das gefiel mir. Ich verstand, daß Krisch sich hierher zum Schreiben zurückgezogen hatte, früher. »Früher« wurde für mich zum Synonym für alles, was uns nicht verband. »Früher«, das hieß: mein anderes, mein ungeborenes, mein nicht vorhanden gewesenes Leben. Und dazu gehörte eben auch alles, was Krisch je ohne mich getan hatte. Er schrieb natürlich weniger in Triest, jetzt, wo wir meist zu zweit hier waren. Trotzdem lag ich manchmal still auf dem großen Bett, schloß die Augen, um ihn nicht zu stören, und ließ mich vom Geräusch seiner Schreibmaschine wiegen, während er am Tisch saß und arbeitete. Wir machten Ausflüge, nach Duino zum Beispiel. Ich erinnere mich an einen sonnigen Winternachmittag dort, an dem wir mit unseren Mänteln und Schals vor einem Restaurant saßen, nahe am silbern aufgerauhten Wasser, und daß man sich dort schließlich überreden ließ, uns das Essen doch im Freien zu servieren. Und ich erinnere mich, wie viele Flaschen Wein wir an diesem Nachmittag leerten, während Krisch alle ihm halbwegs bekannten Rilke-Gedichte aus seinem Gedächtnis kramte und sie lauthals rezitierte. Ich war erstaunt, daß er trotz aller Ironie, allem Spott, den er in sein Deklamieren legte, überhaupt Zeilen aus den »Duineser Elegien« im Kopf hatte. Dieser Rilke, Sie wissen bereits von ihm, Maria, lebte nämlich einige Zeit auf dem Schloß in Duino und schrieb dort Gedichte, die deshalb so heißen. (Um Ihren DUDEN vorwegzunehmen, Elegie nennt man eine Gedichtform, sie entspricht auch einem Klagelied.) »Denn Bleiben ist nirgends«, brüllte Krisch stolz, »erste Elegie!« Aber dieser Satz tat mir weh, das, was er ausdrückte, tat mir weh, ich wollte ihn nicht hören. »Bravo«, sagte ich dennoch mit einem matten Lächeln. Nach einer Pause zitierte Krisch leiser: »Und irgendwo gehen Löwen noch und wissen, solang sie herrlich sind, von keiner Ohnmacht.« Wir schwiegen danach, er sah mich an und lächelte ein wenig schief, und wir wickelten uns fester in unsere Mäntel. Es war so still plötzlich, nur das kalte Meer rauschte. Krisch war sehr betrunken, als wir nach Triest zurückfuhren, ich mußte ihn die Treppen zur Wohnung hochzerren, und dort schlief er sofort ein. Das mußte ich oft tun, und im Lauf der Zeit immer öfter. Ihn nach Hause schleppen, einen haltlos betrunkenen, schweren Mann mit letzter Kraft nach Hause schleppen und irgendwie ins Bett hieven. Wenn ich mich dann zu ihm legte, schnarchte er meist, aber da ich ihn liebte,

liebte ich auch diese dröhnenden Atemzüge. Und es war ja längere Zeit noch so, daß sich am Morgen ein verknitterter, stoppelbärtiger Krisch mit einem bezaubernden Lächeln wegen dieses »kleinen Ausrutschers« bei mir entschuldigte, da sei ihm eindeutig mehr als sonst durch die Kehle geflossen, nicht böse sein, Bernsteinerin. Und wenn dann seine Hände begehrlich nach mir griffen, schlüpfte ich an seine warme, alkoholduftende Brust, als läge dort weiterhin alle Sicherheit und alles Glück meines Lebens.

Der Krisch und seine Bernsteinerin, so wurden wir damals genannt. Ich weiß das, weil ich es immer wieder hörte. »Einen Tisch für den Krisch und seine Bernsteinerin!« rief zum Beispiel Schalottchen durch das Lokal, wenn wir es betraten. Oder wenn wir irgendwohin zu spät kamen, wurde gebrummt: »Na endlich, Primadonna Krisch mit seiner Bernsteinerin.« Ich liebte es über alle Maßen, so genannt zu werden. Seine Bernsteinerin. Und diese seine Bernsteinerin auch zu sein, wir beide eins, wurde Inhalt meines Denkens und Fühlens. Ich habe dieses Hochgefühl, diesen Stolz auf eine Verbundenheit in meinem Leben nur dieses eine Mal erlebt. Wenn man der ganzen Welt vorführen möchte, daß man glücklich ist, daß da etwas im eigenen Leben ganz und gar stimmt. Wenn man weiß, daß dieses Glück aus einem herausleuchtet, wenn man als strahlendes Doppelgestirn durch die Trübnis menschlichen Mittelmaßes gleitet, neidvoll bewundert, und wenn man sich dessen in jeder Sekunde siegreich bewußt ist. Ja, Maria, eine Weile lang waren wir beide diese Löwen, die irgendwo gehen und von keiner Ohnmacht wissen. Als Krisch jedoch die Rilke-Zeilen am winterlichen Meer bei Duino gesagt und mich danach angeschaut hatte, da zog vielleicht zum ersten Mal eine Ahnung von Ohnmacht an uns vorbei. Es war jedoch eine Ahnung, die ich noch lange verdrängte, solange es mir nur möglich war.

Alles Weitere im nächsten Brief, liebe Maria. Ich habe heute mittag nichts zu essen verlangt, die Hauswirtin brüllte eben vom Hafen zu mir hoch, etwas wie: »He, he – was ist? – tot mit Hunger?!«, und mir fiel auf, daß ich tatsächlich sehr hungrig bin.

Bis bald, meine Liebe.

Ihre Magda

30. August

Liebe Frau Magda.

Ich wollte gleich antworten, vorgestern, aber wir waren in Kieflach, haben dem Onkel Willi alles zusammengepackt und sind dann mit ihm im Krankenauto zurückgefahren, hierher ins Sanatorium. Er hat ja ein recht nettes Zimmer, muß ich sagen, sogar einen Baum vor dem Fenster, aber ich hab gut verstanden, daß er so traurig war. Es riecht komisch in diesen Heimen, ich versteh auch nicht, warum, man könnte doch auch bei alten oder kranken Leuten lüften und einen guten Geruch hereinlassen, oder? Auch das Essen stinkt dort irgendwie. Eine Nachbarin von meiner Mutter ist ins Altersheim gekommen, und wir haben sie bis zu ihrem Tod immer mal besucht, meine Mutter und ich, und das schlimmste dort war für uns immer der Geruch. Wenn ich ihr dann Hyazinthen gebracht habe oder eine Duftkerze, also irgendwas, das gut riecht, haben die Schwestern geschimpft und es weggetragen, man darf so was nicht in ein Krankenzimmer stellen, haben sie gesagt. Dabei war die Frau Leupold nicht krank, nur altersschwach, und ihre Nase war viel zu sehr in Ordnung, leider, für diesen ständigen Mief. Ich hab ihr manchmal ein kleines Taschentuch zugesteckt, auf das ich ganz viel Kölnisch Wasser getröpfelt hab. Da hat sie gelacht, mit einem Mund ohne Zähne, aber einem frechen Gesicht wie ein kleines Kind, und es unter die Bettdecke geschoben, und wenn wir gegangen sind, hat sie uns zugezwinkert, das Taschentuch kurz vor ihre Nase gehalten und es gleich wieder versteckt. Wie sie dann gestorben ist, hat man uns mit vorwurfsvollem Blick einen Stoß Taschentücher übergeben, die arme Frau Leupold, auch die hat man ihr weggenommen. Ich hab beim Onkel Willi gleich das Fenster aufgerissen, wir haben ihm alles eingeräumt, der Lukas hat geschaut, daß der Fernseher alle Programme hat, und ich hab zu meinem Apfelstrudel Kaffee organisiert. Dann bin ich noch schnell runter und mit einem Strauß Rosen zurückgekommen, die sind jetzt billig, nicht aus dem Ausland, und eine Vase hab ich auch organisiert. Der Onkel Willi war sehr dankbar, aber er hat schlecht geatmet vor Aufregung, und mein Gott, wenn ich an die Rosen in Kieflach denke, hat er gesagt, mit nassen Augen. Wir holen dich nach Kieflach, immer wieder, haben wir ihm beide sofort geantwortet, aber der Lukas hat kurz zu mir hergeschaut dabei, und ich weiß ja auch, daß das nicht mehr geht. Und der Onkel Willi weiß es auch. Aber ich werde mir viel einfallen lassen für ihn, hab ich mir vorgenommen, nicht nur den Apfelstrudel. Ab und zu ein Picknick mit Wein vielleicht. Oder ich bringe ihm alle meine Merian-Hefte zum Anschauen. Der Lukas will einen billigen Video-Rekorder besorgen, er weiß einen Kollegen, der seinen alten weggeben will. Wir werden schon auf ihn aufpassen, auf den Onkel Willi.

Deshalb fahren wir auch erst später nach Kieflach, der Lukas hat seinen Urlaub verschoben, damit wir in der ersten Zeit da sind, bis er mehr eingelebt ist. Liebe Frau Magda, jetzt hab ich Ihnen nur vom Onkel Willi erzählt. Aber es ist traurig zu sehen, wenn ein alter Mensch krank wird und weg muß aus seinem schönen, alten Haus und in ein Zimmer, von dem er weiß, daß er dort sterben wird. Es gibt schon viel Trauriges im Leben und auf der Welt. Viel Ohnmacht, wie der Rilke und Sie schreiben, was ja nicht heißt, daß man in Ohnmacht fallt, sondern daß man ohne Macht ist, nicht wahr? Ich bin froh, Frau Magda, daß Sie irgendwann so ein herrlicher Löwe waren. Der Lukas und ich waren das wohl nie, herrliche Löwen mein ich, und immer sehr ohnmächtig, aber er sagt komischerweise manchmal zu mir: du bist eine Löwin, Maria. Und ich hab lachen müssen, weil er das nämlich grade gestern im Sanatorium gesagt hat, nachdem ich mit einer Pflegerin geschrien habe, die dem Onkel Willi eine Bettflasche geben wollte. Er ist nicht gelähmt! hab ich geschrien, und auch kein Baby, er geht allein aufs Klo!! Da hat der Lukas gesagt: du bist eine Löwin, Maria. Aber da komme ich schon wieder in meine eigenen Geschichten, als würde ich Ihre gar nicht gut lesen. Das ist aber nicht so, ich erlebe jede Zeile mit Ihnen, Frau Magda, und ich warte auch auf jede Zeile. Bitte passen Sie gut auf sich auf, werden Sie nicht krank, werden Sie gesund, das wünscht sich so sehr Ihre Maria

31. August

Liebste Maria,

o ja, Sie sind eine Löwin, ganz und gar. Dazu paßt auch Ihr wildes Haar, dessen Farbe, der dicke Zopf, wenn Sie ihn über die Schulter zurückschleudern. Ich kann Sie mir gut vorstellen im Kampf um Onkel Willis Würde. Und wie herrlich, wenn Sie und Lukas diesem Mann noch Lebensqualität schenken wollen, das ist herrlicher als die von mir beschriebene Herrlichkeit eines Liebespaares auf Zeit. Da ich bereits ein wenig ungeduldig auf Ihre Antwort gewartet habe, ich gebe es zu, will ich jetzt rasch weitererzählen. In der Zwischenzeit kamen noch zwei kurze Briefchen vom Professor, und ich habe ihm sogar einmal zurückgeschrieben. Weil es wieder sehr warm geworden ist, bin ich viel geschwommen, habe aber gegen Abend lange Wanderungen ins Innere der Insel unternommen. Dann strömt die Wärme des Tages aus Erdreich und Fels, die Bäume und Kräuter duften, nur Vogelstimmen sind zu hören und das Rauschen des Meeres gegen ferne Ufer. Wenn es dunkel wird, schlüpfe ich jetzt in meine Strickweste, die Nächte sind bereits kühl. Ja, der September steht vor der Türe, heute haben wir den letzten Augusttag. Ich sitze wieder einmal im Schatten der Olivenbäume, die kleine magere Katze kam vorhin vorbei und schnappte gierig auf, was ich ihr an Resten meines Mittagessens zuwarf, Fisch, Brot, Käse, alles schmeckte ihr. Sie pflegt mich öfter zu besuchen in letzter Zeit, ich nenne sie Frau Hut, weil ihr Köpfchen dunkel gezeichnet ist, als trüge sie einen. Merken Sie, Maria, wie ich trotz meines Vorhabens, rasch weiterzuerzählen, mich bereitwillig in jede nur mögliche andere Erzählung hinweglenken lasse? Ein sicheres Zeichen dafür, daß es mir nicht leichtfällt, das Folgende zu berichten. Aber sei's drum. Ich habe in den letzten Monaten durch Sie gelernt, meine Angst vor der Erinnerung zu überwinden, indem ich Ihnen mein Leben eröffnen durfte und Sie mir Antwort gaben. Und dafür danke ich Ihnen, Maria, mehr, als ich ausdrücken kann.

Krischs neues Buch kam heraus, es war in unserer gemeinsamen Zeit entstanden und trug den Titel »Erfolgsrezept Verdammnis«. Ich wunderte mich, wieviel Brutalität und menschlicher Abschaum ihm in den Sinn gekommen war, während wir beide doch allem Anschein nach in schönster Liebe und Sinnlichkeit geschwelgt hatten. Schon als er mir während des Schreibens erste Passagen des Manuskripts vorlas, äußerte ich diese Verwunderung, aber er wischte sie vom Tisch. »Alles ist brutal, Bernsteinerin«, sagte er eines Tages mit verhaltener Ungeduld, als ich wieder zaghaft Einwände vorbrachte, »glaub nur ja nicht, Geliebte, daß unsere Fickerei die Welt verändert.« »Wir ficken nicht!« rief ich aufgebracht, »nenne es bitte nicht so! Dieses Wort ist wirklich brutal, und du bist zärtlich!« Ich hatte plötzlich Tränen in den Augen, und er sah mich überrascht an. Dann zwang er sich zu einem Lächeln. »Also gut, wir lieben uns und ficken nicht, abgemacht!« sagte er und schloß mich in die Arme. Ich fühlte mich trotzdem unbehaglich und wußte, daß ich ihm mit diesem Ausbruch von Empfindsamkeit auf die Nerven gegangen war. Danach las er mir auch nicht mehr aus dem Manuskript vor, ich erfuhr den gesamten Text erst, als das Buch erschienen war und er mir ein erstes Leseexemplar in die Hand drückte.

Obwohl ein bitterböser, grausam zynischer Krimi, wurde »Erfolgsrezept Verdammnis« kein sonderlicher Erfolg. Wir fuhren zu Krischs Verlag nach München, dort wurde das Buch mit einer ersten Lesung des Autors aus der Taufe gehoben.

Wieder saß ich vor ihm, als er las, nur diesmal nicht in der ersten Reihe, sondern im Hintergrund des Raumes. Ich litt an den Reaktionen des Publikums und an einer gewissen Unsicherheit bei ihm. Ich spürte, daß das Buch nicht gefiel. Wenn man dem Menschen, der sich vor unseren Augen der Öffentlichkeit stellt, privat nahe ist, fühlt und leidet man seismographisch mit, es kann sich bis zur Qual steigern. Als die Lesung vorbei, der schwache Applaus verklungen war und niemand so recht über Krischs Scherze lachen wollte, saß ich in Schweiß gebadet da und wußte nicht, wie ich ihm jetzt begegnen sollte. Gern hätte ich ihm gesagt, daß das Buch, wie von mir vorausgesehen, schlicht zu böse geraten sei und daß eine Hölle ohne jede Alternative eben seltsamerweise auch Langeweile auslöse. Gern hätte ich ihm meine Wahrheit gesagt, aber ich wagte es nicht. Statt dessen lächelte ich ermunternd, fand alles recht gelungen, wechselte höfliche Worte mit dem Verleger, fühlte Krischs Niedergeschlagenheit und ging nicht darauf ein. Schließlich betrank er sich, und zwar so exzessiv, wie ich es noch nie zuvor bei ihm erlebt hatte. Ich konnte ihn nicht mehr alleine ins Hotelzimmer schleppen, zwei Nachtportiers trugen ihn hinauf, nachdem er wie tot aus dem Taxi gefallen war, und warfen ihn ohne viel Rücksicht wie ein schweres Gepäckstück auf das große Doppelbett. Ich steckte ihnen ein allzu reichliches Trinkgeld zu und schloß die Türe so hastig hinter ihnen, als hätten sie mich nackt gesehen. Dann setzte ich mich neben Krisch auf den Bettrand und heulte. Plötzlich aber richtete er sich auf und glotzte mich an. Ja, es war ein böses, wildes Glotzen, nicht mehr mein Geliebter, sondern ein fremder, böser Mann starrte mich da mit diesen rotgeränderten Augen an. Trotzdem versuchte ich ihn anzulächeln und wischte mir rasch die Tränen von den Wangen.

»Geht's wieder?« fragte ich. Aber diese arglose Frage wirkte auf ihn, als hätte ich ihm ein Messer in den Leib gestoßen. »Bemitleide du mich ja nicht!« schrie er. Und dann schlug er mich. Es geschah in dieser Nacht zum ersten Mal. Er schlug mir mit aller Kraft ins Gesicht, mehrmals hintereinander. »Kühe – nur Kühe – immer die Kuhaugen – verdammte Weiber –«, lallte er noch vor sich hin, dann sackte er wieder zurück auf das Bett und rührte sich nicht mehr. Nach einer Weile begann er zu schnarchen. Ich blutete aus der Nase, und mein rechtes Auge war in Kürze zugeschwollen. Ich tappte in das Badezimmer und versuchte mein Gesicht mit kaltem Wasser zu kühlen. Ich konnte nicht mehr weinen, ich fühlte mich so starr, als wäre ich tot, und irgendwann schlief ich, in ein Badetuch gewickelt, auf dem Sofa ein. Am Morgen sah ich aus, als wäre ich bei einem Boxkampf verdroschen worden, blau bis lila um die Augen, eine aufgeplatzte Lippe, violette Blutergüsse auf Stirn und Schläfe. Ich starrte eine Weile in den Badezimmerspiegel, dann nahm ich reichlich Valium und versuchte weiterzuschlafen. Als Krisch gegen Mittag hustend und stöhnend aus dem Bett kroch, sah er mich zusammengekrümmt auf dem Sofa liegen. Er wankte zu mir her, zog mich hoch und starrte mir ins Gesicht. Dann begann er haltlos zu weinen. Er stammelte Entschuldigungen, drückte mich an sich, bis ein Wehlaut von mir ihn wieder abrücken und selbst vor Schmerz aufheulen ließ. »Was bin ich nur für eine Bestie«, schrie er, »was hab ich dir nur angetan«, undsoweiter. Ich schreibe jetzt dieses kühle »Undsoweiter« hin, weil ich Selbstanklagen dieser Art danach noch so oft vernommen habe. Damals jedoch, in München, als der Tag hell und gnadenlos in unser Hotelzimmer fiel, ich dieses tränennasse, alkoholverwüstete Gesicht vor mir sah und darin eine ehrlich wirkende Verzweiflung wahrnahm, tat Krisch mir plötzlich leid. Vor mir kniend und vom Schluchzen geschüttelt, beschwor er mich, ihn anzuhören. Er habe am Abend davor so sehr am Mißerfolg der Lesung gelitten, ich solle versuchen, bitte, bitte, das zu verstehen, der Erfolg seiner Bücher sei schließlich Teil seines Lebens, und sicher werde es auch schlechte Rezensionen geben, er wisse natürlich, daß all dies nicht dazu hätte führen dürfen, mich derart zu schlagen, es werde auch nie wieder vorkommen, lieber brächte er sich um, er habe eben nur in meine Unschuld und Unangreifbarkeit und in seine eigene Enttäuschung hineingeschlagen, weil er so sinnlos besoffen gewesen sei, dieser Scheiß-Alkohol, er werde ab heute aufhören zu trinken, kein Glas mehr anrühren, ich sei doch seine geliebte, einzige Bernsteinerin, undsoweiter. Auf seine abschließende Frage, ob ich ihm nicht doch verzeihen könne, nickte ich schließlich, und er strich mir zart über die verwundeten Lippen, weil er mich jetzt nicht küssen könne vor Dankbarkeit, aber das würden wir alles nachholen. Als wir beide geduscht und angekleidet waren, brachte er mich in die Ambulanz einer Klinik. Das sei ein fürchterlicher Sturz direkt auf mein Gesicht gewesen, erklärte er der Ärztin, die ihn verächtlich musterte, ehe sie aufseufzte und mich behandelte.

Ein Kopftuch tief ins Gesicht gezogen und hinter einer großen Sonnenbrille verborgen, verließ ich München am Steuer meines Autos, während Krisch neben mir einen Stoß Zeitungen durchwühlte und über schlechte Kritiken fluchte. Zu mir jedoch war er liebevoll und fürsorglich und blieb es auch, als wir unser gemeinsames Leben in meiner Wohnung wieder aufnahmen. Es dauerte eine Weile, bis ich mich unter Menschen wagen konnte, bei Ölig meldete ich mich krank, ein Autounfall, sagte ich. Die violetten und lila Flecken wurden schwärzlich und dann senfgelb, »du siehst aus wie ein Kapuzineräffchen«, sagte Krisch lachend. Und ich lachte ebenfalls über das Farbenspiel auf meinem Gesicht und glaubte, den Alptraum dieser Münchener Nacht für immer vergessen zu können. Ein paar Wochen lang ging auch alles gut. Ich sah eines Tages wieder aus wie eh und je, ging wieder zur Arbeit, und Krisch war viel unterwegs, um den Verrissen seines Buches mit Lesungen und Fernsehauftritten zu trotzen.

In dieser Zeit, Maria, hörte ich auf, mir die Haare zu färben. Während meiner häuslichen Zurückgezogenheit war viel Grau nachgewachsen, und ich beließ es dabei. Auch weil Krisch nicht ständig um mich war und die Veränderung erst wahrnahm, als ich mir den letzten Rest bronzefarbener Mähne hatte abschneiden lassen. Als er eines Tages von einer Lesereise heimkehrte, stand ich mit kurzen, grauen Haaren vor ihm. »Wau«, sagte er, »wo ist denn dein ganzer Bernstein hin, Bernsteinerin?« Ich wußte, wie sehr es ihm gefallen hatte, daß die Farbe meiner Haare zu meinem Namen paßte. Und ich wußte eigentlich nicht genau, warum ich mich entschlossen hatte, damit Schluß zu machen. Heute weiß ich, daß ich damals unbewußt nicht mehr den Vorstellungen anderer gefällig sein, sondern so aussehen wollte, wie ich eben aussah. Aber als Krisch mich jetzt konsterniert betrachtete, fragte ich kleinlaut: »Gefällt es dir nicht?« »Aber ja«, sagte er, wenig überzeugend, »jetzt können wir unsere Grauschädel unbesorgt nebeneinander legen, keiner kennt sie mehr auseinander.« Er war mittlerweile wirklich eisgrau geworden, und auch seine Gesichtshaut wirkte grau. Mir war klar, daß er während seiner Reisen viel trank und sich in meiner Gegenwart nur mühsam zurückhielt. Aber langsam schwand auch diese Barriere wieder, und er soff wie eh und je, wenn wir gemeinsam ausgingen. Immer wieder mußte ich ihn betrunken in die Wohnung zurückschleppen, und eines Nachts schlug er mich wieder. Nicht so heftig wie in München, aber heftig genug, daß ich tags darauf im Büro behaupten mußte, gegen eine Tischkante geflogen zu sein, und wieder längere Zeit mit einem Bluterguß unter dem linken Auge und mit dunklen Brillen durchs Leben ging. Ich kann nicht mehr sagen, was er diesmal an Entschuldigungen vorbrachte, aber wieder war er hinterher verzweifelt, schuldbewußt, voller Selbsthaß, und flehte um Verzeihung. Fast immer schlug er auf mich ein, wenn etwas sein Selbstwertgefühl bedroht hatte, wenn er sich selbst aus irgendeinem Grund als schäbig, erfolglos, alt, ausrangiert empfand. Und so empfand er sich immer öfter, je mehr er an Form und Haltung verlor. Stetiger, übermäßiger Alkoholkonsum hinterläßt eben gnadenlos seine Spuren. Und ich, die immer weniger Alkohol trank, weil er es so hemmungslos tat und ich die Folgen fürchtete, glitt mehr und mehr in die Abhängigkeit von Medikamenten. Ich nahm Unmengen an Valium, ich nahm alles, was mir ein zeitweiliges Erlöschen meiner Ängste und meines Unglücks gewährte. Der Abstieg, unser beider Abstieg, Krischs und meiner, geschah nicht von heute auf morgen, langsam gingen wir diesen Weg hinunter in die Tiefe.

Und irgendwann in dieser Zeit geschah es, liebe Maria, daß ein neues Hausmeisterehepaar einzog und wir beide uns einmal am Gang vor Ihrer Wohnung unterhielten. Sie mit Ihrer Frische, Ihrem schönen Haarzopf, Ihrer unbekümmerten Sprechweise gefielen mir sofort, und auf einmal konnte ich mir eine Hilfe im Haushalt gut vorstellen. Denn mittlerweile war ich oft erschöpft, Krisch wurde immer unordentlicher, und so kam es, daß Sie bei mir zu arbeiten begannen, erinnern Sie sich noch?

Für heute schließe ich, bevor die Sonne sinkt und es zum Schwimmen zu kühl wird. Ich hoffe, daß Euer Onkel Willi sich auch wirklich einlebt, und vor allem, daß es Ihnen gutgeht, bei all der vielen Arbeit und Fürsorge. Mein Fortsetzungsroman rundet sich, wir sind uns schon nahe, Maria.

Es grüßt Sie Magda

1. September

Heute antworte ich ganz rasch, liebe Frau Magda, gerade vorhin habe ich Ihren Brief gelesen und mich gleich an den Küchentisch gesetzt. Weil mich so aufregt, daß man Sie geschlagen hat. Mich regt auf, daß überhaupt irgendein Mann eine Frau prügelt. Oder daß man Kinder prügelt. Daß Menschen das miteinander tun, den Schwächeren ausnützen und drafloshauen. Ich verstehe es nicht. Daß man so etwas braucht. Wie ich bei meiner Mutter ausgezogen bin, hab ich eine Zeitlang in einem alten Zinshaus gewohnt, da haben fast alle Wohnungen ein Fenster zum Gang gehabt, und man hat alles gehört. Und dauernd Schlägereien, die fluchenden Männer, die heulenden Frauen, oft beide besoffen, ich hab mir manchmal Watte in die Ohren gestopft, damit ich alles nur ganz leise höre. Aber daß auch Sie das erlebt haben, Frau Magda, und noch dazu mit einem gescheiten Menschen, mit einem Schriftsteller, das will mir nicht in den Kopf. Ich hab immer geglaubt, nur die armen Leute prügeln sich, die, die nichts gelernt haben und nur saufen können, sonst nichts. Aber die Sauferei ist scheinbar in allen Kreisen zu finden, und auch, daß Frauen geschlagen werden, das merke ich jetzt. O ja, ich erinnere mich gut an unser erstes Gespräch vor der Hausmeisterwohnung, Sie haben zwei schwere Einkaufsäcke geschleppt, und ich habe gefragt, ob ich helfen kann, weil unser Haus ja keinen Lift hat, und da haben Sie gelacht und gesagt, das schaffe ich grade noch, liebe – und dann haben Sie gefragt, wie ich heiße, und ich hab gesagt: Maria Schübler. Und wir haben gleich so schön geplaudert, und am nächsten Tag hab ich zum ersten Mal bei Ihnen saubergemacht. Ich weiß, daß auf dem großen Tisch viele Papiere und ein Computer und Durcheinander war, da soll ich alles lassen, haben Sie gesagt. Manchmal aber war der Tisch abgeräumt, und dafür sind angepatzte Teller und Gläser und Reste vom Essen und volle Aschenbecher herumgestanden, da waren Sie dann meistens sehr müde und haben sich entschuldigt. Ich bin ja immer am Nachmittag gekommen, und nur zwei, drei Stunden, und deshalb hab ich den Herrn Krisch so selten gesehen, solange er bei Ihnen war. Ich weiß auch, daß Sie manchmal etwas auf Ihr Gesicht getan haben, eine weiße Paste, das wäre eine Schönheitsmaske, haben Sie mir erklärt, und ich hab mich gewundert, daß Sie vor mir so eine Maske drauflassen. Sicher wollten Sie mir die blauen Flecken nicht zeigen, denk ich mir jetzt. Zweimal sind Sie angeblich auch ausgerutscht und haben sich am Gesicht verletzt, aber ich hab mir das damals nicht genauer überlegt, ich weiß, daß ich Ihnen einmal sogar geraten habe, zu Hause nicht mit Socken herumzulaufen, weil man da so leicht ausrutscht. Dabei hat der Herr Krisch auch schöne Sachen zu Ihnen gesagt, z. B. hab ich in mein kleines Heft geschrieben: was wir tief im Herzen sein wollen, das sind wir immer auch. Dieser Satz hat mir gefallen, und ich schreibe ja weiter alles in mein Heft, was ich mir besonders merken will. Es ist jetzt schon das dritte kleine Heft, stellen Sie sich vor, kauf dir doch mal ein größeres, hat der Lukas gesagt, aber das kleine und einen Stift kann ich immer in die Schürzentasche stecken und bei mir haben. Daß aber ein Mann, der große, dicke Bücher schreibt, Sie so ins Gesicht haut, daß man in die Klinik muß, macht mich ganz wild. Da werd ich gleich wieder zu der gewissen Löwin vom Lukas. Der Lukas hätte mich nie anrühren dürfen, glaub ich, ich hätte sofort zurückgedroschen. Aber gottseidank ist er nicht so. Wie einmal die Frau von einem Kollegen beim Grillabend, weil sie selber viel getrunken hat, davon erzählt hat, daß ihr Mann sie haut, hat der Lukas dem Kollegen die Hölle heiß gemacht. Wenn ich das noch mal höre, ist unsere Freundschaft aus, hat er gesagt, Männer, die ihre Frauen schlagen, will ich nicht kennen. Ich war damals richtig stolz auf den Lukas. Der hätte auch Sie beschützt, wenn wir alles gewußt hätten, aber man weiß ja meistens nichts, und Sie wollten ja auch gar nicht, daß irgend jemand etwas weiß, nicht wahr? Ich muß jetzt unbedingt schlafen gehen, sonst könnte ich nämlich noch lange weiterschreiben, weil ich aufgeregt bin. Gute Nacht, liebe Frau Magda, und ich kann nicht anders, ich muß schreiben: Gott schütze Sie.

Ihre Maria

3. September

Liebste Maria,

wie immer wir das sehen, Gottes Schutz ist wohl der einzige, den es auf Erden gibt. Man kann einander achten, lieben und respektieren, aber niemals wirklich beschützen. Fehlen jedoch auch Achtung und Liebe, dann weiß man von dieser Schutzlosigkeit an jedem Tag, dann fühlt man sich ohne Halt und nackt allen Gefährdungen ausgeliefert. Und so fühlte ich mich schließlich an Krischs Seite.

Sie merken, Maria, daß ich jetzt schnell weitererzählen möchte. Gestern hat Malinja mich zu ihrem Geburtstagsfest eingeladen, und danach war ich zu satt und müde, um noch zu schreiben. Eigentlich ist es nur ein Geburtstagsessen gewesen, aber ein sehr festliches. Malinja hat in ihrem Garten eine lange Tafel gedeckt und üppig mit Blumen geschmückt, ihr Bruder war dabei, Pero natürlich, mein Wirtsehepaar und noch an die fünfzehn Leute aus beiden Dörfern. Ich habe mich geehrt gefühlt, mit ihnen am Tisch sitzen zu dürfen, als gehörte ich zu ihnen. Sie haben versucht, mich durch phantasievolle Gesten und ein wildes Durcheinander deutscher und englischer Wortfetzen einzubeziehen, ich habe viel gelacht an diesem Nachmittag, viel zu viel gegessen und reichlich Wein getrunken. Zuletzt gab es ein großes Hallo, man sprang auf, stieß mit den Gläsern an, umarmte einander, und ich bekam erst etwas später mit, daß Malinja und Pero ihre Verlobung bekanntgegeben hatten. Ich bin dann etwas früher aufgebrochen, als alle noch feierten, und im roten Licht des Abends in unser Dorf zurückgewandert. Es lag so heimelig unterhalb der Straße hingebreitet, ein Nest aus Häusern um den kleinen Hafen, die weiße Klammer des Piers schützend vor dem großen, kobaltblauen Meer, ich liebte es plötzlich sehr, dieses Dorf. Und dachte plötzlich zum ersten Mal an meinen Abschied von hier, und daran, daß er mir schwerfallen wird.

Aber noch ist es ja nicht soweit, auch, weil ich ja noch zu Ende erzählen muß. Ja, Maria, der Fortsetzungsroman, nennen wir's wieder so, hat sich mit meinem Aufenthalt hier untrennbar verbunden. Zurück also zu Krisch und mir. Ich wollte es lange nicht wahrhaben, daß wir nicht mehr dieses herrliche, dieses einzigartige Paar waren, sondern allmählich aneinander und miteinander zugrunde gingen. Noch aber gingen wir aus, gingen unter Leute, luden Leute zu uns ein, fuhren ab und zu nach Triest, noch schrieb Krisch, er schrieb an einem weiteren Krimi, versuchte weiterhin den Mißerfolg des vergangenen Buches vom Tisch zu wischen, indem er sich immer wieder auf Lesereisen begab. Er tat es aber natürlich auch, um Geld zu verdienen. Seit er Exfrau und Tochter kaum noch im großen Haus besuchte und eigentlich immer bei mir wohnte, hatte das gute Einvernehmen ein wenig gelitten, und es kam zu finanziellen Forderungen. »Die Weiber«, sagte er zu mir, »sie rächen sich immer übers Geld.« Obwohl ich fand, daß er damit leider recht hatte, zuckte ich zusammen, als das Wort »Weiber« fiel. Weil er dieses Wort immer, und immer voller Haß, benutzte, wenn er mich schlug. Anfänglich gab es oft längere Pausen zwischen den Prügeleien, oft währten sie so lange, daß ich aufatmete und diese »Phase« für beendet hielt. Er konnte dann sehr zärtlich oder leidenschaftlich sein und mich dadurch wieder eng an sich binden. Aber es war nicht zu übersehen, daß er sich mit dem Schreiben des nächsten Buches schwertat. Wenn ich ihn aufforderte, mir doch, wie früher, aus dem Manuskript vorzulesen, winkte er ab. Überhaupt las er wenig, unsere Gespräche über Bücher, die ich so geliebt hatte, fanden kaum noch statt. Er saß meist nur kurz vor dem Computer, trank dann viel und schlief lange. Doch dieses Leben machte ihn unglücklich und mit sich unzufrieden, und das führte dazu, daß er noch mehr trank und oft ganze Tage im Bett verbrachte, es wurde ein teuflischer

Kreislauf, aus dem er sich nicht mehr befreien konnte. Er litt unter dem Älterwerden und vielleicht auch an unserer Beziehung, die seiner Meinung nach so »fest« geworden sei, daß man sie von einer normalen Ehe kaum noch unterscheiden könne. Er redete öfter von der »bürgerlichen Scheiße«, in die wir uns verirrt hätten. Als ich einmal antwortete: »Aber gerade wir beide haben doch gehofft –«, unterbrach er mich heftig. »Ach was, gehofft! Hoffnung! Beruht doch nur auf unserer Vorstellungskraft. Und ich hab keine Kraft mehr, mir etwas vorzustellen.« Ich sprach nicht aus, was ich dachte: daß er eben sein Unvermögen, ein nächstes Buch zu schreiben, bekannt hatte. Ich litt an dem allen, litt auch für ihn. Ich wußte mittlerweile, daß seine Gewalttätigkeit immer dann ausbrach, wenn er sich besonders schwach fühlte. Genau dann verlor er die Gewalt über sich selbst und schlug zu. Es war, als wolle er meine Liebe, meine Beharrlichkeit, sein Versagen und seine Schwäche erschlagen, alles auf einmal.

Ich arbeitete weiter beim Ölig-Versand, Herr Kreuz war dort mittlerweile zu einem der Bürochefs aufgestiegen, und uns beide verband von Anfang an respektvolle Sympathie. Vielleicht hätte sich unter anderen Umständen mehr daraus entwickeln können. Herr Kreuz war unverheiratet (ich glaube, er ist es heute noch, oder, Maria?) und rückblickend will mir scheinen, er fand mich als Frau anziehend, trotz meines Alters. Ich aber war damals so sehr auf Krisch fixiert und von dessen Anwesenheit in meinem Leben derart beansprucht, daß ich Herrn Kreuz als Mann schlicht übersah. Trotzdem erinnere ich mich an seinen Blick, wenn ich wieder einmal dick überschminkt oder mit dunkel getönter Brille ins Büro kam, der Ernst in seinen Augen war unübersehbar, auch wenn er sie rasch wieder von mir abwandte. Ich tat meine Arbeit, so gut ich konnte, und sie schien von den Direktoren auch weiterhin als gut und gekonnt beurteilt zu werden. Jedenfalls blieb ich bei Ölig in gehobener Position tätig und mußte Krisch nie auf der Tasche liegen, im Gegenteil, unseren gemeinsamen Haushalt bestritt ich allein. Und ich konnte weitgehend selbst bestimmen, wann ich Urlaub nahm, und auf unseren Reisen das meine auch stets selbst bezahlen.

Eines Tages fuhren wir von Triest aus weiter nach Rom und wohnten dort in einem kleinen Hotel mit düsteren, antik möblierten Zimmern. Es war Frühsommer, aber sehr warm, und einen ganzen Nachmittag lang wanderten wir kreuz und quer durch diese wunderbare Stadt. Sogar Krisch geriet in Euphorie dabei und achtete nicht auf sein verschwitztes Hemd und seine wehen Füße. Als wir uns anschließend in einer schlichten Osteria von den Strapazen dieser Wanderung erholen wollten, trank er sofort Wein gegen den Durst. Ich versuchte dafür zu sorgen, daß er dazu wenigstens genug aß, drängte ihm Pasta und Fleisch auf, aber er kostete nur davon und ließ das meiste liegen. Jedoch sprach er plötzlich wie ein Buch über seine Bücher, über Bücher, die demnächst entstehen würden, die ihm geradezu auf der Zunge lägen, soweit man das vom Schreiben sagen könne, eine neue Welt der Kriminalliteratur tue sich gerade in ihm auf, und der heutige Tag in Rom sei ihm Inspiration gewesen. Diese Äußerungen hätten mich unendlich gefreut, wenn er sich dabei nicht so rapide besoffen hätte. Zuletzt lallte er nur noch laut, andere Gäste wurden aufmerksam und wandten sich zu uns her. Ich zahlte, und der Kellner sah mich bedauernd an. Ach Maria, immer die Blicke der anderen, wenn du einen sinnlos betrunkenen Menschen neben dir hast, wie viel Verächtlichkeit es da auszuhalten gilt! Ich zerrte Krisch über die nächtliche Piazza Navona und dann in die kleine Gasse, wo unser Hotel lag. Er wurde aggressiv, sträubte sich, wollte meine hilfreichen Hände abschütteln und schrie herum. Nur mit Mühe, und wieder einmal nur mit Hilfe eines Nachtportiers, brachte ich ihn schließlich auf unser Zimmer. Dort fiel ich erschöpft in einen Lehnsessel und begann bitterlich zu weinen. Krisch stand schwankend vor mir, starrte mich an, und seine Augen füllten sich mit Haß. »Warum heulst denn eigentlich du?« brüllte er plötzlich, »Madame hat doch schließlich alles gekriegt, was sie will, inklusive mich!« »Und das hab ich jetzt davon!« schrie ich verzweifelt zurück. Ich sah, wie er den Arm hob, fühlte einen Schlag gegen meinen Kopf, dann nichts mehr. Ich weiß bis heute nicht, wie lange ich bewußtlos war. Als ich erwachte, lag ich auf dem Bett, noch angekleidet, aber ohne Schuhe und mit aufgeknöpftem Kleid. Und dicht über mir hing Krischs Gesicht, mit so angstvollen Augen, wie ich sie an ihm noch nie gesehen hatte. »Bernsteinerin«, flüsterte er, »Gott sei Dank, da bist du wieder.« Als ich mich aufrichten wollte, hielt er mich zurück, und ich merkte, daß mir schwindelte und der Kopf schmerzte. »Bleib bitte liegen«, flüsterte er weiter, »bleib liegen und ruh dich aus – wenn du nur wieder da bist –« Ich sah jetzt, daß auf der engen Gasse vor den Fenstern noch Dunkelheit herrschte. »Wie spät ist es?« fragte ich und wunderte mich gleichzeitig selbst über diese Frage. »Egal«, sagte Krisch und legte sich neben mich, »laß uns jetzt ausruhen –« Er schmiegte seinen Körper dicht an den meinen und war in Sekundenschnelle eingeschlafen. Aber ich blieb wach. Ich wußte, daß ich diesmal hätte tot sein können. Und ich wußte, daß es so nicht weiterging. Daß dies das Ende unseres gemeinsamen Liedes sein mußte. Langsam drang der Morgen zwischen den schweren Vorhängen ins Zimmer. Krisch neben mir schnarchte, den Arm fest um mich geschlungen, und ich lag mit offenen Augen und regungslos da und wußte, daß wir so nie mehr nebeneinanderliegen würden.

Ich mußte kurz pausieren, liebe Maria. Ich bin geschwommen und habe mir dabei die verweinten Augen gekühlt. Danach habe ich mir Rührei bestellt, und jetzt trinke ich eine Tasse starken Kaffee. Der Nachmittag ist wolkenlos, aber frisch, da ich im Schatten sitze, habe ich mir sogar ein Tuch um die Schultern gelegt. Und jetzt kann ich weiterschreiben.

Als draußen die Tagesgeräusche zu hören waren und Krisch immer noch schlief, löste ich mich langsam und vorsichtig aus seinen Armen. Im Badezimmer sah ich, daß ich diesmal äußerlich nicht allzuviel abbekommen hatte, die Schläge hatten mein Gesicht verschont. Ich duschte, um meine Benommenheit zu vertreiben, und schluckte etwas gegen Kopfschmerzen. Dann packte ich meine Reisetasche, leise und vorsichtig, um Krisch nicht aufzuwecken. Ehe ich das Zimmer verließ, betrachtete ich ihn. Er lag jetzt auf dem Bauch, sein Gesicht war vom nackten Unterarm halb verdeckt, das wirre graue Haar ein wenig feucht, und er atmete schwer und rasselnd. Sein Anblick tat mir weh. Aber ich wandte mich ab, ging rasch zur Tür und schloß sie lautlos hinter mir. An der Rezeption bezahlte ich alles, was bisher angefallen war, dann schleppte ich die Tasche bis zur Parkgarage und stieg in mein Auto. Ich verließ Rom, fuhr endlos auf Autobahnen dahin und war irgendwann, ohne mich zwischendurch viel aufgehalten zu haben, daheim. Dieses Heimkommen war schrecklich. Ich war zu Tode erschöpft. Die Wohnung roch nach Krisch und atmete seine Anwesenheit. Das Telephon schrillte, ich legte den Hörer daneben und blieb unerreichbar. Ich schluckte Unmengen an Beruhigungsmitteln, legte mich ins Bett, vermißte Krisch neben mir und weinte mich in die Betäubung.

Ich weiß, Maria, daß Sie mich tags darauf in einem fürchterlichen Zustand vorgefunden haben. Sie hatten ja meine Rückkehr nicht erwartet, und ich sehe noch Ihr erschrockenes Gesicht vor mir, als Sie das Schlafzimmer betraten. Sie haben mir ein Bad eingelassen und Kaffee gemacht. Ich weiß nicht mehr, was ich Ihnen erzählt habe, und auf Ihre schöne Weise, Maria, haben Sie ja auch nach nichts gefragt. Ich weiß nur, daß ich erst, als Sie wieder gegangen waren, Krischs Sachen ohne Ihre Hilfe zusammenpackte. Ich mußte es allein tun, weil ich dabei weinte und schrie. Es war wohl der Schmerz, den man fühlt, wenn ein geliebter Mensch gestorben ist und man ihn in den zurückgelassenen Dingen noch fühlt, riecht, lebendig weiß.

Alles, was sich bei mir angesammelt hatte, Kleidung, Schuhe, Toilettesachen, auch den Computer und jede Manuskriptseite, ließ ich in sein ehemaliges Familienhaus schaffen. Was die Exfrau oder die Tochter oder er selbst davon halten würden, war mir egal. Ich übergab Koffer und Kartons einem Fuhrdienst, bezahlte im voraus, nannte die Adresse und legte mich wieder ins Bett. Ich betäubte mich wieder mit Valium und dergleichen, und die Stunden zogen vorbei. Irgendwann läutete Krisch. Ich wußte, daß er es war, aber ich öffnete nicht. »Ich bitte dich, Krisch, laß jetzt alles so, wie es ist«, sagte ich, kraftlos an die Wohnungstür gelehnt. »Aber Bernsteinerin –«, seine Stimme war zärtlich, sie traf mich ins Innerste, mir war, als müsse ich umstürzen, »warum denn so – ?« »Weil es anders nicht mehr geht – bitte hilf mir und geh – geh du – du weißt es doch selbst –« Ich hörte ihn atmen, vielleicht auch weinen, ich weiß es nicht. Aber dann ging er. Seine Schritte verklangen im Treppenhaus.

Ich habe Krisch nie mehr wiedergesehen. Ich habe einfach ohne ihn weitergelebt. Ich habe weitergearbeitet und mich in meiner Freizeit meist zu Hause verkrochen. Krischs Freunde und Bekannte habe ich nicht wiedergesehen, ich wagte mich ohne ihn nicht in die Umgebung, wo wir sie meist getroffen hatten, und ich wollte auch ihm dort nicht begegnen. Ich riß mir den heißen Wunsch nach seiner Gegenwart immer wieder aus dem Herzen, und auch er meldete sich nicht mehr bei mir. Der Kontakt zu meinen eigenen Freunden und Bekannten war nicht mehr herzustellen, sie hatten mich abgeschrieben. Manchmal zwang ich mich dazu, Einladungen auszusprechen, Gesellschaft zu suchen, aber diese Versuche endeten meist kläglich, man tat mir lustlos den Gefallen, die Gespräche blieben dürr, meine erzwungene Heiterkeit erntete erzwungenes Lächeln, und zuletzt saß ich allein in meiner Wohnung und schämte mich. Und schluckte Medikamente. Ja, zuletzt schaute ich nur noch fern und schluckte Medikamente. Ich ging zugrunde. Sie, Maria, haben es ja gegen Ende weitgehend mitbekommen, glaube ich. Obwohl ich mich bemühte, gerade vor Ihnen noch einigermaßen diszipliniert zu wirken. Vor Ihnen und bei Ölig tat ich noch lange so, als wäre ich am Leben.

Und am 5. Juli vor einem Jahr starb Bertram Krisch. Er starb an Leberzirrhose, und ich erfuhr davon, als ich es in der Zeitung las.

Schluß jetzt. Magda

5. September

Meine liebe, liebe Frau Magda.

Alles weiß ich noch, ganz genau, wie ich Sie im Bett gefunden hab, ganz zerstört, und dann sind Sie immer trauriger geworden, und ich habe gemerkt, daß Sie dauernd so Sachen schlucken, und auf einmal keine Leute mehr da sind, und Sie sich immer bemühen, mit mir ganz normal zu sein. Alles weiß ich noch, aber trotzdem hab ich damals nicht gewußt, was mit Ihnen los war. Auch daß ich den Herrn Krisch dann gar nicht mehr gesehen habe und Sie nichts mehr für ihn gewollt haben, ist mir gar nicht richtig aufgefallen. Wir Menschen sind so unaufmerksam und immer mit uns selber beschäftigt. Ich mach mir jetzt richtige Vorwürfe, wo ich Sie doch immer so gern gehabt und bewundert habe, und dann merk ich auch erst viel zu spät, daß Sie zugrunde gehen. Schrecklich für mich, wenn Sie klipp und klar schreiben: Ich ging zugrunde. Da könnt ich mich sofort hauen. Nein, besser was anderes, lieber beschimpfen, aber ja nicht hauen, das laß ich jetzt lieber ganz weg, auch aus meinen Worten, nach allem, was ich bei Ihnen gelesen habe. Wie gefährlich das sein kann, diese Hauerei, ich bin so erschrocken beim Lesen. Aber daß der Herr Krisch gestorben ist, das muß furchtbar für Sie gewesen sein, trotz allem. Sind Sie nicht damals ins Krankenhaus gekommen? Wenn Sie schreiben, vor einem Jahr, dann stimmt das mit der Zeit zusammen, glaub ich. Und jetzt weiß ich auch, was Sie einmal in einem Brief gemeint haben mit dem 5. Juli. Ich habe nachgeschaut: daß mein Leben zu erlöschen schien, obwohl ich nicht sterben konnte, haben Sie geschrieben. Ich glaube, das drückt gut aus, wie es den Menschen geht, wenn sie schwere Verluste erleiden. Und nach dem Krankenhaus sind Sie zu Hause noch viel im Bett gelegen, und dann, schon ganz früh im Frühling, oft und lange unter den Kastanienbäumen gesessen. Blaß wie ein Stück Papier waren Sie, aber immer haben Sie gesagt: es geht schon, Frau Schübler. Und immer noch die vielen Pulver in der Wohnung, ich hab mir Sorgen gemacht, wie Sie wissen. Dann erst, wie Sie mehr und mehr ganz kaputt waren, dann erst hab ich mir richtig Sorgen gemacht, ich ärgere mich so darüber. Und eines Tages haben Sie mich darum gebeten und ich habe Ihnen packen geholfen, und Sie haben mir alle Schlüssel gegeben und gesagt, ich weiß nicht, wann ich wiederkomme, und Sie haben mir eine Adresse gesagt und so viel Geld dagelassen, daß es noch bis jetzt reicht für die paar Stunden in der Woche, es ist ja nichts los in Ihrer Wohnung. Der Lukas und ich haben Ihnen die Koffer zum Taxi getragen, und Sie sind davongefahren zum Flughafen, und weg waren Sie. Ja, und dann ist die Postkarte gekommen, mit dem Punkt, wo auf der Insel Ihr Dorf ist. Vorhin hab ich sie mir wieder angeschaut, sie liegt ganz vorne auf dem dicken Stoß von allen Ihren Briefen. Und dann haben wir die Taube in Ihrer Abstellkammer gefunden, und ich hab eine Postkarte mit Margeriten zu Hause gehabt, vom Kalender der Sparkassa war die, und Ihnen zurückgeschrieben. Und so hat alles angefangen und ist ein Briefwechsel geworden. Das hätte ich damals nicht im Traum gedacht. Wann kommen Sie wieder zurück, Frau Magda? Wird es nicht langsam Zeit? Hier ist der September sehr schön warm, der Onkel Willi sitzt jeden Nachmittag am Fenster in der Sonne und schaut in den Baum hinaus. Das ist ein Ahorn und seine Blätter werden golden.

Es erwartet Sie schon sehr Ihre Maria

7. September

Liebe Maria,
ich nehme das Fährschiff übermorgen, am 9. September. Mein Flieger geht am 10. gegen Mittag los, wir landen um zirka 15 Uhr, also werde ich zwischen vier und fünf nachmittags nach Hause kommen. Wollen wir dann nicht gemeinsam mit Lukas zu Abend essen? Beim Wirt um die Ecke? Ich freu mich schon so auf Euch beide. Alles Weitere mündlich,

Ihre Magda